नई सदी के सपनों का देश

(समसामायिक सरोकारों पर केन्द्रित निबन्ध)

नई सदी के सपनों का देश

(समसामायिक सरोकारों पर केन्द्रिय निबन्ध)

डॉ. कृष्ण कुमार रत्तू

एबीडी पब्लिशर्स

जयपुर ▪ नई दिल्ली

एबीडी पब्लिशर्स
''बोनी रेजिडेन्सी'' गेट नं. 2, तिलक पब्लिक स्कूल के पास,
विश्वैश्वरिया नगर, गोपालपुरा रोड़, जयपुर-302018
(राजस्थान) भारत
फोन : 0141-2761280, 2761381
Email: abdpublishersjpr@gmail.com

दिल्ली कार्यालय : 102, प्रथम मंजिल, 'सत्यम हाउस'
4324/3, अंसारी रोड़, दरियागंज, नई दिल्ली - 110 002
फोन : 011-45652440
website: www.oxfordbookcompany.com

संस्करण 2023

ISBN : 978-8185771405

मूल्य: ₹ 1400/-

टाइपसेटिंग : बी.एस. कम्प्यूटर्स, जयपुर
मुद्रक : थॉमसन प्रेस, नई दिल्ली

नितीश कमल और
कृष्मन सिंह के लिए

भारत की तलाश में

इस नई सदी में क्या है, हमारे आस-पास। एक विरोधाभास, मन्दिर, मस्जिद, अकाल, तूफान, बाढ़ और बार-बार होते चुनाव। इस अन्धेरे में दो पक्ष हो सकते हैं। इन दिनों या तो खुदकुशी कर लो अथवा मूक दर्शक की भाँति इस नोटंकी को देखते रहो- एक तीसरा पक्ष/रास्ता भी है, शायद, जिसमें इस देश के सौ करोड़ से भी ज्यादा लोग चल रहे हैं, वह है समझौते का। पिछले इतने वर्षों से चलते हुए थके हुए पाँव, अन्धेरे में कुछ तलाशती थकी हुई आँखें, अब इस नई सदी में कहाँ हैं? क्या सोचा है, कभी आपने।

यह देश सिर्फ पाँच प्रतिशत लोगों को लिए चलाया जा रहा है। चलते जा रहे तन्त्र पर चलता जा रहा है। भारत यानि इंडिया में बँटा यह देश आज हाशिये पर पड़े इसके आम आदमी और किसान मजदूर की पहचान भी नहीं कर पा रहा। क्या कभी आपने सोचा है, वो जो सुदूर खेतों में होता है, कड़कड़ाती धूप और जाड़े में, वो जो शहर में होता है, फुटपाथ पर, और वो जो सारा दिन भट्टी में तपती है, शाम को परिवार के जुगाड़ के लिए-उनके लिए क्या मायने हैं इस तथाकथित लोकतन्त्र और इन्टरनेट क्रान्ति के। जरा इस देश के महानगरों में झाँक कर देखें, जरा इंडिया का चश्मा तो उतार कर देखो, आपको भारत दिखाई देगा।

इस भारत के इन बाशिन्दों का दुख-दर्द और उनके मानवीय सरोकारों को छूने की कोशिश की है इन आलेखों में। मेरी कोशिश है कि इस नई सदी में इस नए भारत के निर्माण में यदि कुछ सार्थक इस अक्षर माध्यम से भी हो सके तो समझना इन शब्दों का सपना साकार हुआ।

एक मर्म यह भी है कि इस देश का इतिहास आने वाले दिनों में वो ही लिखेंगे जिनके हाथों में आज कलम और कागज नहीं। जो शायद शताब्दियों से चल रहे इस समझौते से ऊब गए हैं, और इस नई सदी को सच में भारत की सदी देखना चाहते हैं।

एक हाथ भी इस तरह उठ जाए और एक कदम भी सूर्य की तरह चले तो मैं समझूँगा कि मेरा प्रयास सफल हुआ।

समय के इस घमासान में आप सबकी सलामती की दुआ के साथ . . .।

अभी इतना ही,

-डॉ. कृष्ण कुमार रत्तू

श्री कमल कुंज,
9/850, मालवीय नगर,
जयपुर-302 017
ई-मेल: kurattu @ yahoo.com

विषय सूची

खण्ड-1 : नई सदी के सपनों का देश

खण्ड-2 : सरोकार

खण्ड-3 : साहित्य समय

खण्ड-4 : मीडिया, जनसंचार और भाषा

खण्ड-5 : विरासत, पर्यटन

खण्ड-6 : नई सदी में गाँधी और समकालीन

खण्ड-7 : चिन्तन

खण्ड–1

नई सदी के सपनों का देश

1

नई सदी में फिर से नए सपनों की तलाश

'कहीं, कुछ नहीं होता
यूं ही सब चलता है
थके पैरों की परिक्रमा में
बौझिल मनों का बोझ लिए
फिर बीत जाता है
हर बार की तरह
एक और नया वर्ष।'

आने वाला समय, नए वर्ष की परिकल्पना का मनोविज्ञान आदमी में नई तरंगे बिखेरता है। यह एक मत हो सकता है परन्तु **सिमन द बुआ** की इन पंक्तियों के लिए क्या कहा जाए?

इस तेज बर्फ की आँधी में नए वर्ष की पदचाप ठीक वैसे ही है जैसे आप अकेले में आकृति को ढूंढने के प्रयास में लगे हैं। मैंने जाना है, जब-जब वह दिन आता है मेरा रक्तचाप बढ़ने लगता है और मैं और अकेली सिमटने लगती हूँ, यहाँ तक कि अपने से ही डरने लगती हूँ। फिर जब रंग-बिरंगी रोशनियों से आकाश भरने लगता है,

तो सामान्य होती हूँ। यह मन की प्रक्रिया की एक शारीरिक प्रतिक्रिया है। फिर भी हम अगले दिनों की अच्छी कामना और परिकल्पना के लिए इस क्षण को यादगार बनाना चाहते हैं और हर वर्ष इस नए वर्ष के स्वागत की प्रक्रिया से गुजरते हैं।

नए वर्ष के आगमन का सम्मोहन बहुत पहले से ही आदमी को बाँधता चला आ रहा है। सपनों की तलाश में वर्ष भर भटकने के बाद आदमी एक बार फिर से ताजा दम होता है। नए गुलाबों के खिलने के इंतजार में नया दिशाबोध अपनाता है और फिर से कहता हूँ, 'खूबसूरत जिन्दगी, तुझे लाखों लाख सलाम, नमस्कार।'

ग्रीक की एक लोककथा है, जब रोशनी की देवी ने रात्रि के अंतिम चरण में अपने घटते हुए प्रकाश से ऊबकर सूर्य देवता से थोड़ा सा प्रकाश माँगा तो उसे फटकार सुननी पड़ी, जो आज भी ग्रीक इतिहास की किताबों में प्रवचन के रूप में अंकित है–

"अपना तेज इतना मत गंवाओ कि तुम्हारा दमखम ही खत्म हो जाए और इतना भी तेज मत हो जाओ कि सुबह से पहले ही आपकी लालिमा खत्म हो जाए। उस जीवन किरण का इंतजार करो, जो तुम्हारी लौ से चलने के लिए लालायित उस सूर्य को सहारा दो, जो तुम्हारी लौ से धीरे-धीरे प्रकाशमान होकर इस जिन्दगी को नए अर्थों में एक नई रोशनी देगा—सच कहूँ तो यह भी सत्य है कि यह जो सूर्य है, आग का गोला है। यह तुम्हारे प्रकाश को मुंतजिर है, तुम्हीं से प्रेरणा पाएगा।" इस सत्य को कठोर शब्दों में कहा गया है अर्थात् रात्रि की एक नन्हीं लौ ही सुबह के सूर्य के लिए जिन्दा रहने रखने का कारण है। नए वर्ष की इन उम्मीदों के चिराग विश्व के कई और इतिहासों तथा साहित्यिक पौराणिक कथाओं में टिमटिमा रहे हैं। एक अफ्रीकी पौराणिक कथा के अनुसार नए वर्ष का आगमन धरती के उस भू-भाग को नया रूप देती है जिस पर पिछले पूरे वर्ष में एक बार भी वर्षा तथा धूप नहीं पड़ी हो। यह शुरुआत उन लोगों के लिए है, जिन्हें जिन्दगी की आँख-मिचौली करती हुई लगती है, तो कभी एक खौफनाक परछाई। इन कथाओं से आगे बढ़कर **विटमैन** की ये पंक्तियाँ एक तल्ख सच्चाई के रूप में हमारे सामने आती हैं–

'जिन्दगी, जो सूर्य उगने से छिपने तक का
एक सफर है।
एक लौ की मानिंद है
जिसमें सर्जना करने वाले का
चेहरा कई रूपों को देखता हूँ

देखता हूँ, इस धरती, सौन्दर्य और
उन पहाड़ों को
जिनके पीछे से उगता है
लाल गोला
जो बिखेरता है जिन्दगी की रंगीन
चिन्गारियाँ जिनमें,
आप और हम और वो
सब हैं।'

–विटमैन

इस संदेश और रोशनी की सीमा यहीं पर खत्म नहीं होती। विश्वभर में इस रोशनी और धूप को नए नजरिए और रूपों में देखने, समझने की कोशिश की गई है।

नए वर्ष को नई शुरुआत के रूप में भी जाना जाता है। पूरे विश्व में इस दिन कई रस्मों तथा परम्पराओं को मनाया जाता है। परन्तु प्रश्न यह है कि इन सबके पीछे मूल भावना क्या है? क्या इस रोशनी और उगती हुई धूप का रिश्ता जो अनेक और सुबहों जैसी धूप और सुबह को थोड़ा इससे अलग करके एक नई व्याख्या की परिभाषा में बाँध देता है और नए वर्ष का सम्मोहन पैदा करता है? दरअसल यह उस मनोविज्ञान की धारणा है जिस जमीन पर यह दिवस टिका हुआ है और ये परम्पराएँ बँधी हुई हैं। इस बिन्दु को कुरेदते हुए हम पाते हैं कि नए वर्ष के इस मनोवैज्ञानिक पक्ष को बहुत पहले मिस्र के राजाओं ने जानने की कोशिश की। कहा जाता है मिस्र के राजा फुहद नास्त्रीत-ओया ने जब वर्ष की शुरुआत की तो पहले दिवस को पूजा पाठ और सूर्य देवता को पूजा के साथ मनाया। यही बाद में प्रचलित हो गया। असल में मिस्र तथा इस भू-भाग के अन्य देशों में सूर्य पूजा पहले से ही प्रचलित थी। फर्क सिर्फ यह हुआ है कि राजा ने इसे विशेष दिवस की शुरुआत के साथ जोड़कर नए वर्ष का मनोविज्ञान पूरा कर दिया।

यह दिन फसल काटने तथा मौसम के साथ ही जोड़ा जाता रहा है। आज भी विश्व के कई ऐसे देश हैं, जो इस वर्ष को मौसमी त्यौहारों के साथ अथवा परम्परागत ढंग से अन्य महीनों में मनाते रहते हैं। जैसे अफ्रीकी कबीले अपने राजा के जन्म से इसे मनाते हैं तो भारत में बैसाख, दीवाली तथा अन्य दिवसों से शुरुआत मानते हैं। अरब मुल्कों में इस वर्ष के मनोविज्ञान को हजरत साहब के विशेष दिनों से मानने की परम्परा है। जबकि हिन्द महासागर के देशों में इसे फूलों की फसल की बहार आने पर उत्सव के रूप में

मनाया जाता है। वहीं पर लातीनी अमेरीकि टापुओं में इस वर्ष को मनाने की परम्परा है, मछलियों से भरे टापुओं, समुंदरों में लाल मछली पकड़ने के क्षण से। कई देशों में इसे राजा-रानी की शादी के दिवस से भी शुरू किया जाता है। कुल मिलाकर यह तथ्य तो सामने आता है कि इस दिवस से बहुत सी विवेचनाएँ तथा संदर्भ कथाएँ जुड़ी हुई हैं। यही कारण है कि यह दिन आज इस रूप में हमारे सामने है, जब सब सुख शांति की कामना के लिए इस दिन का, इस नई सुबह का स्वागत करते हैं।

मनोविज्ञान तथा सामाजिक परिवेश से जुड़ा हुआ यह सांस्कारिक दिवस है। एक नई शुरुआत का क्षण। जिस दिन पुराने को भुलाने का नए को आगोश में लेने का, एक नई उमंग और उत्साह का त्यौहार जैसा वातावरण इसको रंगीनी तथा सामाजिक ऐतिहासिकता की ओर गहरे अर्थ प्रदान करता है।

आस्ट्रेलियाई विद्वान **सर जान गलोटर** कहते हैं- यह एक परम्परा है। क्यों न हो, जबकि हम अपना कलैंडर दिवस फिर से दुहराना शुरू करते हैं। इसका अर्थ यह हुआ कि आज से फिर, एक बार फिर तो इस एक बार फिर से यात्रा शुरू करने को जश्न का रूप क्यों न दिया जाए। यह दिवस असल में मानवीय चेतना को नए स्वस्थ रूप में खड़े करने का, उसे फिर से ताजा और नया बनाने का दिवस है। उस संकल्प का दिवस है जो मानव को, नई परिकल्पना को नए अर्थों से बाँध सकते हैं।

इसी बात को **ओशो** कहते हैं- 'फिर आया है, मौसम नई कोंपलों के फूटने का। फिर से जिन्दगी की शुरुआत करने का।' और इसी व्यंजना को **ओनील** के शब्दों में पढ़ें तो पता चलता है कि इस दिवस के साथ जुड़ी हुई मनुष्य के भविष्य की कामनाएँ कितनी इन्द्रधनुषी हैं-

'जब तुम सोकर उठोगे
तो पाओगे, एक नया संसार,
जिसकी कल्पना तुमने बहुत पहले की थी,
जब तुम बहुत छोटे थे
खिलौनों से खेलते हुए
सपनों से आँख मिचौनी करते हुए
जब तुमने पाया था
माँ के दूध में से ममता का अहसास
सपनों की नरम-नरम

सहलाती हुई नींद का खुमार
और सो गए
अब जब तुम जागे हो
तो देखो एक वह स्वप्निल दिवस
जिसकी कल्पना तुमने बहुत पहले की थी
जब तुम बहुत छोटे थे
खिलौनों से खेलते हुए
सपनों से आँख मिचौली करते हुए
जब तुमने पाया था
माँ के दूध में ममता का अहसास
सपनों की नरम नरम
सहलाती हुई नींद का खुमार
और सो गए
अब जब तुम जागे हो
तो देखो एक वह स्वप्निल दिवस
जो तुम्हारे स्वागत में अपनी
बाहें पसारे खड़ा है
प्रतीक्षा में।

यह सपनों का सच है और इस सपनीली धरती का सौंदर्य बोध बिखरा हुआ है। आसपास, इस सुबह के सुखद गरमाहट भरे सबेरे में। दागिस्तान के कवि **हमजातोव** भी कहते हैं-

सरदल से सरहद तक
उसका इंतजार है
जो करेगा, हर आँगन में
खिलखिलाती हुई हंसी का पसारा
कौन है वह- इस वर्ष की संध्या को बदल देगा।
हर वर्ष की तरह खूबसूरत सवेरे में पर
याद रखना, गुलामी की सुबह
सबसे भयानक होती है।

नए सपनों की जमीन की तलाश का है यह दिन। इस दिन का सम्मोहन ही तो बाँधता है दो दिलों को एक कामयाब बंधन में। एक नए समाज की संरचना में। एक आधारभूत मनोवैज्ञानिक तब्दीली का पर्याय है, यह दिन। एक प्रयास की सार्थकता के नए आयामों का शुभारम्भ है यह क्षण। जिन्दगी को एक नए कोण में सोचने-समझने का एक अवसर है यह नया दिन।

2

सब कुछ गंवाते जा रहे हैं हम इस तरह

हर संस्कारवान व्यक्ति के मन में एक इच्छा होती है अपनी सांस्कृतिक धरोहर को संजोकर रखने की और आने वाली पीढ़ी को एक विरासत के रूप में उसे देने की। लेकिन चिंतन, दर्शन, जीवन दृष्टि और ज्ञान का कितना ही अगाध भंडार लगातार काल के गर्त में समा रहा है क्योंकि विकास की अंधी दौड़ में उसे सहेजने की फुर्सत किसी को नहीं है। कवि, चिन्तक तथा महान क्रांतिकारी नेता माओ ने कहा था कि 'आने वाली पीढ़ियाँ हमारे बहुत से लिखित ज्ञान से वंचित हो जाएँगी क्योंकि हमने उसे जीते जी ही नष्ट हो जाने दिया।' यह नष्ट होती ज्ञान सम्पदा है पुस्तकों और ग्रंथों के रूप में जिनका महत्त्व आज के तीव्र गति समाज में तेजी से कम होता जा रहा है। विश्व हैरिटेज दिवस पर अपनी विरासत को संभालने का एक नाटकीय दिन आता है और गुजर जाता है। पीछे छोड़ जाता है, बक-बकी गोष्ठियों, सेमीनारों और नारों का एक झूठ परपंच जो एक बार खबर बन हमारे विरासत के प्रति सचेत होने का एक विद्रुप आडम्बर भर है। क्या कभी हम इससे आगे बढ़ेंगे? क्या कभी हम इस सोच से आगे सोचेंगे कि आज जो हमारे हाथों में हैं, साहित्य, कला विरासत के रूप में वे हमारी अगली नस्लों के लिए भी सुरक्षित होना चाहिए।

विकास की जिस दौड़ में हम आज जा चुके हैं। लगता है कि इस बात के अब

कोई मायने नहीं हैं कि विरासत कौन संभालता है। आज तो तेज दौड़ का युग है और इस दौड़ में हम अपनी किताबों की ज्ञान की गंगा में बढ़ने की बजाए आज किताबों से विमुख हो गए हैं और किताबों से भाग वीडियो की दुनिया में ज्ञान की खोज कर रहे हैं।

आज किताबों के बारे में यदि यही रुझान रहा तो अगली शताब्दी तक पहुँचते-पहुँचते किताब भी शायद किसी अजायबघर की वस्तु हो जाए। फिर कहाँ मिलेगी हमें बाँधकर रखने वाली आत्मज्ञान प्रेरित संस्कृति। विरासत का फलसफा। कहाँ रहेगी हमारे पीरों, फकीरों और संतों की वाणी? कहाँ रहेगी हमारे चिंतकों की सभ्यता पर टिप्पणी।

एक अंधेरी गली के मोड़ पर खड़े हम शायद सोच रहे हैं कि इसके आगे किताब का कोई पन्ना है बाकी। यह शायद मृगतृष्णा ही है। किताबों का मोह तो हमने छोड़ दिया है। इस बात को शायद हम भूल गए हैं कि एक अच्छी किताब कई परिवारों को जिन्दा रख सकती है।

चिंतक तथा कवि रसूल हमज़ातोव तो यहाँ तक कहते हैं कि-

मेरी माँ अँधी थी
परन्तु जंग से लौटते
हारे हुए पिता की यादों की धरोहर
पुरानी किताब को संजोकर रखती थी
हमेशा
मैं जो कुछ भी कर पाया हूँ
इस किताब से पाया है।

किताबों से विरासत को संभालने, उसे जिन्दी रखने का यह संजोग जिन कौमों को आ जाता है वो तो शायद कभी खत्म नहीं होती है। किताबें हमारी ऐसी धरोहर है जो सदियों से हमें अपने इतिहास तथा संस्कृति-साहित्य से परिचित करवाती है। किताबों में ही इल्म की वह इबारत है जिनके बारे में नीत्शे लिखता है-

"किताबों की इबारत को यदि पढ़ो मत, बस यही सीख जाओ कि इसे संभालना है तो बाकी कार्य अगली पीढ़ी पर छोड़ सकते हो।"

किताबों की बात इधर फैशन सी बन गई है और किताबों पर मबसरा तो तौबा-तौबा। किताबों के बारे में एक अन्तरराष्ट्रीय रिपोर्ट में कहा गया है कि किताबें विश्व में इतनी प्रकाशित हो रही हैं कि एक हजार व्यक्ति के पीछे एक किताब भी नहीं

आ पाती। लातीन अमेरिकी, अफ्रीकी और एशियाई देशों में तो इसकी स्थिति और भी भयानक है।

भारतीय उपमहाद्वीप में यह स्थिति और त्रासद है। कठमुल्लों द्वारा जारी फतवे और किताबों पर उतरता हुआ कट्टरपंथी गुस्सा किस नजरिए का परिचायक है। हमारी सांस्कृतिक विरासत की धरोहर किताबों को शायद एक दिन हम नहीं देख पाएँगे। यदि यही हालत रही तो क्योंकि भारतीय सर्वेक्षण में कहा गया है कि पिछले 50 वर्षों में हमने अपनी लाखों किताबों को नष्ट होने दिया और अभी तक यह क्रम जारी है। परन्तु हमें याद रखना होगा, 'यदि हमने किताबों को गंवा दिया तो सब कुछ गंवा दिया।'

संकट की इस घड़ी में हमारे राज्यों में विद्यालयों, पोथीखानों तथा अन्य स्थानों पर किताबों की स्थिति किसी भी पुस्तक-प्रेमी से छिपी हुई नहीं। हमारी पंचतंत्र और जातक कथाएँ ढूँढ़ने पर नहीं मिलेंगी, परन्तु रंग-बिरंगी विदेशी पुस्तकें ढेरों के ढेर मिल जाएँगी। यह किस स्थिति को इंगित करते हैं। राजस्थान जैसे प्रदेश में तो किताबों की स्थिति और भी खराब है। शिक्षा स्तर का हालात आकलन तो अलग बात है परन्तु यहाँ पर तो पहले से स्थापित सामंती दौर के पुस्तकालयों में रखी गई पुस्तकों की जो हालत हो रही है, वह भी अति दयनीय है। सरकारी संरक्षण में रखी गई किताबों की तो और भी बुरी हालत है। धीरे-धीरे हर दिशा से अमूल्य ग्रंथ खत्म हो रहे हैं। बढ़ने का प्रतिशत कम हो रहा है।

धार्मिक किताबों का गणित इस धरती पर दूसरे संदर्भों की माँग करता है। इस पर चर्चा और बिन्दुओं पर केन्द्रित होकर करनी चाहिए क्योंकि धार्मिक साहित्य एक आस्था का प्रतीक है। संस्कृति की पकड़ वाला साहित्य पढ़ना-पढ़ाना और उस धरोहर को संभालना दूसरी धारा है। मन की शान्ति की ओर तो धार्मिक किताबों से मुड़ा जा सकता है। परन्तु दिमागी तंदुरुस्ती के लिए नाना विषयक किताबों में दर्ज ज्ञान से सामना जरूरी है।

विश्व के कई पुरातन कबीलों में कभी एक रिवाज था जब लड़की की विदाई, विवाह के पश्चात् उसे एक धार्मिक पुस्तक भेंट स्वरूप दी जाती थी। जो शायद अपने फलसफे तथा अन्य धरोहर की संभाल के लिए थी और उसे वो एक बेहद कीमती वस्तु जानकर संभाल कर रखती थी और यह क्रम पीढ़ी-दर-पीढ़ी चलता रहता है। कहने का अर्थ यह है कि इस स्नेह तथा अपने संस्कार को संभालने की नींव सदैव उस किताब से पैदा होती थी।

आज शायद हम यह सब कुछ भूल गए हैं। कहीं गलती हो गई है। कहीं कुछ खो दिया है हमने? इस पर गौर करने का समय शायद किसी के पास नहीं है।

किताबों से धीरे-धीरे विमुख होना हमारा समाज शायद उस अंधी गली की ओर बढ़ रहा है जिससे शायद हमें ज्ञान की एक झलक के लिए भी बहुत पीछे लौटना होगा क्योंकि बहुलताओं और करामातों के वैज्ञानिक दौर में समय से छूटा हुआ आदमी कहाँ खड़ा हो पाएगा?

इस धरोहर को बचाते हुए अपने मन के अंदर झांके तो शायद दिखाई दे जाए एक अधूरी यात्रा की कथा। किताब और ज्ञान को संभालने की यात्रा।

इस अक्षर यात्रा की गंवाने की इस प्रक्रिया पर ही शायद इन पंक्तियों की सच है।

जब रहेगा
न
'अक्षर'
बाकी क्या
बचेगा,
जिस विरासत
को
पढ़ने के लिए
समझने के लिए
कुछ न
होगा
क्या, छोड़कर
जा रहे हैं
हम अपनी
अगली पीढ़ी के लिए।

3

आज अपने बाजुओं को देख पतवारें न देख

कवि स्व. दुष्यंत कुमार ने एक बार लिखा था कि सड़क पर लिखा हुआ पढ़ना चाहिए फिर ही भविष्य का चेहरा देखा जा सकता है। परन्तु मैं इसके साथ कुछ और जोड़ता हूँ कि दीवार पर लिखा हुआ भी पढ़ो। भारत का भविष्य कुछ इस तरह से है कि अब वो इस बंटवारे पर आ चुका है। यहाँ एक तरफ आम आदमी है और दूसरी तरफ सुविधा सम्पन्न वो आदमी है जिसने जिन्दगी का हर लम्हा अपने बाहुबल के स्तर पर खरीद लिया है।

कवि दुष्यंत के शब्दों में इसे देखें तो जरा–

आज सड़कों पर लिखे हैं सैकड़ों नारे न देख,
घर अंधेरा देख तू, आकाश के तारे न देख।
एक दरिया है यहाँ पर दूर तक फैला हुआ,
आज अपने बाजुओं को देख पतवारें न देख।
अब यकीनन ठोस है धरती हकीकत की तरह,
यह हकीकत देख लेकिन खौफ के मारे न देख।
वे सहारे भी नहीं अब, जंग लड़नी है तुझे,

कट चुके जो हाथ, उन हाथों में तलवारें न देख।
दिल को बहला ले इजाजत है मगर इतना न उड़,
रोज सपने देख, लेकिन इस कदर प्यारे न देख।
ये धूँधलका है नजर का, तू महज मायूस है,
रोजनों को देख दीवारों में दीवारें न देख।
राख, कितनी राख है, चारों तरफ बिखरी हुई,
राख में चिनगारियाँ ही देख, अंगारे न देख।

–स्व. दुष्यंत

वक्त की इन शिराओं पर चलते हुए किस सपने का इंतजार है और कौन सा मसीहा है जो तुम्हें इस भयसागर से निकालेगा–

इन पंक्तियों में देखें जरा–

लोग लोगों को सीढ़ियाँ बनाकर
चढ़ते रहे ऊपर ऊपर और ऊपर
वे इसी तरह अनवरत
एक से एक कमाल करते रहे
और हम
केवल अपने से सवाल करते रहे

हिन्दी कवि तायल इसे इन शब्दों में कहते हैं–

कैसे दिन
कैसे दिन आ गए हैं
किसी की आँख में कोई
पल भर झांककर नहीं देखता,
सबकी आँखें झुकी रहती हैं
विनम्रता से धरती की ओर,
या फिर देखते हैं लोग
आँखें खूब फैला
दूर कहीं क्षितिज में
सब ताकते हैं सतर्कता से

अगल बगल, इधर-उधर
या कोशिश करते हैं
आसमानी गहराइयाँ नापने की।
किसी को याद आते नहीं अब
हिरण मछलियाँ या खंजन पक्षी,
किसी की आँख में खिलते नहीं
धूप, तितली और झरने के बिम्ब,
कैसे दिन आ गए हैं
कौंधती नहीं किसी की आँख में
हंसी की चमक इन दिनों
किसी की आँखें देख।

इन दिनों की पहचान कैसी हो सकती है। शायर निदा फाजली उसे यूं बयान करते हैं-

दुनिया जिसको कहते हैं
वह जादू का खिलौना है
खो जाए तो मिट्टी
मिल जाए तो सोना है।

बच्चा बोला देखकर, मस्जिद आलीशान।
अल्लाह तेरे एक को, इतना बड़ा मकान॥

किसी को मुकम्मल जहाँ नहीं मिलता,
कहीं जमीं तो कहीं आसमां नहीं मिलता।

कुछ इसी तरह का अहसास इन शब्दों में हैं, जिन्हें रमेश कुमार शाह कहते हैं-

एकटक
फूल डालों पर नहीं
मुझमें खिले
गंध पृथ्वी की
समाती जा रही मुझमें निरन्तर
तृप्त पशुओं से

पुराने, नए पौधे
देखते हैं
एकटक
मुझको

इधर जब मन का इंतजार भारी होता है तो कतील जैसे शायर कहते हैं-

अपने हाथों की लकीरों में बसा ले मुझको
मैं हूँ तेरा तो नसीब अपना बना ले मुझको
मैं जो कांटा हूँ तो चल मुझसे बचाकर दामन
मैं हूँ गर फूल तो जूड़े में सजा ले मुझको
मैं खुले दर के किसी घर का हूँ सामान प्यारे
तू दबे पाँव कभी आ के चुरा ले मुझको
तर्के उल्फत की कसम भी कोई होती है कसम
तू कभी याद तो कर भूलने वाले मुझको

-कतील शिफाई

और इसी के साथ होता है संघर्ष का वो नाद कि जान हथेली पर नजर आए। जगमोहन की एक कविता के अंश देखें जरा-

रास्ते
कभी नहीं देखते सोचते हैं कौन
उनपे चलने वाला
हिन्दू-मुस्लिम या सिख-ईसाई
वो पहुँचाते हैं हर राही को
उसकी मंजिल तक
बिना भेदभाव और घमंड किए।
वो जोड़ते हैं एक शहर को दूसरे शहर से
एक गाँव को दूसरे गाँव से
एक गली को दूसरी गली से
एक घर को दूसरे घर से
ऊँच-नीच की भावना से दूर और
कहते हैं लोगों से, बनना है कुछ तो,

पहले हम जैसे बनो।

अपना मन होता है कभी-कभी कि इस देश की दशा और दिशा को खोजती हुई दूसरी कविताएँ देखी जाएँ।

जैसे इन कविताओं की वेदना। चिंतन और उदासी के गहरे लम्हे हैं, इनमें, आप भी देखें जरा-

क्यों बदल जाती हो माँ
माँ,
संसार का सबसे बड़ा और प्यारा शब्द
इस शब्द को होठों पर आते ही
छोटे-छोटे झरने बहने लगते हैं पठारों में
उमस को चीरती हुई
रिमझिम रिमझिम बारिश होने लगती है
पुरवाई उड़ती चली जाती है दिंगतों तक
श्यामल शस्यों में हरा स्पंदन भरती हुई
धारोष्ण दूध की तरह
जाड़े की धूप उतर आती है आँगन में
गौरेये का बच्चा
सामने घूरते बाज को देखकर मुस्कुराता है।
तूफानी अंधेरों में भटके पाँवों को
एक दिया पुकारता है
तभी तो हर कवि
तुम पर कविता लिखता है माँ
लेकिन
कभी-कभी तो ऐसा भी क्यों होता है माँ
कि जब तुम्हारे आँचल की ऊष्मा का स्वप्न लेकर
पराए घर की एक क्वारी मासूम हंसी
तुम्हारे आँगन में उतरती है
चाँदनी के टुकड़े की तरह
तब तुम्हारे चूल्हे में खिलखिलाती लकड़ी

तुम्हारे हाथ में लुकाठी बन जाती है
तुम्हारी आँखों की भरी भरी बदली
उस हंसी की आँखों में हिलने लगती हैं
खौफ का साया बनकर
तुम्हारी ममता के लबालब रस में
अर्थपिपासा की चीखती चिल्लाती लपटें उठने लगती हैं
जिनमें एक जीवित संगीत जलने लगता है
धीरे-धीरे . . .
तब भी तो तुम माँ ही होती हो न माँ

कभी-कभी कविता और शब्दों के इस जंगल से डर सा लगने लगता है। लगता है यह सब बेकार की बातें हैं-

असली बात तो है जीना और मरना। जीने की दुश्वारियों को कौन सहे और इस कर्म में हर रोज मरना।

यह कैसी परिक्रमा है। सोचता हूँ इस देश के 85 प्रतिशत लोग जब जीने का नाटक कर रहे हैं और नीरो की तरह बाँसुरी बजाने में लगे हैं और फिर क्यों नहीं होती है मानवीय क्रांति। बहरे कानों को सुनाने के लिए क्या होना चाहिए-

भूख, रोटी और संसदीय नाटक और चुनाव।
देखो समय हाथ से जा रहा है।
इसे संभाल लो- यदि संभव हो तो।

4

अपनी आँखों से अपने को देखना . . .

अपनी आँखों से अपने को देखना, विश्व तुम्हारी मुट्ठियों में होगा। विश्व सिनेमा का पहला संप्रेषण कितना रोमांचकारी रहा होगा, जब लुई लुमिएर ने अपनी आँखों से इस सम्प्रेषण की घटना को आत्मसात किया होगा। यह आँखों की इबारत एक दिन में ही नहीं लिखी गई। इसके पीछे दृढ़ इच्छा शक्ति और अनथक श्रम की लम्बी प्रक्रिया रही है।

दिसम्बर, 1895 में फ्रांस के लुई लुमिएर तथा आगस्ट ने अपने प्रयोगों से चित्रों के स्थिरीकरण को चलचित्रों में बदलने की सफल कोशिश की। उन्होंने कुछ चित्र जैसे कारखाने में काम करते मजदूर, काम छोड़कर आ रहे मजदूर, बगीचे में पानी देते हुए माली आदि के छायांकन से आज के सबसे शक्तिशाली सम्प्रेषण माध्यम की शुरुआत की।

इन छोटी-छोटी कुछ मिनटों की अवधि की इन फिल्मों को फ्रांस, इंगलैण्ड तथा रूस में वैज्ञानिकों तथा अखबार वालों को दिखाया गया। उस समय प्रसिद्ध लेखक गोर्की ने लिखा था, जो उन दिनों मास्को के एक अखबार के लिए रिपोर्टिंग कर रहे थे, ''मेरे लिए इन चित्रों की व्याख्या शब्दों से परे है। मैं इसे बयान नहीं कर सकता। यह एक बहुआयामी प्रयास है। अपने आपको इस तरह से दूसरे के रूप में देखना सचमुच बड़ा रोमांचकारी प्रयास है।'' इन्हीं लघु फिल्म बनाने का प्रयास पहली बार भारत में

तभी 1896 में हुआ, स्थान था बंबई का महँगा वाटसन होटल। अंग्रेज तथा संभ्रान्त वर्ग ही तब इस अनोखी घटना को देख सके थे।

यह था विश्व सिनेमा का पहला आत्मसात परन्तु इससे भी पहले लुइस डामुहरे, जार्ज ईस्टमैन तथा एडीसन इत्यादि वैज्ञानिक 1860 में इस तरह के प्रयोग करते रहे थे कि चित्रों को स्वयं चलते हुए दिखाया जाए। 1886 में वार्नर ने भी इस तरह के सफल प्रयोग किए थे परन्तु उन्हें वह सफलता नहीं मिली जो बाद में फ्रांस में हुई लुई लुमिएर तथा आमस्ट को मिली।

विश्व के कई देशों से गुज़रती हुई यह परिकल्पना कथा 3 मई, 1913 को भारतीय धरती पर भी सामने आई जब बंबई में पहली भारतीय मूक फिल्म सामने आई। दादा साहब फाल्के ने राजा हरिश्चन्द्र दिखाई तथा इसके बाद 14 मार्च, 1931 को आलम आरा को ही एक सम्पूर्ण भारतीय फिल्म के रूप में प्रदर्शित करने का श्रेय मिला। 1913 से 1931 के बीच में पूरे विश्व में इन चलचित्रों को साकार रूप देने के प्रयत्न चल रहे थे।

विश्व सिनेमा का उद्‌भव और विकास किस तरह और किस प्रेरणाओं से हुआ, यह भी बहुत रोचक है कि स्पेन की गुफ़ाओं में दीवारों पर बने भित्ति चित्रों के अनेक पैरों वाले सूअरों के चित्रों को देखकर इस कल्पना को बल मिला कि कोई चित्र ऐसा हो जो इस तरह दौड़ते हुए सूअर को दिखा सके। अज्ञात चित्रकार के इन चित्रों ने ही सर्वप्रथम इस ओर वैज्ञानिकों को इस तरह की नई दृष्टि दी।

भारत में फिल्मों का श्रीगणेश 1913 से माना जाता है। परन्तु उससे पहले भी प्रयोग हुए जिनमें प्रमुख तौर पर पुण्डलीक दादा पहलवान के करतबों पर फिल्मांकन तथा 1900 में अलीबाबा पर आधारित दृश्यों को जोड़कर बनाई गई जिसे बंबई में प्रदर्शित किया गया। इस तरह से एक नए सफर की शुरुआत हुई और जो अब तक जारी है और जिसमें अनेकानेक नवीन प्रयोगों और तकनीकों का समावेश होता जा रहा है।

विश्व के किसी न किसी कोने में आज हर क्षण नई से नई तकनीक का उदय हो रहा है। इस बहुरंगी क्रिया का मन पर और शरीर पर क्या प्रभाव पड़ सकता है अथवा पड़ रहा है। इस पर भी शोध और विश्लेषण जारी है। अभी हाल ही में विश्व फिल्म जनमत रिपोर्ट में कहा गया है कि "इस समय 99.79 प्रतिशत लोग इसके प्रभाव में हैं और इन्हें प्रभावित करने की कल्पनाशक्ति इसमें अनुपातिक दर से और भी ज्यादा है। पूरे विश्व में आदमी, औरतें, बूढ़े, बच्चों में किए अध्ययनों से पता चलता है जिसे आज आदमी अपनी रोजमर्रा की जिन्दगी से निकाल नहीं पा रहा है।" इस सर्वेक्षण में 2 वर्ष के बच्चे से 85 वर्ष के बुजुर्ग व्यक्ति शामिल थे।

इस सम्प्रेषण माध्यम में रंगों, दृश्यों और भावों को समाहित करके दर्शक को रोमांच के क्षणों में गहरे तक उतरना ही इसका शक्तिशाली पक्ष है, जिसमें डूबते तैरते दर्शक अकेले में, समूह में उसे आत्मसात करते हैं। इसके द्वारा हम भीड़ में, समूह में होते हुए भी यह महसूस करते हैं कि परदे पर घटने वाली घटना से हम इतना जुड़ गए हैं कि वह हमें अपनी सी लगती है। इसी अपने लगने की प्रक्रिया को ही हम देखने की उस प्रक्रिया से जोड़ते हैं जो हमारे अंदर के किसी कोने के दर्द को सामने के दृश्यों से आत्मसात करती।

विश्व सिनेमा का फैलता हुआ कैनवास आज की ज़िन्दगी के शायद किसी भी फ्रेम को अपने में समाने से नहीं चूका है। हमारी हर प्रक्रिया को हर क्षण, हर रंग, हर रूप और अन्दर-बाहर हर कोण से यह हमारे अंग संग ही तो है। तो फिर इसे जीवन का हिस्सा क्यों न मान लिया जाए?

ब्रिटेन स्कूल ऑफ माडर्न सिनेमा में यह प्रश्न मनोवैज्ञानिक सिनेमा पर शोध कर रहे छात्रों द्वारा पूछा गया था। जवाब मिला था-"अंदर की बात को जब स्क्रीन पर देखोगे तो आँख से देखने की क्षमता जो अभी आप में नहीं आई है, आने वाली सदी में शायद आ जाए। फिर इसका स्वरूप कुछ और होगा।"

अपनी आँख से इस सच को देखना कितना लुभावना हो सकता है। यह इस माध्यम की प्रस्तुति से ही देखा जा सकता है। आज जिस सच को हम अगली शताब्दी में कदम रखते हुए देख रहे हैं वह शायद हमारे अंदर का ही तो है? भला इससे क्यों नकार रहे हैं हम? क्या हम इस पर्दे पर पसर रहे सच से डर रहे हैं, अथवा कहीं भाग रहे हैं?

आज के बदलते परिवेश में यदि हमने इसके अनेक रूपों को पहचान लिया, अपनी आँख से अपने पर्दे को देख लिया तो शायद हम आने वाली पीढ़ी के लिए कोई संदेश इसके बदलते हुए रंग पर छोड़ सकें और इस जाती हुई शताब्दी की रंगीनियों को अपने आईने से देख सकें। बकौल शायर-

उन आँखों की कशिश देखी
उन आँखों की इबारत देखी
कुछ तो है
उनमें
यूँ,
हंगामा बरपा नहीं होता है।

—•—

5

भारतीय जागरण का महामंत्र : वन्दे मातरम्

वन्दे मातरम् जब पहली बार 1880 में "बंग दर्शन" नामक पत्रिका में छपा तो तहलका मच गया। यह एक ऐसी रचना प्रक्रिया थी, जिसने उस समय चल रहे स्वतन्त्रता आन्दोलन को नई दिशा दी और हर जुबान पर वन्दे मातरम् के बोल थरथराने लगे।

असल में वन्दे मातरम् का उद्घोष ही ऐसा हुआ जो बाद में स्वतन्त्रता आन्दोलन का जन-आन्दोलन बन गया। वन्दे मातरम् का गायन करते हुए कितने भारतवासी जेलों में चले और कितने फाँसी पर लटक गए। भारतीय घरों में इस गीत को ऐसा गाया जाने लगा था जैसे धार्मिक रचनाएँ पढ़ी जाती हैं।

वन्दे मातरम् की रचना मूलतः 1875 में हुई थी। बंकिम बाबू ने "आनन्द मठ" उपन्यास में इसे पहली बार प्रकाशित किया उसके एक अंश के रूप में। जैसे ही यह प्रकाशित हुआ इसकी ध्वनि देश के कोने-कोने में गूँजने लगी थी।

पर्दे के पीछे

वन्दे मातरम् के लेखक बंकिम बाबू चूँकि एक सरकारी कर्मचारी थे, इसलिए उन्होंने इसकी रचना के बाद इसे तुरन्त प्रकाशित नहीं करवाया, उन्हें अपनी नौकरी की चिंता थी। इसलिए उसे पाँच वर्ष बाद 1880 में आनन्दमठ के प्रकाशन के समय ही एक

अंश बनाकर प्रकाशित किया। एक गुलाम देश के लोगों के लिए आनन्दमठ उपन्यास एक नए जीवन का उदय लेकर आया और इसी की प्रेरणा से कितने आजादी के दीवाने इस गीत को गुनगुनाते हुए अपनी जान की बाजी लगा गए।

यह भी उल्लेखनीय है कि इस गीत को स्वरबद्ध, ताल और राग की बंदिश में गुरुवर रवीन्द्रनाथ टैगोर ने बाँधा था। कहा जाता है कि 1886 में कांग्रेस का अधिवेशन कलकत्ता में हुआ जिसकी अध्यक्षता दादा भाई नौरोजी ने की। उस अधिवेशन में पहले पहल रवीन्द्र बाबू ने वन्दे मातरम् को कांग्रेस के मंच पर गाया। 1886 में पुनः कांग्रेस का अधिवेशन हुआ और गुरुदेव टैगोर ने पुनः वन्देमातरम् गीत गाया। वन्देमातरम् गीत को बराबर कांग्रेस के अधिवेशनों में गाया जाता रहा और जब कभी यह गाया जाता रहा तो सारी जनता या जो भी लोग रहे हों, खड़े हो जाया करते थे।

आज वन्दे मातरम् हमारे राष्ट्रीय गीत के साथ-साथ राष्ट्रीय गान के समकक्ष समझा जाता है। आजादी संग्राम में बेलगाँव कांग्रेस के अधिवेशन में पहला कार्यक्रम वन्दे मातरम् के गाने का था। यह अधिवेशन 1924 में बेलगाँव में हुआ था। महात्मा गाँधी इस अधिवेशन के अध्यक्ष थे। कांग्रेस के पांडाल में करीब-करीब एक लाख नर-नारी उपस्थिति थे। मंच पर गाँधीजी व अन्य नेता लोग बैठे हुए थे। जब गायन आरम्भ हुआ तो सबका सब उपस्थित जन समूह भी खड़ा हो गया। मैं भी उस अधिवेशन में प्रतिनिधि के रूप में उपस्थित था। वन्दे मातरम् का गायन करने वाले के हाथ में केवल तम्बूरा था। तम्बूरे के साथ गगनभेदी स्वर में गाने वाले ने जब इस पंक्ति को कई बार दोहराया- "के बोले माँ तुम्हें अबले" तो सहस्त्रों आदमियों के नेत्रों से अश्रुधारा बहती मैंने देखी। मंच पर खड़े हुए सिर झुकाए हुए गाँधीजी समेत सारे नेताओं को पुलकित होते देखा। कुछ नेताओं को तो रुमाल से आँख पौंछते हुए देखा और ऐसा लगा कि "के बोले माँ तुम्हीं अब्बले" की ध्वनि ने उनके हृदय के मर्मस्थल को तेजी के साथ घायल कर दिया हो।

आजादी के संग्राम में वन्दे मातरम् की यात्रा कोई सरल यात्रा रही हो। अंग्रेजी सरकार ने वन्दे मातरम् का घोष करने पर कानूनी रुकावट लगा दी। बहुत सी महिलाएँ और पुरुष वन्दे मातरम् का उच्चारण करने पर जेल गए। पर वन्दे मातरम् का प्रचलन ऐसा चला कि महिलाओं ने वन्दे मातरम् से अंकित कंगन पहनना शुरू कर दिया। लोग मिलते-जुलते, वन्दे मातरम् से नमस्कार करते थे। विदेशी अंग्रेजी पत्रिकाओं में वन्दे मातरम् की बड़ी चर्चा हुई। *इंग्लैण्ड टाइम्स* में तो यहाँ तक लिखा है कि "यह गान 'काली' का आह्वान करता है और काली हिन्दुओं की वह देवी है जो मृत्यु-संहार और

सर्वनाश करती है। इससे यह अर्थ लगाया जाता है कि वन्दे मातरम् के द्वारा संहार और सर्वनाश की इच्छा प्रकट की जा रही है और यह और सर्वनाश व संहार अंग्रेजी सत्ता के लिए ही है। इसलिए यह गीत गाया जाता है।''

भारतीय इतिहास में जब स्वतन्त्रता आन्दोलन चल रहा था तो यह वन्दे मातरम् की भूमिका थी, जिसने हर आदमी के अन्दर नई जिज्ञासा भर दी थी।

वन्दे मातरम् ऐसा प्रतीक बन गया था जिससे अंग्रेज गोरी सरकार और दमन करने लगी थी और नतीजे के तौर पर स्वतन्त्रता के दीवाने और आगे बढ़ते रहे। इस तरह वन्दे मातरम् हमारा गौरव राष्ट्रगान प्रतीक बन गया।

6

'भारत छोड़ो' आन्दोलन : स्वतन्त्रता क्रांति का जयघोष

"ए शहीदे मुल्को-मिल्लत! मैं तेरे ऊपर निसार,
अब तेरी हिम्मत का चरचा, गैर की महफिल में है।"

क्रांति का यह जयघोष करने वाले शहीद रामप्रसाद 'बिस्मिल' भारतीय स्वतन्त्रता संग्राम के इतिहास को नई रोशनी देते हैं। 1857 में जब पहली बार देश की आजादी के लिए अंग्रेजों की दुर्दम्य नीति का सामना करने के लिए झाँसी की रानी लक्ष्मीबाई और तात्या टोपे ने अपने बलिदान से इसकी नींव रखी, तब से लेकर 1947 तक देश की इस आजादी के लिए हजारों देशभक्तों ने अपनी जान की बाजी लगा दी। परन्तु 1942 का 'भारत छोड़ो आन्दोलन' इन सभी घटनाओं का शिखर है। सम्पूर्ण स्वतन्त्रता के लिए एक ललकार का उदय है 'भारत छोड़ो आन्दोलन।'

स्वतन्त्रता प्राप्ति के इस आन्दोलन की लहू-भरी जोशीली दास्तान आज के हर भारतीय के लहू को गर्म करती है। पराधीनता की बेड़ियों में जकड़े हुए हमारे देश पर जब ब्रिटिश सरकार का दमन चक्र अपनी चरम सीमा पर था तभी देश के हर कोने से स्वतन्त्रता प्राप्ति के लिए उथल-पुथल होने लगी थी।

इतिहास के झरोखे से देखें तो पता चलता है कि इस आन्दोलन ने ही असल में भारतीय आजादी संग्राम को एक नई धारा पर चलाया और पूर्ण स्वराज के लिए लामबंद किया है।

यह माना जाता है, कि 1920-21 में भारत में खिलाफत का जो आन्दोलन चला, त्रो जब खलीफा हटा देने से खत्म हो गया। परन्तु इसी आन्दोलन से साधारणतया खिलाफ्त के नाम पर ही साधारण मुसलमान गाँधीजी के 'तुर्क', 'मवालात' की तहरीर अर्थात् असहयोग आन्दोलन में शरीक हुए। 1923 में कौकेनाला में जो कांग्रेस सभा हुई उसीमें से इसका श्रीगणेश हुआ।

इसे 1942 की नई राष्ट्रीय चिंतनधारा का नाम भी दिया जाता है। "भारत छोड़ो" आन्दोलन असल में भारतीय आजादी के लिए किए एक जेहाद की आग को तेज करने को कहानी दर्शाता है।

1942 के इस "भारत छोड़ो" आन्दोलन के पूर्णरूप से प्रणेता महात्मा गाँधी थे, जिन्होंने उस समय चल रहे विश्व युद्ध में भारत की भूमिका पर श्री जवाहरलाल नेहरू ने अलग मत रखते हुए इस आन्दोलन की भूमिका में बहुत ही सार्थक सहयोग अदा किया। "भारत छोड़ो" आन्दोलन की इस चिन्तन की भूमिका पर प्रकाश डालते हुए श्री सादिक अली लिखते हैं-

> "कांग्रेस वर्किंग कमेटी सदा एकता और एक दृष्टि रखने वाली कमेटी नहीं रही थी। कांग्रेस वर्किंग कमेटी में सैद्धान्तिक, वैचारिक मतभेद हुआ करते थे। कभी-कभी तो यह मतभेद इतने उग्र हो जाते थे कि असाधारण दुखजनक परिस्थिति उत्पन्न हो जाती थी। अक्सर त्याग-पत्रों की धमकियाँ पेश की जाती थीं। बहुधा राजेन्द्र बाबू, सरदार बल्लभभाई पटेल और राजा की कसमें और गाँधीजी की सक्रिय भूमिका ही असल में इस आन्दोलन की जमीन बनी।"

8 अगस्त, 1942 को जब गाँधी जी बम्बई पहुँचे तो धोबी तालाब के विशाल मैदान में एक आमसभा का आयोजन था। बम्बई के लाखों लोग उनके दर्शनार्थ आए हुए थे। इसी मैदान में गाँधीजी ने 'भारत छोड़ो आन्दोलन' अर्थात् (क्विट इंडिया) का एक ऐसा नारा देशवासियों को दिया कि यह बाद में एक आन्दोलन का रूप धारण करके पूरे देश का आन्दोलन बन गया।

गाँधीजी की पोती सुमित्रा कुलकर्णी अपनी पुस्तक *अनमोल विरासत* में इन क्षणों का ऐसा वर्णन करती है- "यह ही वह समय था जब बम्बई की मानव भेदनी के सामने बापू ने "भारत छोड़ो" की गुहार लगाई" और कहा, "उन्हें अब चले जाना चाहिए। स्वराज हमारा नारा है", "अंग्रेजों, भारत छोड़ो" इत्यादि।

इतिहास के झरोखे से देखें तो पता चलता है कि भारतीय स्वतन्त्रता आन्दोलन में इस आन्दोलन की शुरुआत ऐसे समय हुई जब भारतीयों में आजादी का उत्साह था और क्रांति का एक जयघोष हिलोरे ले रहा था।

इस समय में यह नारा हर भारतीय की अन्तरात्मा की आवाज हो गया।

भारतीय स्वतन्त्रता संग्राम में यह समय ऐसा था, जब जापानी विश्व युद्ध के दिनों में भारतीय सीमाओं पर खड़े थे। अंग्रेजी सरकार उनके हमले को खदेड़ने में नाकाम साबित हो रही थी। इससे पहले अंग्रेजों ने रंगून (बर्मा) और सिंगापुर को जापानियों के हवाले कर दिया था और भारतीय लोगों को लगने लगा था कि भारत को भी शायद अंग्रेज सरकार जापान को सौंप देगा। इसलिए गाँधीजी ने अवसर देखकर 'भारत छोड़ो आन्दोलन' का जयघोष कर दिया। इन हालातों में भारतीय देशभक्ति और खुद महात्मा गाँधीजी नहीं चाहते थे कि आजादी की लड़ाई में भारत को जापानियों को सौंपा जाए।

उनका मानना था कि यदि ऐसी भयंकर स्थिति में भी अंग्रेज भारतीय जनता का साथ नहीं दे सकते तो निकल जाएँ और उन्होंने पूरी ताकत के साथ 'भारत छोड़ो' का नारा भारत वर्ष की हर दीवार पर लिख दिया।

ऐतिहासिक प्रसंग है कि "भारत छोड़ो" आन्दोलन में जब देश की सीमा पर दुश्मन ताक लगाकर बैठा था तब 'भारत छोड़ो' जैसी मूवमेंट के बिना कोई चारा भी नहीं था।

अंग्रेजों के साथ समझौता, समाधान, वार्तालाप, सब कुछ की सम्भावनाएँ खत्म होकर रह गई थीं। (डू एण्ड डाई) की स्थिति में इसके बिना शायद कुछ नहीं हो सकता था।

स्वयं महात्मा गाँधी ने अपनी आत्मकथा में लिखाया है कि "यह मेरे लिए ऐसे क्षण थे, जिसमें दुविधा की किश्ती में मेरे हाथ-पैर सुन्न हो रहे थे। एक तरफ दोहरी गुलामी की सड़क थी तो दूसरी तरफ एक शताब्दी तक जुल्म सहने और हजारों जानों को

कुर्बानी का इतिहास। ऐसे में मुझे लगा कि अभी समय है, जब यह कहा जाए कि अंग्रेजों 'भारत छोड़ो' और मैंने भारत की भूमि के आखिरी छोर तक इस नारे को पहुँचाने के लिए हर गली मुहल्ले में इस आन्दोलन की पूर्ति के लिए अपने लोगों को कहा और इस तरह पूरा देश इस रंग में रंग गया।''

देशवासियों के लिए यह 'करो अथवा मरो' की दीक्षा थी। यह अपनी तरह की आजादी की दीक्षा थी।

यह वो समय था, जब भारत भर में ''भारत छोड़ो'' आन्दोलन की गूँज की प्रतिध्वनि सुनाई देने लगी थी।

इतिहासकार लैरी कुलीन का मत है कि ''यह भारतीयों द्वारा स्वतन्त्रता की अन्तिम लड़ाई थी जिसमें वे इतने जोश और उत्साह से कूदे कि इसको नए धरातल से जोड़ कर नई दिशाएँ प्रदान कीं।

यहाँ पर यह भी उल्लेखनीय है कि भारतीय आजादी संग्राम में बहुत-सारे कांग्रेस लोगों ने इस आन्दोलन को अनुचित भी ठहराया, जिनमें औरों के अलावा राजाजी प्रमुख थे, उनका कहना था कि यह जापानियों की मदद है। और इसी के चलते हुए उन्होंने 8 अगस्त, 1942 को कांग्रेस से त्याग-पत्र भी दे दिया। इसीलिए ब्रिटिश सरकार ने उन्हें गिरफ्तार भी नहीं किया।

इतिहास में यह भी दर्ज है कि इस आन्दोलन के चलते हुए गाँधीजी उसी रात्रि महादेव काका के साथ पकड़ लिए गए। इस बार यह लड़ाई मरणांतक थी।

उसी सुबह बिरला प्रेस हाउस से गाँधीजी की गिरफ्तारी की सूचना पूरे बम्बई और देश में फैल गई।

इसका वर्णन 'सुमित्रा कुलकर्णी' ने इस तरह किया है-

> 'भारत छोड़ो' आन्दोलन की इस उद्घोषणा के साथ 10,000 प्रतियाँ गाँधीजी के भाषण की छापकर रातों-रात वितरित कर दी गईं। अहमदाबाद, कलकत्ता, दिल्ली भी इस सूचना को भेजा गया। इससे रातोंरात सारा देश जान गया कि जुल्म की सीमा लाँघकर सरकार ने गाँधीजी को पकड़ लिया है। और सुबह होते ही लोग घरों, चौराहों पर इकट्ठे हो गए। इस समय पर शाम की जो सभा, जिसे महात्मा गाँधीजी ने सम्बोधन करना था, उसे उस बुढ़िया (बा) ने जो

हमेशा पति की छत्रछाया में रही थी, शायद पहली बार अपना मुँह खोला और कहा- ''मेरे पति (अपने बापूजी) को तो सरकार ले गई। कहाँ? यह मुझे मालूम नहीं है। लेकिन अपना मार्ग स्पष्ट है। आजादी के अंग्रेजों को भारत छोड़ने के लिए और जोर से कहना है। अन्यथा मर जाना है।''

बम्बई महानगरी के नागरिक श्रोता इस वृद्धा की अर्द्ध-गुजराती मिश्रित हिन्दुस्तानी भाषा सुनकर करेंगे अथवा मरेंगे के नारे लगाते हुए 'अंग्रेजों, भारत छोड़ो' के नारों से धरती आकाश एक करते हुए सड़कों पर फैल गए और इस भाषण के बाद उस बुढ़िया (बा) को भी बॉम्बे सेंट्रल जेल में बंद कर दिया गया। इस गिरफ्तारी के बाद उन्हें आगा खान पैलेस पुणे में गाँधीजी के पास रखा गया। यहीं पर ही बा की मृत्यु हो गई।

देश के भविष्य के अधिष्ठाता गाँधीजी का यह मत था कि इस समय में इस 'भारत छोड़ो' नारे के बिना कोई हथियार इतना कारगर साबित नहीं हो सकता है। उनका मानना था कि भारत छोड़ो आन्दोलन से भारत में से अंग्रेजों के पैर उखड़ने लगे हैं। उन्होंने कहा कि अपनी जान की बाजी लगाकर भी मैं इस आन्दोलन के लिए कार्यरत रहूँगा।

'भारत छोड़ो' आन्दोलन ने एक तरह से देश और आजादी के संग्राम को शिरोधार्य कर दिया। यह आजादी की अन्तिम लड़ाई है। विजय हमारी होगी क्योंकि यह देश हमारा है।

इसी दौरान सरकार ने कांग्रेस के इस 'भारत छोड़ो' को ठुकरा दिया।

ब्रिटिश प्रधानमंत्री चर्चिल ने ब्रितानवी संसद सदन में कहा कि- ''बादशाह सलामत ने मुझे सल्तनत का सर्वनाश और समापन करने के लिए प्रधानमंत्री नियुक्त नहीं किया है और हम यह प्रस्ताव स्वीकार नहीं करेंगे।''

9 अगस्त की अहिंसक क्रांति में दमन का दौर चला और इसी आन्दोलन में जयप्रकाश नारायण जेल से भाग निकले।

असल में ब्रितानवी सरकार को कांग्रेस के इस आन्दोलन से इतनी घृणा हो गई कि वो कोई भी बात सुनने को तैयार न थी।

इस तरह हम देखते हैं कि इस आन्दोलन ने भारतीयों में आजादी की क्रांति की नई चिंतनधारा प्रवाहित की और एक लम्बे संघर्ष का सूत्रपात किया।

इस आन्दोलन के चलते ही शहीदों ने इस की लहर को तेज किया और उनकी जीवनाहुति से देश की स्वाधीनता अर्जित हुई। आने वाली पीढ़ियों के लिए यह 'भारत छोड़ो' आन्दोलन एक नई क्रांति का जयघोष करता रहेगा और एक नए आजाद सृजन-संसार में आजादी की मशाल को और ज्यादा तेज करता जाएगा।

7

वे क्षण: जिनमें भारतीय स्वतन्त्रता का इतिहास बनता रहा

15 अगस्त, 1947 को भारतीय जनता ने स्वतन्त्रता की भोर में जब साँस लिया तो भारत नस्ली दंगों और कत्लोघारत के दौर से गुजर रहा था। ऐसे में एक स्वतन्त्र राष्ट्र की कल्पना कितनी भयावह हो सकती थी। ऐसे ही कुछ क्षण भारत के सीमावर्ती प्रान्तों विशेषकर बंगाल व पंजाब में देखे गए। हमारे स्वतन्त्रता आन्दोलन में वो क्षण निश्चय ही इतने गौरवमयी हैं जिनमें 15 अगस्त, 1947 को आधी रात के समय जब भारत में लार्ड माउण्टबेटन की हाजरी में सत्ता हस्तानान्तरित हुई। स्वतन्त्रता आन्दोलन के बाद आज तक नए भारत के नव-निर्माण की प्रक्रिया चलती रही है परन्तु आज हम उस स्थिति एवं मोड़ पर पहुँच गए हैं जहाँ पर लगता है कि क्या इन्हीं भ्रष्ट मूल्यों व कदरों कीमतों के लिए हमने इतनी अनगिनत कुर्बानियाँ देकर स्वतन्त्रता प्राप्त की थी?

हमारे स्वतन्त्रता इतिहास के वो पन्ने निश्चय ही गौरवमयी हैं जिनमें भारतीय स्वतन्त्रता का गौरव समाया हुआ है। भारत में स्वतन्त्रता आन्दोलन जागरण का उद्भव 1857 के विद्रोह से प्रारम्भ हुआ। 1857 में जब पूरे भारत में सामन्तशाही रजवाड़ों का वर्चस्व था उस समय भारत में कांग्रेस के खिलाफ एक क्रांति की ज्वाला प्रज्ज्वलित हुई। यह लार्ड डलहौजी का जमाना था। दूसरी तरफ इतिहास के झरोखे से देखें तो पता चलता है कि 1857 में भारतीय स्वतन्त्रता का पहला युद्ध लड़ा गया। इसके बाद 1885

में जब कांग्रेस की स्थापना हुई तो स्वतन्त्रता आन्दोलन की लहर को नई दिशा प्रदान हुई। 1900 से 1905 तक का समय भारतीय स्वतन्त्रता आन्दोलन का एक ऐसा युग है जिसमें स्वामी दयानन्द, रामकृष्ण परमहंस जैसे चिन्तक और महापुरुष भारतीय स्वतन्त्रता आन्दोलन में कूदे और उन्होंने उनका साथ दिया।

इसी समय में 1904 में जापान और रूस के बीच युद्ध हुआ। उसी समय चीन में सुधारवादी आन्दोलन शुरू हुआ और तुर्की में क्रांति का जयघोष हुआ और भारत में स्वतन्त्रता आन्दोलन के लिए स्वदेशी आन्दोलन तेज हो गया। वन्दे मातरम् से भारतीय स्वतन्त्रता संग्राम को नई दिशा बोध का ज्ञान प्राप्त हुआ।

इसी दौरान कांग्रेस का अधिवेशन 1905 में बनारस में हुआ जिसकी अध्यक्षता श्री गोपालकृष्ण गोखले ने की थी। इसी तरह भारतीय स्वतन्त्रता आन्दोलन अपनी चरम पराकाष्ठा पर पहुँचने लगा। यह वह समय था जब भारतीय चिन्तन और समाज नई करवटें लेने लगा था। रूस में 1917 की क्रांति के बाद मार्क्सवादी विचारधारा का बोलबाला हो गया था और भारत में गाँधीवाद स्वतन्त्रता आन्दोलन की दिशा में उग्र हो रहा था।

इसी बीच कांग्रेस का 36वां अधिवेशन जो नागपुर में 1920 में हुआ। उसमें इस आन्दोलन को कांग्रेस ने मान्यता प्रदान की और भारत ने स्वाधीनता आन्दोलन का रास्ता पकड़ा। इन दिनों स्वदेशी आन्दोलन ने व्यापक जनजागरण किया और भारत में स्वतन्त्रता का बिगुल बजता गया एवं अंग्रेजों का क्रूर दमन बढ़ता गया। जन आन्दोलन की आग अन्दर ही अन्दर सुलगती रही। इसी दौरान भगतसिंह जैसे को फाँसी पर लटकाया और देश से कईयों का निष्कासन किया गया। सरकार विरोधी लेखों के लिए तिलक को भी जेल भेज दिया गया। 1906 में सर आगाखान के नेतृत्व में मुस्लिम का एक डेपुटेशन तत्काल लार्ड मिन्टो से मिला और इसी के चलते बाद में मुस्लिम लीग की स्थापना की गई और यही वो नफरत के बीज थे जिन्होंने बाद में भारत का बंटवारा करवाया। सन् 1915 से 1917 तक भारतीय स्वतन्त्रता संग्राम के ये दो वर्ष दमन और निरंकुशता के भयानक वर्ष माने जाते हैं। जब सैकड़ों को फाँसी तथा हजारों को कारावास निवास का दण्ड देकर काला पानी भेज दिया गया। इसी दौरान ही गौरी सरकार ने भारत रक्षा कानून (डिफेन्स ऑफ इण्डिया एक्ट) बनाया। इस प्रकार भारतीय चेतना और राष्ट्रीय नेताओं के धैर्य को कुचल देने की ब्रिटिश नीति सामने आती है। इसी दौरान नेताजी सुभाष चन्द्र बोस जो जेल में बंद थे, भाग निकले और उन्होंने सिंगापुर-मलाया होते हुए 1945 में आजाद फौज का गठन करके भारतीय आजादी संग्राम को एक नई दिशा दी।

राजनीतिक आन्दोलन के इतिहास को देखें तो पता चलता है कि 1857 से लेकर 1947 तक के 90 वर्षों का भारतीय स्वतन्त्रता का इतिहास क्रांति के रूप में गुजरा था।

भारतीय स्वतन्त्रता संग्राम के इतिहास में वो क्षण सचमुच ही बहुत मार्मिक हैं जब वन्दे मातरम् के जयघोष में भारत आजाद हुआ। प्रसिद्ध इतिहासकार लैरी कोलीन और डोमिनीक्यू लेपरी लिखते हैं कि ''यह ऐतिहासिक और बहुत ही मुश्किल काम था कि एक इतने बड़े विशाल भाग वाले देश में जिसमें अनेक लोग धर्म, जाति और रीति-रिवाज, सभ्यता, भाषाएँ हैं, इन सभी को एक सूत्र में पिरोकर स्वाधीनता स्वतन्त्रता के झण्डे तले इकट्ठे करना। यह वो क्षण थे जब एक तरफ 14 अगस्त को करांची में बंटवारे की आग से सत्ता पर काबिज हो जिन्ना स्वतन्त्र प्रस्ताव पाकिस्तान का सर्वेसर्वा बना रहता था तो दूसरी ओर गाँधी, नेहरू, पटेल और अन्य कांग्रेसी नेता स्वतन्त्र भारत में नए युग की शुरुआत कर रहे थे। लैरी कोलिन अपनी पुस्तक *माउण्ट बेटन एण्ड दी पार्टिशन ऑफ इण्डिया* में मार्च, 22 से 15 अगस्त, 1947 तक का हृदयबेधक वर्णन करते हुए लिखता है कि भारत का बंटवारा और पाकिस्तान का बढ़ना विश्व की सबसे बड़ी मानवीय त्रासदीक केनवास है जिस पर एक घर का बंटवारा हुआ।

लार्ड माउण्टबेटन जो उस समय भारत के वायसराय थे कहते हैं कि मेरे लिए वे बहुत ही मुश्किल क्षण थे जब मैंने हिन्दू (कांग्रेस के नेताओं) को पार्टिशन के लिए मनाया।

इन्हीं क्षणों को इतिहासकारों ने हृदयबेधक भावनाओं से ओतप्रोत होकर लिखा है कि भारत के सभी बड़े नगरों में पागलों का राज्य होता रहा व जबर्दस्त लूटपाट और कत्लें की गई। इन सभी का ज्यादा असर बंगाल में कलकत्ता और पंजाब में लाहौर, अमृतसर व अम्बाला में हुआ। यही वे क्षण थे जिसमें एक तरफ तो बंटवारा का जश्न था दूसरी तरफ लाखों विधवा और भूखे-प्यासे लोगों का उफनता हुआ सैलाब।

भारतीय स्वतन्त्रता आन्दोलन के ये कुछ ऐसे क्षण हैं जिनमें भारतीय स्वतन्त्रता के अध्याय लिखे गए और एक आजादी की लड़ाई लड़ी गई ताकि देश में एक सामाजिक क्रांति का निर्माण हो सके। प्रजातन्त्र का अर्थ है कि सारे देशवासियों की मानसिक, आर्थिक और नैतिक शक्ति का समग्र देश की भलाई में उचित प्रयोग। प्रजातन्त्र की व्याख्या यह है कि प्रजातन्त्र तो जीवन सिद्धान्त है और आचरण एवं बाधाओं के बीच ही पुष्ट होता है। आज भी भारतीय आजादी संग्राम के इन बलिदानी क्षणों को याद करें तो हमें मालूम होता है कि हमारा आजादी संग्राम का कितना गौरवमयी और कुर्बानियों भरा इतिहास है जिसका वर्चस्व बरकरार रखना पड़ेगा।

8

इतिहास के झरोखे से: भारत की स्वतन्त्रता और संविधान

भारत की स्वतन्त्रता की कहानी का इतिहास इतना रोमांच भरा है कि सुनते ही रौंगटे खड़े हो जाते हैं। भारतीय स्वतन्त्रता का इतिहास विश्व के किसी भी आजादी मुक्ति इतिहास से कम नहीं है, आज भी विश्व के कई नव-स्वतन्त्र देश भारतीय आजादी संग्राम से प्रेरणा लेते रहे हैं।

इतिहास के झरोखे से झांके तो भारतीय स्वतन्त्रता के कई ऐसे कांड हमारे सामने खुलते जाते हैं कि एकदम विश्वास ही नहीं होता कि भारतीय लोकतन्त्र और आजादी जिसमें हम जी रहे हैं, इतनी मुश्किलों और कुर्बानियों से मिली है।

हजारों वर्ष की अपनी संस्कृति को लिए हुए, जीवन के कितने चढ़ाव देखे हैं इस देश ने।

यह वह दौर था, जब स्वतन्त्रता आन्दोलन की आग पूरे भारत में प्रज्ज्वलित हो रही थी। तब की स्थिति के बारे में इतिहास की दृष्टि से देखें तो स्वतन्त्रता आन्दोलन और उसके बाद में श्री त्रिपाठी लिखते हैं- "1917 के अक्टूबर रिवोल्यूशन की बड़ी महिमा है। लेनिन के नेतृत्व में अक्टूबर की क्रान्ति हुई उसने सारे संसार को नई दृष्टि और नई

विचारधारा प्रदान की। उस क्रान्ति ने जारशाही को समाप्त किया। हमारे देश की अगस्त क्रान्ति ने एक प्रकार से दुनिया का नक्शा ही बदल दिया था। ब्रिटिश साम्राज्यवाद सबसे बड़ा साम्राज्य था। अगस्त क्रान्ति ने साम्राज्यवाद की जड़ ही हिला दी। भारत स्वाधीन हुआ तो दुनिया के अनेक देश स्वाधीन हुए। लंका स्वाधीन हुआ, बर्मा स्वाधीन हुआ, सिंगापुर स्वाधीन हुआ और पूर्वी-दक्षिण एशिया के वे राष्ट्र स्वाधीन हुए जो जापानी साम्राज्यवाद के चंगुल में फँस गए और पश्चिमी एशिया के वे मुस्लिम राष्ट्र जो युद्ध काल में किसी न किसी साम्राज्यवादी राज्य के संरक्षण में आ गए थे, स्वाधीन हुए। मेरी समझ में भारत की अगस्त क्रान्ति की अपनी विशेषता है। यह क्रान्ति मूलतः अहिंसक थी। भारत के लोगों ने ब्रिटिश साम्राज्यशाही का अहिंसा के रूप में दृढ़तापूर्वक सामना किया। अनुमान लगाया जाता है कि ब्रिटेन की बन्दूकों से कम से कम 20 हजार व्यक्ति मारे गए और लाखों ने जेल यातनाएँ सहीं। सन् 1942 की अगस्त क्रान्ति ने दुनिया के इतिहास में एक नया पन्ना जोड़ दिया जब एक राष्ट्र ने बिना हथियार उठाए सैकड़ों वर्ष की गुलामी को तोड़ने के लिए अपना बलिदान किया और उसमें सफलता प्राप्त की। इस क्रान्ति से सम्बद्ध होने के कारण हम गर्व और गौरव का अनुभव करते हैं। 14 अगस्त, 1947 में सत्ता का हस्तान्तरण जो हुआ मेरी समझ में उनका श्रेय 1942 की वयस्क क्रान्ति को ही है। 'करो या मरो' के मंच ने इस देश की जनता में वह संकल्प और वह निष्ठा की मानसिकता उत्पन्न कर दी जो आगे चलकर देश की स्वाधीनता की उपलब्धि का कारण बनी।"

ब्रितानवी इतिहासकार और लेखक लैरी कोलीन और छोमीनीक्यू लेवीरियु लिखते हैं कि- 14-15 अगस्त की रात को संविधान सभा का सदस्य होने के नाते संसद भवन के केन्द्रीय कक्ष में, मैं भी मौजूद था। रात के 12 बजने के कुछ मिनट पहले लार्ड माउण्टबेटन संसद के केन्द्रीय कक्ष में आए। जो वस्त्र उन्होंने पहन रखे थे वह वही वर्दी थी जो ब्रिटेन के नाविक पहना करते थे। लार्ड माउण्टबेटन ने वह वर्दी इसलिए पहन रखी थी कि वे जल सेना के कोई बड़े अधिकारी थे।

संविधान सभा बैठी हुई थी। हम सब लोग उत्सुकता से जो होने वाला है, उसकी राह देख रहे थे। ठीक 12 बजे लार्ड माउण्टबेटन ने वह मेमोरेण्डम पढ़ा जिसमें घोषणा की गई थी कि भारत स्वतन्त्र हो गया और ब्रिटिश फौज प्रातःकाल होते ही भारत को छोड़कर ब्रिटेन के लिए रवाना हो जाएगी। पं. जवाहरलाल नेहरू उस समय अन्तरिम सरकार के प्रधानमंत्री थे। सम्भवतः लार्ड माउण्टबेटन ने अपना मेमोरेण्डम उन्हीं के हवाले किया। उस अवसर पर रात 12 बजे पं. जवाहरलाल नेहरू ने जो भाषण किया वह

ऐतिहासिक है और सारे संसार के लिए उद्‌बोधक है। उन्होंने अपने भाषण में कहा कि हम बहुत वर्षों से जिस लक्ष्य की प्राप्ति के लिए चेष्टा कर रहे थे, वह आज हमें उपलब्ध हो रहा है। जब सारी दुनिया सो रही है तो भारत जाग रहा है, अपने जीवन के नए युग में प्रवेश करने के लिए। मेरे मन पर उस समय जो प्रतिक्रिया हुई वह शब्दों में बताना कठिन है। मुझे स्मरण है- मैं तो यह सोचने लगा कि कहीं कोई स्वप्न तो नहीं देख रहा हूँ।

यह गाँधीजी के नेतृत्व का परिणाम था कि सत्ता का हस्तान्तरण गाँधीजी के "भारत छोड़ो आन्दोलन" और "करो या मरो" से अभिमंत्रित क्रांति के फलस्वरूप हुआ, कांग्रेस के नेताओं को इस क्रांति की सफलता का श्रेय मिला हुआ था। वे भारतीय स्वाधीनता संग्राम के 'हीरो' थे और इसी हैसियत से संविधान-सभा में मौजूद थे। उस समय जो सत्ता प्राप्त हुई उसे देश के चरणों में समर्पित करने का निश्चय किया।

और आगे देखें तो पता चलता है कि द्वितीय महायुद्ध के बाद इंग्लैण्ड में पार्लियामेन्ट का निर्वाचन हुआ। इस निर्वाचन में लेबर पार्टी की विजय हुई। लेबर पार्टी की सरकार बनी और श्री एटली के नेतृत्व में लेबर पार्टी की सरकार ने कुछ निश्चय लिए। पार्लियामेन्ट की साधारण सभा में बोलते हुए श्री एटली ने जो उस समय वहाँ के प्रधानमंत्री थे कहा- "40 करोड़ लोगों के देश भारत ने अपने बेटों को स्वतन्त्रता के नाम पर दो बार मर मिटने के लिए भेजा। यदि अब वह अपने भविष्य का स्वयं निर्माण करने की स्वतन्त्रता चाहता है तो इसमें अनुचित क्या है?" मजदूर दल की सरकार ने निश्चय किया कि उसके मंत्रिमण्डल स्तर के मंत्रियों का एक मिशन भारत भेजा जाए। 1946 में 24 मार्च को तीन सदस्यों का मिशन दिल्ली पहुँचा। इस मंत्री-मिशन में लार्ड पैथिक लारेंस, सर स्टैफर्ड क्रिप्स और श्री ए.बी. एलेक्जेंडर थे। ये तीनों सज्जन लेबर पार्टी के प्रमुख नेता थे और बराबर भारत के साथ सहानुभूति रखते थे।

सन् 1946 में विधानसभाओं के निर्वाचन चल रहे थे। केन्द्रीय असेम्बली का निर्वाचन हो चुका था। विधानसभाओं के निर्वाचन अभी समाप्त भी नहीं हुए थे कि ब्रिटेन के मंत्रियों का यह दल 24 मार्च को भारत आया जो मंत्री-मिशन के नाम से विख्यात हुआ। 1942 के अगस्त में भारत छोड़ो प्रस्ताव पास करते हुए कांग्रेस ने घोषणा की थी कि स्वाधीनता की प्राप्ति के बाद अन्तरिम राष्ट्रीय सरकार एक संविधान-सभा का आयोजन करेगी और इस सभा के द्वारा ही भारत का संविधान बनाया जाएगा। यह प्रस्ताव तो 1942 का था। 1945 में भारत के वायसराय लार्ड बेविन ने यह घोषणा की कि सरकार यथाशीघ्र संविधान-सभा बुलाना चाहती है। साथ-साथ उन्होंने यह भी घोषणा की कि संविधान सभा बुलाने से पहले केन्द्रीय और विधानसभाओं के निर्वाचन हो जाने

चाहिए जिससे कि भारतीय निर्वाचकों की इच्छाओं का पता लग जाए। तद्नुसार केन्द्रीय सभा के 1945 के अन्त में और विधान मण्डलों के 1946 की पहली तिमाही में निर्वाचन पूरे हो गए। कांग्रेस ने 8 प्रान्तों से पूर्ण बहुमत प्राप्त किया। जिन प्रदेशों में बहुमत प्राप्त नहीं हुआ उनमें कांग्रेस सबसे बड़े राजनैतिक दल के रूप में अवतरित हुई।

इस प्रकार की स्थिति में मंत्री-मिशन भारत आया और इस मिशन में अपना वह उद्देश्य यह कह कर प्रगट किया कि उसका लक्ष्य केवल इतना है कि एक ऐसी व्यवस्था आरम्भ कर दी जाए जिसके द्वारा भारतीय अपने देश के लिए अपना संविधान स्वयं बना सकें। इस प्रकार मंत्री-मिशन ने संविधान सभा के लिए मार्ग स्पष्ट कर दिया। इसके बाद 9 दिसम्बर, 1946 में संविधान सभा का विधिवत् उद्घाटन हुआ। देश का भावी संविधान बनाने के लिए जनता के प्रतिनिधि पहली बार एकत्र हुए थे। संविधान सभा की विशेषता और कार्य के सम्बन्ध में, मैं यद्यपि संविधान-सभा का सदस्य था, पर मेरे लिए कुछ कहना सम्भव न होगा। संविधान-सभा ने दो वर्ष ग्यारह महीने और सत्रह दिन का समय भारतीय संविधान के रचना का कार्य को पूरा करने में लगाए। संविधान-सभा का कार्य किस प्रकार चला और किस प्रकार पूरा हुआ, कौन लोग इस कार्य को पूरा करने का उत्तरदायित्व उठाए हुए थे और किस प्रकार इतनी जल्दी संविधान बन गया—इसके विषय में डॉ. सुभाष कश्यप ने एक पुस्तक लिखी है जिसका नाम *संविधान की कहानी* है। *संविधान की कहानी* के द्वारा संविधान बनाने की पूरी जानकारी हो जाती है। मैं समझता हूँ कि पाठकों को संविधान बनाने की कठिनाइयों और किस लक्ष्य को लेकर संविधान बना, इसकी जानकारी आवश्यक है। इसलिए डॉ. सुभाष कश्यप की पुस्तक से कुछ उद्धरण दे देना आवश्यक समझता हूँ, जो इस प्रकार हैं-

संविधान-सभा की विशेषता और कार्य

यद्यपि संविधान-सभा एक सामान्य प्रतिनिधि संस्था थी, लेकिन उसने आरम्भ से ही अत्यन्त उदात्त धरातल पर कार्य करना आरम्भ किया। इसके अनेक कारण थे। संविधान-सभा के सदस्यों ने युग की चुनौती को समझा और उसका उत्तर देने के प्रयत्न किया। संविधान-सभा के सामने जो प्रश्न थे वे अपने आपमें युगान्तरकारी थे और उनके सही समाधान पर देश का समूचा भविष्य निर्भर था।

संविधान-सभा के गठन से यह स्पष्ट था कि यद्यपि वह वयस्क मताधिकार के आधार पर आम जनता द्वारा नहीं चुनी गई थी, फिर भी वह निःसन्देह पूरे अर्थों में भारतीय जनता की प्रतिनिधि संस्था थी। उस समय की राजनीतिक स्थिति का स्मरण

करने मात्र से यह स्पष्ट हो जाता है कि यदि वयस्क मताधिकार के आधार पर जनता संविधान-सभा का सीधे निर्वाचन करती तब भी परिणाम लगभग बिल्कुल वही होता। सभा के गठन के अतिरिक्त यह बात भी ध्यान देने की है कि भारत के राष्ट्रीय नेता स्वयं ही अल्पसंख्यक वर्गों के हितों की रक्षा करने के लिए अत्यन्त उत्सुक थे। संविधान-सभा ने मंत्रिमण्डल-मिशन के 16 मई, 1946 के वक्तव्य के पैरा 20 के अनुसार जिस परामर्श समिति का निर्माण किया उसकी रचना से भी यही बात सिद्ध होती थी। इस समिति के कुल 50 सदस्यों में केवल 12 सदस्य ही सामान्य स्थानों के प्रतिनिधि थे। संविधान निर्माण में कांग्रेस दल केवल दलगत हितों से प्रभावित नहीं था। इसका एक उदाहरण यह था कि प्रारूप समिति के सात सदस्यों में से केवल दो- पहले के.एम. मुंशी और बाद में टी.टी. कृष्णामाचारी कांग्रेस के सदस्य थे। एक मोहम्मद सादुल्ला मुस्लिम लीग के सदस्य थे। अम्बेडकर, खेतान, माधवराव और अय्यर निर्दलीय सदस्य थे। अल्पसंख्यक वर्गों की आशंकाएँ दूर करने का इससे अच्छा और क्या नमूना पेश किया जा सकता था। वस्तुतः डॉ. अम्बेडकर, जिन्हें अध्यक्ष चुना गया, जीवनभर कांग्रेस के कटुतम आलोचकों में रहे थे और यह सम्मान और उत्तरदायित्व सौंपे जाने पर स्वयं उन्हें भारी आश्चर्य हुआ था। उन्होंने कहा था-

> ''मुझे जरा भी ख्याल नहीं था कि मुझे अधिक उत्तरदायित्वपूर्ण काम सौंपे जाएँगे। अतः मुझे भारी आश्चर्य हुआ जब संविधान-सभा ने मुझे प्रारूप समिति का सदस्य निर्वाचित किया। मेरे आश्चर्य की सीमा न रही जब प्रारूप-समिति ने मुझे अध्यक्ष चुना।''

संविधान-सभा ने दो वर्ष, ग्यारह महीने और सत्रह दिन, अर्थात् तीन वर्ष से भी कम समय में भारतीय संविधान के निर्माण का महान् अनुष्ठान पूरा कर लिया। इस बीच संविधान-सभा के कुल मिलाकर ग्यारह सत्र हुए और 165 बैठकें। 165 में से 141 दिन सभा की बैठकें संविधान के प्रारूप पर विचार करने में लगी। प्रारूप समिति की 141 दिन बैठकें हुईं, जिनमें संविधान का प्रारूप तैयार किया और संवारा गया। यह कोई मामूली बात नहीं थी कि देश के विस्तृत क्षेत्र और वैविध्यपूर्ण तथा विशाल जनसंख्या के बावजूद संविधान-सभा एक ऐसे संविधान का निर्माण करने में सफल हुई जो देश के एक छोर से दूसरे छोर तक लागू हो, तथा देश की कितनी ही प्राकृतिक, आर्थिक, सांस्कृतिक और राजनीतिक विविधताओं के बीच एकता का स्वर्ण-सूत्र ढूँढ निकालने और पुष्ट करने में सफल हो। संविधान-सभा ने यह सब काम जिस प्रकार पूरा किया, वह स्वयं में एक

शिक्षाप्रद, प्रेरणादायक और प्रभावशाली कहानी है और अगले अध्यायों में उसे लिपिबद्ध करने का प्रयास किया गया है।

पंजाब के सिख स्थानों को छोड़कर और देश-भर से सारे स्थानों के लिए जुलाई, 1946 में संविधान-सभा के निर्वाचन हो चुके थे। कांग्रेस चाहती थी कि संविधान-सभा शीघ्र ही अपना काम शुरू करे तथा संविधान-निर्माण के मामले में बिल्कुल भी देरी न की जाए। अत: जुलाई में ही जवाहरलाल नेहरू ने कांग्रेस अध्यक्ष की हैसियत से एक विशेष समिति नियुक्त की और उसे यह काम सौंपा कि वह संविधान सभा के लिए सामग्री जुटाए और संविधान का प्रारूप तैयार करे। इस समिति के अध्यक्ष स्वयं जवाहरलाल नेहरू थे और अन्य सदस्य थे-आसफ अली, कन्हैयालाल, माणिकलाल मुंशी, हुमायूं, कबीर, के. सन्थानम, डी.आर. गाडगिल, के.टी. शाह और एन. गोपालस्वामी आयंगर। इस समिति की बैठकें 20 जुलाई से 22 जुलाई तक और 15 अगस्त से 17 अगस्त तक हुईं। इन बैठकों में संविधान-सभा के कार्य-संचालन के लिए आवश्यक प्रक्रिया तय की गई। इसके अनुसार सबसे पहले अस्थायी या कार्यवाहक अध्यक्ष का निर्वाचन होना था, फिर विभिन्न विषयों पर कुछ समितियाँ बनाई जानी थीं और उसके बाद संविधान के उद्देश्यों का निर्णय किया जाना था और उन्हें एक प्रस्ताव के रूप में रखा जाना था। यह सब प्रारम्भिक कार्य पूरा किए जाने के बाद विशेषज्ञ समिति से श्री नेहरू ने कहा कि वह किसी प्रारूप संविधान के बारे में चिन्ता न करें बल्कि प्रारूप-नियमों और संविधान-सभा के उद्देश्यों के सम्बन्ध में प्रारूप प्रस्तावों को जो उन्होंने स्वयं तैयार किए थे, अन्तिम रूप दे। पं. कमलापति त्रिपाठी जी इसके बारे में लिखते हैं- संविधान सभा का प्रथम अधिवेशन 9 दिसम्बर, 1946 को प्रात: 11 बजे नई दिल्ली में वर्तमान संसद भवन के केन्द्रीय कक्ष (सेन्ट्रल हॉल) में प्रारम्भ हुआ। सर्वप्रथम कांग्रेस के अध्यक्ष, आचार्य कृपलानी खड़े हुए और उन्होंने संविधानसभा के अस्थायी अध्यक्ष पद के लिए सदन के सबसे वयोवृद्ध सदस्य डॉ. सच्चिदानन्द सिन्हा का नाम पेश किया। आचार्य कृपलानी ने कहा कि डॉ. सिन्हा संविधान सभा के सबसे वयोवृद्ध सदस्य ही नहीं, अपितु देश के सबसे पुराने संसदज्ञ भी हैं। डॉ. सिन्हा को सर्वसम्मति से अस्थायी अध्यक्ष चुन लिया गया। अपने उद्घाटन भाषण में डॉ. सिन्हा ने सभा की कार्यवाही की सफलता के लिए देवी वरदानों का आह्वान किया और दूसरे देशों में हुए संविधान-निर्माण की पृष्ठभूमि का उल्लेख किया। इसके बाद सदस्यों ने अपने प्रत्यय-पत्र पेश किए तथा रजिस्टर पर हस्ताक्षर किए। यह काम आगे भी तीन चार दिनों तक चलता रहा, किन्तु पहले दिन ही 208 सदस्यों ने अपने प्रत्यय-पत्र पेश कर दिए थे।

11 दिसम्बर, 1946 को कांग्रेस के तपे हुए नेता डॉ. राजेन्द्र प्रसाद संविधान सभा के स्थायी अध्यक्ष निर्वाचित हुए। डॉ. राजेन्द्र प्रसाद के नाम का किसी ने विरोध नहीं किया और ''इन्कलाब जिन्दाबाद'' तथा ''जयहिन्द'' के नारों के बीच मौलाना अबुल कलाम आजाद और आचार्य कृपलानी ने उन्हें सम्मानपूर्वक अध्यक्ष के आसन तक पहुँचाया। डॉ. राजेन्द्र प्रसाद को बधाई देते हुए डॉ. राधाकृष्णन् ने उन्हें देश का तपस्वी सेवक तथा भारत की आत्मा का मूर्त रूप बताया। कई सदस्यों ने अपने भाषणों में मुस्लिम लीग से अपील की कि वह भी संविधान-सभा में शामिल होकर संविधान-निर्माण के काम में सहयोग दे। बधाइयों का उत्तर देते हुए डॉ. राजेन्द्र प्रसाद ने भी कहा:

> ''मुस्लिम लीग के हमारे भाई साथ नहीं हैं और उनकी अनुपस्थिति से हमारा उत्तरदायित्व और बढ़ जाता है। हम आशा करते हैं कि वे शीघ्र ही आएँगे और अपना यथोचित स्थान ग्रहण करेंगे और संविधान-निर्माण की कार्यवाही में सहभागी बनेंगे।''

इसी भाषण में संविधान सभा के अध्यक्ष ने यह भी कहा कि प्रारम्भ में संविधान-सभा के गठन में कुछ अन्तर्विरोध निहित थे, जिनका स्पष्टीकरण स्वयं सभा को राजनीतिक निर्णयों के द्वारा करना होगा। उन्होंने कहा:

> ''मुझे मालूम है कि जन्म से ही इस संविधान-सभा पर कुछ सीमाएँ आरोपित कर दी गई हैं। अपनी कार्यवाही के बीच अथवा निर्णय लेते समय न तो हम उन सीमाओं को भूल सकते हैं और न ही उनकी अवहेलना कर सकते हैं। किन्तु मुझे यह भी मालूम है कि इन सब सीमाओं के बावजूद, संविधान-सभा एक स्व-शासित और स्वाधीन संस्था है जो अपने निर्णय स्वयं लेती है तथा जिसकी कार्यवाही में बाहर की कोई सत्ता हस्तक्षेप नहीं कर सकती, तथा जिसके निर्णयों को सभा के बाहर से कोई भी नकार नहीं सकता, बदल नहीं सकता, उलट नहीं सकता।''

इतिहास के झरोखे से देखें तो पता चलेगा कि हमें संविधान और स्वतन्त्रता आन्दोलन इतनी कड़ी मेहनत और कुर्बानी से मिला है, जिसका शायद और कोई उदाहरण विश्व आजादी आन्दोलन में नहीं मिलता है।

भारतीय आजादी संग्राम का इतिहास असल में भारत की वो गौरवनयी कथा है, जिससे हम हमेशा प्रेरणा लेते रहेंगे।

—•—

9

इतिहास के क्षण : स्वतन्त्रता आन्दोलन और कश्मीर

इतिहास के क्षणों को यदि इतिहास के झरोखे से देखें तो पता चलता है कि कश्मीर का मसला शुरू से ही भारतीय स्वतन्त्रता आन्दोलन के लिए अहमियत से भरा रहा है।

1846 में जब ईस्ट इंडिया कम्पनी ने अमृतसर संधि के अनुसार महाराजा हरिसिंह के पूर्वजों को जम्मू-कश्मीर घाटी को सिर्फ 75 लाख रुपए में बेच दिया था। तब से ही अन्तर्राष्ट्रीय स्तर पर महत्त्वपूर्ण चर्चा का विषय बन गया है।

यह भी सही है कि 1947 के समय पूरे देशी राज्यों में से सिर्फ जम्मू-कश्मीर ही सबसे बड़ा राज्य था जो 48.471 वर्गमील तक फैला हुआ था। इसकी उत्तर-पश्चिमी सीमाएँ रूस से मिलती हैं तो दूसरी उस समय अफगानिस्तान से टकराती थीं।

कश्मीर में महाराजा हरिसिंह के आधिपत्य में दमन का दौर चला और महाराजा ने 1946 तक राष्ट्रीय कांग्रेस और नेशनल कांफ्रेस के नेताओं को जेल में बंद कर दिया था। शेख अब्दुला जेल में बन्द रहने वालों में से प्रमुख थे।

स्वतन्त्रता आन्दोलन में जब पूरा देश आजादी संग्राम में कूद चुका था तो कश्मीर शान्त था। 1946 में ही जब पंडित नेहरू, शेख अब्दुला से मंत्रणा करने आ रहे थे

तो इन्हें महाराज द्वारा गिरफ्तार कर लिया गया। उन दिनों में कश्मीर में अंग्रेज पोलिटिकल एजेन्ट थे, विक्टर रोजनथोल।

जुलाई 1947 तक भारत की राष्ट्रीय कांग्रेस के साथ महाराजा का कोई संवाद अथवा समझौता नहीं हो सकता था। जबकि भारत की बाकी रियासतें भारत में शामिल होने का निर्णय ले चुकी थीं।

जब 14 जुलाई, 1947 को संविधान सभा आरम्भ हुई तो महाराजा कश्मीर किसी निर्णय लेने की स्थिति में नहीं थे। अगस्त के पहले सप्ताह में श्रीनगर का वातावरण बेहद तनावपूर्ण हो गया था। तत्कालीन वायसराय लार्ड माउण्टबेटन के समझाने पर भी महाराजा अड़े रहे।

और महाराजा ने भारतीय नेताओं को गच्चा देते हुए 12 अगस्त, 1947 को पाकिस्तान के साथ एक समझौता कर लिया। यहाँ पर यह बताना उल्लेखनीय था कि कश्मीर का उन दिनों सारा व्यापार और आवागमन लाहौर पंजाब के दूसरे रास्ते से होता था- जम्मू के रास्ते से नहीं।

इसके चलते पाकिस्तान ने पूरे कश्मीर को अपने कब्जे में लेने की सोची और 24 अगस्त, 1947 को एक वार्निंग महाराजा को दे दी गई। इस नीति की परिणति में अक्टूबर 1947 में पाकिस्तानी सशस्त्र जत्थों ने कश्मीर पर मुजफ्फराबाद और जम्मू पर इकट्ठे धावा बोल दिया।

इसी घटनाचक्र में महाराजा ने जब हालत काबू से बाहर जाते देखे तो 24 सितम्बर, 1947 को शेख अब्दुल्ला को छोड़ दिया और कांग्रेस और महात्मा गाँधी ने शेख अब्दुल्ला से बात की।

इसी बीच 23 अक्टूबर को अति आधुनिक हथियारों से लैस होकर पाकिस्तानी सरहदी कबायलियों ने एबटाबाद, मानसेरा, मुजफ्फराबाद पर एक साथ हमला कर दिया। बेहद लूट-जनी और रक्तपात हुआ। कबायली डकैत बारामूला तक कब्जा कर चुके और श्रीनगर से सिर्फ 35 मील दूर रह गए थे। इस पर महाराजा कश्मीर ने 25 अक्टूबर को एक समझौते पर हस्ताक्षर किए और कश्मीर को भारत में विधिवत् शामिल करने की घोषणा की।

27 अक्टूबर की सुबह को मेजर सोमनाथ शर्मा की कमांड में 330 सिख सैनिकों का जत्था श्रीनगर पहुँचा। यह कार्य इतनी तेजी से हुआ कि दुश्मनों को श्रीनगर हवाई अड्डे पर कब्जा नहीं करने दिया गया और श्रीनगर को बचा लिया गया।

स्वाधीनता इतिहास में यह भी अंकित है कि गाँधीजी नहीं चाहते थे कि कश्मीर के मसले को युनाइटेड नेशन्स में पेश किया जाए। वे इसे आपस में बैठ कर हल करना चाहते थे। इस प्रसंग का जिक्र लार्ड माउण्टबेटन ने ''पार्टिशन ऑफ इण्डिया'' में भी किया है। कश्मीर का मसला हमारे स्वतन्त्रता आन्दोलन से लेकर आज तक भारत सरकार के लिए इतना गम्भीर बन चुका है कि अब उसे धैर्य, कूटनीतिक और कश्मीर का दिल जीत कर ही हल किया जा सकता है।

10

संदर्भ : समाज, परिवार

समाज की परिभाषा परिवार में समाहित है और परिवार नारी की कल्पना के बिना साकार नहीं हो पाता। विश्व भर के मानवीय संदर्भों और दर्शन ने घर-परिवार और समाज की परिभाषा का एक यही मूलमंत्र दिया है।

आदि यूनानी ग्रंथों में नारियों को जानवरों के नामों से याद किया जाता था। सारे यूनान में सृष्टि को रचने वाली देवियों का उल्लेख भी उन्हीं धर्म ग्रंथों में मिलता है। विश्व की प्राचीन सभ्यता में समाज, परिवार और औरत को इस तरह परिभाषित किया गया है कि इनके बिना समाज की परिकल्पना ही अधूरी है।

भारतीय परिवेश में देखें तो पता चलता है कि यहाँ पर औरत की स्थिति बराबर बदलाव की रही है, और है। यहाँ नारी को हरम और घर की कैद में बंद भी होना पड़ा। भारतीय नारी ने नए समाज की संरचना के नए अध्याय भी जोड़े हैं। भारतीय धर्म ग्रंथों में नारी चित्रण विभिन्न कालों में अलग-अलग है। मिसाल के तौर पर यदि मनु स्मृति में नारी को उत्पीड़न की भागीदार कहा गया है, तो वेदों समेत गुरवाणी में श्री गुरुनानक देव जी ने उसे राजाओं को जन्म देने वाली भाग्यवंती कह कर पुकारा है "सो क्यों मंदा आखीये, जित्त जम्मे राजान।"

आज की टूटती संरचना में समाज का नया ढाँचा जो हमारे पास है, उसमें यहाँ परिवार, समाज और अन्य संदर्भ बदल रहे हैं, वहीं पर इसकी बुनियाद डालने वाली नारी के संदर्भ और परिभाषा भी बदल रही है।

आज की नारी समाज की नई सर्जना तो करती है, परन्तु इस नए समाज में वे मर्द के साथ बराबर कंधे से कंधा जोड़कर नए स्वरों को ताल दे रही हैं।

हालांकि संयुक्त राष्ट्र की रिपोर्ट के अनुसार यह अभी साफ नहीं हो पाया है कि भारतीय औरत का असली मिजाज क्या है? इसी संदर्भ में यू.एन. की रिपोर्ट "मानसिक रिसर्च ब्यूरो" में बताया गया है कि भारतीय औरतें गाँवों में तो भयानक स्थिति में जीती ही हैं, परन्तु शहर में पढ़ी-लिखी औरतों की एक खासी गिनती है जो अपने पति के बोझ के नीचे दबी रहती हैं, आर्थिक, सामाजिक अनेक संदर्भों में। वो पढ़ी-लिखी होने के बावजूद या तो माँ बनकर पैदा करती है, या फिर पति की सेवा में लग जाती है।

शहरों की अधिकांश महिलाएँ पतियों की उत्पीड़ा का शिकार भी होती हैं। इनमें एक प्राप्त रिपोर्ट के अनुसार 72 प्रतिशत ऐसी महिलाओं की गिनती है जो अपने पतियों से इस तरह की उपेक्षा का शिकार हैं।

सोचने का प्रश्न यह है कि यह दुर्दशा क्यों है, अक्सर देखा गया है गाँव की लड़की कई बार शादी के बाद विद्रोह करती है, जबकि शहर की अच्छी तालीमयाफ्ता औरत शादी के बाद अपने-आपको खत्म कर देती है। भारतीय औरतों की इस स्थिति के लिए क्या हमारा भारतीय परिवेश और सामाजिक मान्यताएँ जिम्मेवार हैं? यह एक ऐसा प्रश्न है, जो हर मंच पर उठाया तो जाता है परन्तु उसकी चर्चा अखबार और सेमीनार से बाहर नहीं आती है। ऐसे हालातों में आने वाले समय में कैसे समाज की रचना संदर्भ देखेंगे।

समाज परिवार का सरोकार आज टूटन का सरोकार रह गया है। इस संदर्भ में परिवेश में भारतीय माहौल दो तरह का होकर रह गया है, एक तो शहरी जिन्दगी, जिसमें औरत परिवार पर/परिवार के लिए समर्पित है और दूसरे मध्यम उच्च वर्ग का धनाढ्य उच्च वर्ग, यहाँ पर सिर्फ एक भव्य समाज की संरचना की कल्पना की जाती है, और फिर किसी पार्टियों में सारा फलसफा उलझ जाता है। तीसरा पक्ष है, आधुनिक संदर्भों में गाँवों में औरत का, जो हमारे अनुसार समाज को टूटन से बचा रही है, भले ही वो खुद टूटती जा रही है। अधिकांश भारतीय राज्यों में ग्रामीण इलाकों में तो औरतों की हालत और भी बदतर है।

अभी समूचे भारतवर्ष में ऐसी जाति प्रथा और रीति-रिवाज हैं, जिनमें औरत घर चलाने वाली है, चाहे वो जिस्म बेचकर ही चलाए। कई स्थानों पर आज की औरतों की मंडी में खरीद-फरोख्त होती है।

यह क्या विडम्बना है कि एक तरह विश्व मंच पर औरत अपने हकों की खातिर चिल्ला कर बराबरी/समानता हर क्षेत्र में अधिकारों के संघर्ष के लिए ऊँची आवाज में विश्व नारी चेतना को संघर्षमई स्वर प्रदान कर रही है और हमारे सामाजिक परिवेश में उसे सिर्फ घर की बहू-बेटी और माँ बनने की भूमिका तक रखा जाता है। कब टूटेंगे, यह रुढ़िवादी संस्कार और कब औरत मुक्ति पा सकेगी? यह एक ऐसा संदर्भ है, जो आज हमारे समाज की पूरी फिलॉसफी, पूरे दर्शन पर कई प्रश्न चिन्ह अंकित करता है।

भारतीय परिवेश में कई रंग नजर आते हैं। आज के नए प्रयोगों में हमें यह जान लेना चाहिए कि जिन्दगी सिर्फ आदमी की ही नहीं बल्कि औरत और बच्चों की होती है।

अपने आसमान का एक छोटा-सा टुकड़ा हमें उस औरत के लिए भी तलाशना होगा, जिस औरत को आपने बेटी कहा है। अपनी बहू-बेटियों यदि हम बादलों की परछाई भर आकार देने की कल्पना तक कर लें तो एक नए परिवेश में समाज की सृजनता हो सकती है, जिससे हमारा आस-पास सब बदल सकता है।

समाज परिवार की बात करते हुए हम भारतीय समाज को उस परिप्रेक्ष्य में देखेंगे, यहाँ पर शर्म की भारतीय संस्कृति का पर्दा तो है, साथ ही एक नई चेतना का स्वर भी और संदर्भ है, नारी समाज और बदलता परिवेश।

आज बदलते विश्व में यदि इस शताब्दी में हमने समाज/परिवार/औरत पर ध्यान नहीं दिया तो इस सामाजिक खाई और समाज/परिवार को टूटने से शायद ही कोई बचा सके।

□□□

खण्ड–2

सरोकार

1

जिन्हें विजयी होने का विश्वास है

वर्जिल का एक कथन है-

'वही विजयी होते हैं, जिन्हें विजयी होने का विश्वास है।'

इस सच को अपने अन्दर से वह जानते हुए हम फिर क्यों खूबसूरत-सी जिन्दगी से हार मान लेते हैं। कहना न होगा कि यही है जिन्दगी के रंग और उनकी नियति।

इन शब्दों का उदास मिजाज भी देखें जरा-

किसी उजाड़ में दिखे पाँव के निशान
रोशनी की तरह लगते हैं
पतझर की डाल से टूटा हुआ पत्ता
बसंत का दरवाजा खटखटाता है।

हम सोना चाहते थे।
सो पाते तो सपने भी देखते
पर इस कमबख्त निज़ाम में
चैन की नींद कहाँ।

इस चैन को ढूँढ़ते-ढूँढ़ते हम कहाँ पहुँच गए हैं। कभी-कभी मुझे लगता है कि हम यूँ ही हार मान लेते हैं जबकि हार मानने जैसी कोई बात ही नहीं होती है।

हार और जीत जिन्दगी की यही कहानी है। हमारे चारों तरफ पसरा हुआ अंधेरा इमें क्या सिखा रहा है। क्या दिखा रहा है।

क्या कभी सोचा है आपने?

साहित्य और जिन्दगी में क्या कुछ है, इस मानव के लिए। क्या कभी थोड़ा सा समय निकाल कर आपने देखा है। समकालीन विश्व साहित्य का यह पन्न जिस पर है-

1997 के नोबल साहित्य पुरस्कार विजेता 'दारियो फो' जिनको पहचाना गया आखिरकार उनकी ऐसी ही कल्पनाशीलता के लिए 'दारियो फो' का मानना है-

"तुम एक झूठ में जी रहे हो, तुम अन्दर से नंगे और खाली हो। जब खुदकशी करने को मन चाहे तो मेरे पास आना, मैं तुम्हें हँसने-जीने और मरने का ढंग बतलाऊँगा, परन्तु मुझे पता है, कि तुम ऐसे ही इस जहान से चले जाओगे, परन्तु मेरे पास नहीं आओगे।"

फो के नाटक की इस तरह की बहुत सी पंक्तियाँ आदमी को अपने अन्दर ले आदमी के साथ संवाद करने के लिए मजबूर करती हैं और यही है इतालवी लेखक दारियो फो का नाटकीय मंच संसार जहाँ पर वो पूरे विश्व को मुखातिब होता है।

अपने विवादास्पद नाटकों तथा ठहाकों से गूँजती तेज जुबान के अदाकार इतालवी मूल के दारियो फो पिछले डेढ़ दशक से अपने लेखन, नाटक, मंचन के सीधे संवादों से चर्चित रहे हैं। उन्हें इस वर्ष का साहित्य के लिए नोबेल पुरस्कार मिलना अपने आप में एक अहम घटना है, इस पर विवाद छिड़ा है।

' तुम उधर देखो तो, जमाना हँसेगा, तुम इधर देखो तो मैं अकेला उदास दिखाई दूँगा- अब फैसला तुम्हें करना है, कि तुम किस दिशा में जाओगे। कुछ भी दिखाई न दे, कुछ भी सुनाई न दे, तो अपने ऊपर ही हँस लेना, इस कोहरे में डूबे लैम्प पोस्ट के नीचे हँसी-हँसी में ही तुम्हें मिलेगा, अपने अन्दर का रूप न दिख जाए- हँसो, हँसो . . . .।"

यह है, दारियो फो के एक नाटक के बोल, जिससे पता चलता है कि उसके अन्दर कितना गहरा दर्द का दरिया है, जिसे वो पार करना चाहता है। यही वो दर्द का दरिया है, जो इसके मंचीय ठहाकों के पीछे गम भरी जिन्दगी के कई रास्ते खोलता है।

इतालवी में एक कहावत है, ''राजा सामने है तो राजा है, नहीं तो दूसरा है।'' फो अपने मंच से जब यह कहते हैं कि ''तुम्हारे सामने वाला 'मैं' जो हूँ, मैं ही, वो राजा हूँ जिस पर आप विश्वास कर सकते हैं, वो मैं ही हूँ जो तुम्हें दिलासा दे सकता हूँ। जिसके भरोसे तुम बैठे हो, वह अब तुम्हारी मदद करने वाला नहीं है- हँसो, उस पर हँसो, जो छिपके कहीं दूर बैठा है- हँसो- ठहाका?''

इस तरह के तीखे व्यंग बाण चलाने वाले दारियो फो पिछले दो दशकों से विश्व रंगमंच और फिल्म तथा लेखन से इस तरह का कमाल करते फो को भी कभी यह नहीं लगा था कि उसको भी कभी नोबेल पुरस्कार मिल जाएगा।

उसकी पुरस्कार प्राप्ति हेतु पहली प्रतिक्रिया थी, यह सच है तो कमाल है, मैं इससे अचंभित हूँ।

'फो आज विश्व के उन रंगकर्मियों में से है, जिन्हें साहित्य, नाट्य तथा अदाकारी के युग का मसीहा कहा जा सकता है, तभी तो उसके इस चुनाव पर स्वीडिश अकादमी ने प्रशस्ति में कहा है कि 'फो' एक गम्भीर ठहाके लगाने वाला लेखक-नाटककार है, जो अपने को एक स्थान पर ऐतिहासिक भूमिका में स्थापित अत्याचार और अन्याय को पास से देखते हुए आपको समूचे विश्व के साथ जोड़ते हैं। उसके ठहाकों से आपको लगता है कि कहीं न कहीं विश्व अभी भी जिन्दा है तथा इस दुखभरी दुनिया में आप अकेले नहीं हैं। आप जैसे हजारों और हैं, जिन्हें आप जैसी समस्याओं तथा चिंताओं ने घेर रखा है।'

फो कभी-कभी सीधे बाणों से सरल भाषा में अपनी बात भी कहते हैं। इनके ऐतिहासिक किरदार में इतालवी मिथिक परम्परा के किरदार रहते हैं, जिनके माध्यम से यह दर्शकों/पाठकों को बाँधते हैं और उन पर इनकी पकड़ अति आधुनिक पहुँच वाली है और सीधा प्रभाव देती है।

दारियो फो एक ऐसे चिंतक के तौर पर भी याद किया गया है जो हमेशा विवादों में घिरे रहे हैं। वे भले नाटक के माध्यम से हो, लेखक के माध्यम से हो, अभिनय के माध्यम से। फो ने अभी तक जो भी किया, वो एकदम सरलता से सबने स्वीकार कर लिया हो, एकदम सत्य से परे है। उनके इस विवादों भरे व्यक्तित्व के पीछे उनकी तेज आँधी जैसी जिन्दगी भी रही है। फो को अब लगने लगा है कि इसी में ही आदमी अच्छी तरह जिन्दा रह सकता है। आज फो के आलोचक हैं, वे सब बहस को

भी हवा दे रहे हैं कि उसे पुरस्कार मिलना ही भूल है, वो इसके योग्य नहीं हैं, क्योंकि उसने किसी को भी बख्शा नहीं है।

अपने शब्दों के तेज वाक्यों से स्टेज पर थिरकते हुए 'फो' अपने को नहीं छोड़ते शायद यही उनकी सबसे बड़ी खूबी है, क्योंकि अपने पर मुस्कुराना सबसे मुश्किल कार्य है और व्यंग्य करना उससे मुश्किल कार्य। अब तक फो ने 129 से अधिक प्रहसन नाटक अर्थात् राजनैतिक पृष्ठभूमि, किरदारों वाले नाटकों की रचना की है, और उल्लेखनीय यह है कि सब मंचित हो चुके हैं। अभी हाल ही में उनके कई नाटक कई देशों में चर्चा में आए। उनके नाटकों और पुस्तकों पर 1977 में रोमन कैथोलिक ने पाबन्दी लगा दी थी। उनके सर्वाधिक चर्चित मंचित नाटकों में मिस्टेरो कूफो, एक्सीडेंटल डैथ ऑफ एन एनार्किस्ट, वर्ल्ड ऑफ फिफटीन सैंचुरी और 'द' डेविल विद ब्रेस्ट्रेस है। उन्होंने इन नाटकों के अलावा कई फिल्मों की पटकथा डायलॉग इत्यादि भी लिखे हैं।

2

आज भी चिड़िया रहेगी रात भर बेचैन . . .

गर्मी में थके दिन, उलझी हुई रात और पसीने से तर-ब-तर जिस्म कहाँ है, सोच के धरातल। कहाँ हैं मौसम की अवारगी पसीना है, जलता हुआ बदन है और नींद से उबलती हुई आँखें हैं जिन रोह का सुर नहीं, पसीने और गर्मी का आलम देखा जा सकता है। क्या आपने कभी सोचा है इस सबके लिए, आप भी कहीं पर जिम्मेदार हैं। अपने अन्दर थोड़ा टटोलें तो बात समझ आ जाएगी, कि पिछले इतने वर्षों का दोहन प्रकृति के साथ छेड़छाड़, अगली नस्ल के लिए शायद यही सब कुछ हम छोड़ के जा रहे हैं, इस नई सदी में।

ऐसे में याद आती है यह पंक्तियाँ कुमार सिंह की। आप भी देखें जरा-

दिन रहा घिरते धुओं का
पूछिए मत
रात भर क्यों रही चिड़िया इस कदर बेचैन
वहीं . . . जिसने
सुरों का जादू किया था
दूध की मीठी नदी का जल

तभी हमने पिया था
रात जादू वहीं टूटा
नदी सूखी/उधर चिड़िया हम
इधर बेचैन
दूध में घोला जहर
है बंट रहा पूजाघरों में
खोजती ही रही चिड़िया
दूह दिन भर बंजरों में
दिन रहा घिरते धुओं के
और अपनी ही तपन से ही रहा पूरा शहर बेचैन
कल हुआ था जो शहर में
वही होता आज भी है
नीड़ चिड़िया का जहाँ है
वहीं रहता बाज भी है
बाजत की चालें फली हैं
आज भी चिड़िया रहेगी रात-भर बेचैन।

यह मन की दुनिया भी अजीब है जो काबू में रहती ही नहीं है परन्तु मन है कि इस गर्मी में इन दिनों सपनों से बाज नहीं आता है। हालांकि सपनों के सच के बारे में सच ही कहा है।

सपने आपके सलाहकार, निर्देशक और आलोचक सभी हो सकते हैं। यह निर्भर करता है कि आप क्या चाहते हैं? सपने के चरित्र को ध्यान रखें धीरे-धीरे सपने का अर्थ सामने आने लगता है।

सपनों के विषय में एक चिंतक का कहना है कि ब्रह्माण्ड में भूत, वर्तमान और भविष्य का लेखा-जोखा सनातन काल से फिल्म की तरह चलता रहता है। ब्रह्माण्ड से आने वाली तरंगें अचानक किसी व्यक्ति विशेष की तरंगों से मिल जाती हैं और उसे किसी समय विशेष की स्लाइड दिखा जाती है। यह चक्र अनवरत चलता रहता है।

मनोचिकित्सक डॉ. जीतेन्द्र नागपाल के अनुसार सपने हमारी समस्याओं का दर्पण होते हैं। आम जीवन में हमारी जो भावनाएँ पूरी नहीं हो पाती हैं, मेहनत का श्रेय नहीं मिल पाता है। वह सपने में पूरी हो जाती है लेकिन इससे एक निराशापूर्ण सच्चाई का

सामना करना पड़ता है, द्वन्द्व शर्मिन्दगी जिन्हें हम जीवन में किसी से बाँट नहीं सकते वह सपने में दिखती है। प्रत्येक व्यक्ति के सपने उसके जीवन, इच्छाओं और वातावरण से जुड़े रहते हैं। महिलाओं के सपने उदासीनता, बीमारी, अकेलेपन तथा चिन्ता से जुड़े रहते हैं। वहीं पुरुषों के सपने अपने कार्य से जुड़े रहते हैं। बच्चों में टी.वी. से जुड़े डरावने सपने आते हैं। जो बच्चे अधिक अनुशासन में रहते हैं, वे सोते समय सपने में भी परेशान रहते हैं। बुढ़ापे में स्वास्थ्य, मृत्यु, दुर्घटना के सपने अधिक आते हैं। भविष्यदर्शी सपनों की विशेषता आज भी नहीं हो पाई है लेकिन सपने सुखद होते हैं।

परन्तु क्या आपने सोचा है कि आजादी के इतने वर्षों बाद हमारे और आपके सपने का क्या हुआ।

क्या आप जानते हैं हमारे यहाँ पर सपनों का एक शून्य संसार है। जो इस देश के 36 करोड़ गरीबी रेखा के नीचे वाले लोगों को जीने की जुगाड़ पर ही देता है सिर्फ और सिर्फ जीने का आहट और जुगाड़ एक जिन्दा रहने की सबब इससे ज्यादा और कुछ नहीं है।

इन्हीं सपनों में है यह सत्य भी देखें जरा–

"आदमी मिट सकता है, सूर्य, चाँद ओझिल हो सकते हैं परन्तु संस्कृति के खण्डहर बताएँगे, कि जहाँ पर कभी हम थे" मिस्र की लोक कविता में से यही सही है कि प्रकृति के बहाने हम अपने को ही तलाशते हैं और यह भी उतना ही महत्त्वपूर्ण है कि हम प्रकृति और संस्कृति के बहाने खोज क्या रहे हैं। यह एक प्रश्न चिन्ह है जो अनेक बार बीच-बहस में समाप्त हो जाता है। इस धरती पर सब कुछ समाप्त होने की प्रक्रिया में चल रहा है, तो यह चिन्ता और बढ़ जाती है। जार्ज मैकवले के शब्दों में देखें, तो पता चलता है कि हम उस मुकाम पर पहुँच गए हैं, जहाँ से दो रास्ते हैं, एक तो बाकी बची संस्कृति के साथ कुछ वर्ष और यह सुनहरी दुनिया को देखने का, दूसरा इस आबोहवा से मुक्ति और भयानक तबाही, इसकी भयावह कल्पना भी नहीं कर सकते हैं। यह सच है कि संस्कृति के बहाने हमने अपनी प्रकृति के साथ छेड़छाड़ में कोई कसर नहीं छोड़ी है और जो नतीजा है, वह सबके सामने है। हमने अपनी धरोहर का विनाश इस तरह से कर दिया है कि आने वाली नस्लों के लिए बहुत सी चीजें अजायबघर से तथा किताबों से पहचानी जाए तो मुमकिन है कि आने वाला आदमी भिन्न हो जाएगा और यह भी उतना ही सत्य हो सकता है कि अगली शताब्दी के आदमी के लिए यह सब उतना ही जरूरी होगा। आज पूरा विश्व संस्कृति को बचाने की मुहिम में लगा हुआ है। पूरी दुनिया में

चिंतक और पर्यावरणविद् हमारे समाजशास्त्री इस चिन्ता में हैं कि इस विनाश के कगार पर खड़े इस संस्कृति के मायावी मायालोक को बचाया कैसे जा सकता है? इस सम्बन्ध में जिन प्रभावों से अवगत हुआ जा सकता है उनमें संयुक्त राष्ट्र द्वारा किए गए प्रयासों के अलावा अन्य उन संगठनों की भी भूमिका उल्लेखनीय है जो किसी न किसी रख-रखाव के बहाने इस सारे तंत्र को बचाने में लगे हुए हैं। इसलिए किसी तरह हमारी आने वाली नस्लें इस बात को पहचान लें कि हमारे पुरखों की विरासत क्या थी? इसी विरासत और संस्कृति विनाश के अर्थ क्या हो सकते हैं, जरा जर्मन इतिहास मैकाडलेनीसजे की इन पंक्तियों से भलीभाँति जाने जा सकते हैं।

उनका मानना है-

"आज सागर सूख रहा है, सागर सूखने का अर्थ जो बाइबिल तथा अन्य ग्रंथों में वर्णित है वे इस स्थिति को समझने के लिए काफी है। इस सागर में अर्थात्, यह जो जल, हवा और वनस्पति पर आधारित हमारी संस्कृति है उसे यदि इसी हालत में दोहन की परिस्थितियों में रखा गया, तो वे दिन दूर नहीं हैं, जब हम इनके स्रोतों से मरहूम हो जाएँगे।"

आज मुख्य चिन्ता यह है कि इन सब बातों पर क्रियान्विति की प्रक्रिया कैसे हो? संयुक्त राष्ट्र संघ ने पिछले दिनों संस्कृति की इस स्थिति के बारे में एक बड़ी अहम् बात कही है, उसके अनुसार "आज प्रमुख चिन्ता यह नहीं कि प्रकृति और संस्कृति को बचाया कैसे जाए। मुख्य मुद्दा तो यह है कि उस पर आदमी को जिन्दा कैसे रखा जाए। आज आदमी को आने वाली शताब्दी में जिन्दा रखना कठिन हो गया है। हमने संस्कृति के बहाने क्या नहीं किया है, एक अमेरिकी सर्वेक्षण में यह बहुत और खुलकर सामने आती है, उससे कहा गया है कि 'संस्कृति और प्रकृति के संरक्षण की बात अब उसके लिए अर्थशील हो सकती है, जो आज भी धरती पर है। यह बात अजीब लग सकती है कि धरती पर रहने वाला ही तो संस्कृति का भागीदार है, अथवा उसका एक अंग है। परन्तु इस रिपोर्ट के विश्लेषण से जो सामने आता है वह रोचकता से भरपूर है और चौंकाने वाला भी है। इसके अनुसार, पूरी दुनिया में इस संस्कृति का संकट जितना आज इस ढलती हुई शताब्दी में हो रहा है, उतना पहले कभी नहीं हुआ है। यहाँ पर संकट शब्द दो तरीकों से सामने आता है, एक तो संस्कृति की उस परिपाटी के रूप में जो आदमी के मूल में हैं, अर्थात् उसका आम चीजों के बारे में सोचना, उनसे जुड़े रहना या फिर उसके अंग-संग उनके आस-पास रहकर इस संसार में विचरना और दूसरी तरफ

आज सच्चाई यह है कि इस संस्कृति के कई पहलू पाँचसितारा संस्कृति के अंग हो गए हैं। उदाहरण के तौर पर यह तथ्य चौंकाने वाला है कि विश्व के 37 प्रतिशत भू-भाग में रहने वाले लोग आने वाली शती में इस बात से कन्नी काट लेंगे कि इस धरती पर क्या-क्या होता है, उनकी रुचि शोध और कम्प्यूटर शोध और धरती के अन्दर और समुन्दर की तहों में क्या है, उस पर केन्द्रित हो जाएगी। और विश्व के अन्य भाग जिसमें एशिया और अफ्रीका देश उपमहाद्वीप हैं, उसमें धरती दोहन तो जारी रहेगा, परन्तु उनका बदलता नजरिया किसी ऐसे समाज को जन्म दे सकता है, जो इसे धरती के प्रति जागरुकता का एहसास करवा सकता है। यह इसलिए कि इसी शताब्दी में जो कुछ खिलवाड़ हमने इन द्वीपों में किया है और जारी है उसके प्रति जीने के अधिकार की ललकार के साथ अब वो लोग पश्चिमी तकनीक के आधार पर अपने आपको जिन्दा रखने की खातिर इसके संरक्षक के लिए लामबंद हो सकते हैं। दिलचस्पी भरी बात यह है कि इसके पीछे पश्चिमी शोध होगा, आदमी संसाधन एशियाई, अफ्रीकी होंगे। आने वाले दिनों इस प्रक्रिया के तरल यदि संस्कृति और आदमी को बचाने के हम प्रयासों के कुछ सार्थक परिणाम सामने आ जाएँ तो यह इस संस्कृति को बचाने के लिए शायद सबसे ज्यादा कारगर उपाय हो सकते हैं।

विश्व संस्कृति के धरोहर में आज हम इस कड़ी चुनौती से गुजर रहे हैं कि इस विश्व का अगली शताब्दी का चेहरा मोहरा कैसा होगा? समाजशास्त्री इस बात से तो सहमत हैं कि अगला चेहरा मोहरा कैसा होगा? वे इस बात से सहमत हैं कि अगला चेहरा शताब्दी से बहुत भिन्न होगा, परन्तु इसकी पहचान क्या हो सकती है, इस पर एकमत नहीं हुआ जा सकता है। हाल ही में यह अध्ययन भी किए जाने लगे हैं जिसमें इस संरक्षण को देखा-परखा गया है कि दोनों तरह की संस्कृति को कैसे बचाया जाए। प्रश्न एक तरफ तो आम आदमी को बचाने का है, दूसरी तरफ उस सुविधायुक्त समाज को बचाने का है, जिसके पास अभी भी सब साधन हैं, उसकी चिन्ता तो अनुसंधान और दोहन की है और दूसरी तरफ आम आदमी को आने वाले दिनों में जिन्दा रहने की। संस्कृति के इन प्रश्नों का उत्तर इस समय सबसे बड़ी चुनौती है।

3

बदल जाएगी यह दुनिया विज्ञान की इस सदी में!

सबसे पहला कदम
बन्द मुट्ठियों से इस जगत में
फिर रुनझुन
और एक दिन अचानक
खाली हाथ तुम चले जाओगे
ऐसे ही,
जैसे बहुत कुछ बीत जाता है
अचानक और
यह अनन्त यात्रा चलती
रहती है।

सदियों से जमाना जिस राग को सुन रहा है, वो है आदमी की जिज्ञासा के केन्द्र में आदमी की तलाश। शायद हमारे इतिहास की यही विरासत है—जो हमारे पूर्वजों ने हमारे लिए छोड़ी है।

क्या आप और मैं बता सकते हैं कि हमारा भविष्य क्या होगा? जब पानी, हवा और धरती के लिए मारा मारी होगी।

हम कहाँ हैं,
क्या सोचा है, हमने।

इस नई सहस्त्राब्दि में हम किस विरासत को अपने साथ लेकर चलते हैं परन्तु यह सच है कि यह सब कुछ परिवर्तनीय है और बदल जाएगी यह दुनिया, विज्ञान की इस सदी में हमने नई सदी में इस नई सदी के साथ विज्ञान ने जो उन्नति की है वो सचमुच चौंकाने वाली है। आज परमाणु से लेकर लेजर और सूचना तकनीक का जो बाजार हमें आकर्षित कर रहा है वो इस सदी की ही देन है।

क्या आप पिछले एक दशक से हुई वैज्ञानिक तरक्की को दाँतों तले उंगली दबा कर मान सकते हैं कि इतना परिवर्तन और बदलाव की प्रक्रिया जो हमारे सामने है इतनी शीघ्र बदल रही है। विज्ञान ने हमारी जिन्दगी इस तरह बदल दी है कि हमें यह दुनिया छोटी लगने लगी है। आज विज्ञान की नई खोजों ने हमें और हमारे परिवेश को इस तरह से बदल दिया है कि हमें आज लगने लगा है कि सब कुछ मशीन का सा होता जा रहा है।

अब इन खोजों के चलते यह माना जा रहा है कि आने वाली सदी विज्ञान की सदी होगी और क्या आप यह भी मान सकते हैं कि इस विज्ञान की आँधी ने सृजनात्मक तौर पर हमारे लिए इतने दरवाजे खोल दिए हैं कि हमें एक मशीनी खिलौने की मानिन्द परिवर्तित कर दिया है। आज मानवीय संवेदनाएँ अतीत की बात होकर रह गई है।

बढ़ते हुए औद्योगीकरण और उपभोक्तावाद के चलते विज्ञान का इन खोजों ने मानवीय चिंतन को गहरे झकझोरा है। आज शून्य संवेदना की स्थिति में आप और हम आमने सामने ही रहे हैं। यह विज्ञान की नतीजा है कि आज प्रायोगिकी और तकनीक के उस युग में इस शताब्दी में प्रवेश कर रहे हैं कि आज हमें इसलिए भी सोचना पड़ रहा है क्या आने वाले दिनों में यह सम्भव है कि आदमी क्लोन और अल्ट्रासाउंड के जरिए मानव भ्रूण हत्या के अलावा आदमी की उपादेयता क्या हो सकती है?

कहना होगा जहाँ पर विज्ञान आज आदमी को हर तरह की सुख सुविधा इत्यादि दे रहा है, वहीं पर वह एक मानव स्वभाव और सृजन को सृजित करने की अहम् भूमिका निभा रहा है।

अमेरिका के इंस्टीट्यूट ऑफ ह्यूमन साइंसेज की 1999 के वर्ष में प्रकाशित एक रिपोर्ट बेहद चौंकाने वाले तथ्य इन वैज्ञानिक शोधों के बारे में प्रस्तुत करती है।

उस रिपोर्ट में दावा किया गया है कि इस समय और आने वाली भावी सदी की परिकल्पना का मूल इन वैज्ञानिक शोधों पर ही आधारित होगा और यह भी कि इनके

अच्छे और बुरे दोनों प्रभाव दक्षिण एशिया अर्थात् भारतीय उप-महाद्वीप और अमरीकी देशों समेत अफ्रीकी देशों में होंगे।

उसके अनुसार पश्चिमी संस्कृति और मानव स्वभाव आज पिछले पचास वर्षों अथवा यूं कहें एक शताब्दी में विज्ञान के प्रगति से दोचार और इतना आगे निकल गया है कि उसे अब मानव की संवेदना की पहचान की तलाश करनी पड़ रही है। मशीनीकरण से डूबा हुआ आदमी आज क्या सोच रहा है, यह एक अन्य शोध का विषय है जिस पर इस सदी में शोध हो रहा है।

इस रिपोर्ट में यह भी कहा गया है कि यदि इस इक्कीसवीं सदी में विश्व युद्ध की संभावना बनती है तो यह तकनीकी और विज्ञान का युद्ध होगा और जो रिमोट और परमाणु अस्त्रों से लैस होगा।

इसके चलते एक दिलचस्प तथ्य यह भी है कि यह युद्ध आदमी की तबाही का बाइस हो सकता है और युद्ध की इन विज्ञान शोधों से यह पता लगाया जा सकता है कि असल में परमाणु हथियारों की खोज में जुटे पश्चिमी देश एक भावी विश्व के बारे में क्या सोचते हैं? यह सदी इन मुद्दों की भी सदी होगी जब यह लड़ाई हवा और पानी पर केन्द्रित होगी परन्तु जो अहम् मुद्दा आज इन प्रसंगों के चलते हमारे सामने होगा वे हैं, आदमी के चलते आदमी की पहचान बनाए रखना चाहते हैं।

आज की इन विज्ञानक शोधों से इस नई शताब्दी का आदमी कैसा होगा, यह एक महत्त्वपूर्ण प्रश्न है। यह शताब्दी विज्ञान की शताब्दी है। आइए, हम एक नए मानव की खोज करें। विज्ञान आदमी की बेहतरी के लिए होना चाहिए ना कि उसकी तबाही के लिए। विज्ञान के चलते यह विश्व इस परिकल्पना पर निर्भर करता है कि हम इस तकनीक के सूचना तंत्र को एक अच्छे भावी समाज के लिए किस तरह संजोकर रखते हैं?

जोहन स्वारिंग के शब्दों में कहें तो कह सकते हैं कि इस समय आदमी और समाज, तकनीक और विज्ञान की लड़ाई है। इसमें कौन जिन्दा रहेगा? इसका फैसला इस शताब्दी में हमारे सामने होगा, इस प्रश्न का उत्तर विज्ञान के इस झरोखे में है। जिसमें से हम इस दुनिया को देख रहे हैं। श्याम शर्मा की इन पंक्तियों में-

जब चित्रों में रंग
सूखने लगते हैं
तो मन में/शब्द/उगने लगते हैं
जब आकृतियाँ बूढ़ी होने लगती हैं तो
विचार होने लगते हैं, जवाब।

—•—

4

सितारों से आगे जहाँ और भी हैं !

'इन दिनों तुम उदास क्यों हो,
उस आस्मां पर तुम्हारा भी हक तो है
जिसमें है बहुत कुछ
कहो, न कुछ
सितारों से आगे आस्मां और भी हैं
और होंगे
क्योंकि इस जिन्दगी पर तुम्हारा भी तो हक़ है
तुम भी तो बाशिंदे इस धरती।

समय का कालचक्र अपनी तीव्र गति से चलता हुआ आगे बढ़ रहा है। कल तक जो वर्तमान था आज इतिहास हो गया और जो इतिहास था एक शताब्दी का इतिहास हो गया है। यही है नियति और इसकी वो जीवटता-जो तुम्हें आखिर में देती है, वो सब कुछ जो तुम्हारा अपना है, इतना अपना की कभी-कभी बेगानेपन का अहसास होने लगता है।

नए वर्ष में यह सारी धरती परमाणु मुक्त हो जाए और अमन की बयार से सारा आलम सराबोर हो जाए, ऐसा तो नहीं होता क्योंकि दुनिया में आजादी और हथियारों के

कई सौदागर अभी भी बाकी हैं।

नया वर्ष आपके लिए उम्मीदों की पुर अमन इन्द्रधनुषी कायनात लेकर आए। इस देश में हाशिये पर पड़े उस आम आदमी को भी रोटी, कपड़ा और मकान मिले, यही है कामना और यही है एक मकसद। आमीन।

इन शब्दों में शायद यह दर्द और गहरा है–

'शब्द रोटी नहीं होते,
जिन्हें जीवन में उतारा तो
जाता मगर शब्द
जीने का जिन्दा इतिहास तो हो सकते हैं
शब्द जीने का बहाना है।

इन्हीं शब्दों की पीड़ा को चिंतक बूजी चिनाए इस तरह से कहते हैं–

जब मैं मरूँ, तब
मेरी दृष्टि उसे दे देना, जिसने कभी सूर्योदय नहीं देखा
मेरा हृदय उसे दे देना, जिसने कभी हार्दिक तड़पन
अनुभव नहीं की।
मेरा रक्त उस युवक को दे देना, जिसे किसी कार
के ध्वंसावशेष से निकाला गया हो
ताकि वह अपने पोते को खेलता देख सके
मेरे गुर्दे को किसी दूसरे का जहर सोखने देना
मेरी हड्डियों को किसी अपंग बच्चे को चलने देने में
इस्तेमाल होने देना।
नया वर्ष कैसा होता यह इस तरह से भी मनाया जाता है।

विश्व का कोई भी भू-भाग ऐसा नहीं, जिस पर नए वर्ष की खुशआमदीद नहीं कहा जाता। नव वर्ष के प्रारम्भ, उल्लास जश्न में समूचे विश्व में अलग-अलग तौर-तरीकों से इसकी मंगलकामना की प्रार्थना की जाती है। धरती पर नए वर्ष का प्रारम्भ ठीक उसी समय हो गया था, जब से इन वर्षों का उदय हुआ। नया वर्ष सबके लिए सुख शान्ति लाए, सबके लिए सुख समृद्धि के नए द्वार खोले, ऐसी मंगल कामना हर देश के नागरिकों द्वारा की जाती है। विश्व के बहुत से देशों में इसे अलग-अलग परम्परागत रंगों/ढंगों से मनाया जाता है। कहा जाता है कि नव वर्ष की शुभकामना की परम्परा आज

से हजारों वर्ष पहले यूनानी लोगों द्वारा की गई थी। रोमन, ग्रीक इनसाइक्लोपीडिया में भी नव वर्ष की खुशियों जैसा त्यौहार मनाने की परम्परा का उल्लेख मिलता है, कि बहुत वर्षों पहले नील नदी के किनारे रहने वाले लोग नव वर्ष की पूर्व संध्या रात्रि को एक सामूहिक भोज का आयोजन करते थे, जिसमें वो नाचते और गाते थे और इस तरह वो नव वर्ष के आगमन को खुशामदीद कहते थे। इसी तरह का उल्लेख ब्रिटिश कोलम्बिया के पुराने इतिहासिक पत्रों में से मिलता है जिनमें कहा गया है कि उस भू-भाग के लोग पुराने वर्ष के अन्तिम दिन एक चौपाल में इकट्ठे होकर अपने देवी-देवता की विशेषकर सूर्य देवता की पूजा करते थे और ये सूर्य अस्त होने से लेकर अगले दिन नव वर्ष के सूर्य उगने तक रहती थी। शायद इन्हीं परम्पराओं को धीरे-धीरे मानव समाज द्वारा आधुनिक जामा पहनाया गया और नव वर्ष की यह आधुनिक रीति हमारे सामने है। अब भी दुनिया के अलग देशों में भिन्न-भिन्न तरीकों से नया वर्ष मनाया जाता है।

भारतीय उप-महाद्वीप में अभी नव वर्ष पन्नों का आदान-प्रदान प्रचलित है और वो भी महा व उप महानगरों में परन्तु पश्चिमी देशों में नव वर्ष की शुभकामनाओं को पत्रों के आदान-प्रदान द्वारा तो मनाया ही जाता है। परन्तु इस रात व आने वाली सुबह अपने विशेष दोस्तों के लिए विशेष प्रार्थना सभा में बदलती है। वेटिकन सिटी रोम में आज भी यह परम्परा है कि वहाँ पर क्रिस्मिस के बाद जो हर्ष-उल्लास का उत्सव शुरू होता है, उसका अंतिम भाग 31 दिसम्बर की मध्य रात्रि को नव वर्ष के शान्ति संदेश के साथ सम्पन्न होता है, और नए साल की पहली सुबह आकाश में सफेद कबूतरों को छोड़ा जाता है और एक बड़ा केक पूरे बेटिकनसिटी चर्च परिसर में हर्ष उल्लास के साथ बाँटा जाता है। आस्ट्रेलिया व न्यूजीलैण्ड में नव वर्ष को ब्रिटिश परम्परा के अनुसार ही मनाया जाता है। नव वर्ष शुभकामना पत्रों के आदान-प्रदान के अलावा इस दिन रंगारंग उत्सव मनाने की परम्परा है।

मैक्सिको की जनजातीय हलकों में इस दिन चर्चों में सामूहिक शादियों का आयोजन होता है तो दूसरी ओर इसके विपरीत लेटिन अमेरिकी मुल्कों में एक 'खांगु' नामक जनजातीय समुदाय इस रात को अपने तलाकों को सम्पन्न करता है और नए वर्ष की नई सुबह अपने नए साथियों के साथ नए ढंग से मनाता है। चीन में बहुत पहले इस वर्ष के पूर्व को फिजूल खर्ची कहकर सरकारी तौर पर बन्द करवा दिया गया था, परन्तु पिछली दो शताब्दियों से वहाँ पर अब इस त्यौहार को एक विशेष सामाजिक पर्व का दर्जा दिया गया है और कई विद्यालयों में नई कक्षाओं का आरम्भ होता है। कोरिया व जापान में इस वर्ष आगमन पर्व को कुछ अजीब तरीके से मनाने की परम्परा आज भी कहीं-कहीं देखने को मिलती है।

इन देशों के दूर-दराज के इलाकों में इस दिन सामूहिक भोज के बिना फूलों द्वारा कन्याओं का शृंगार करने की परम्परा है और शृंगार की गई कन्या गाँव के मुखिया के सामने नाच करती है और मुखिया उसे उसका मनपसन्द वर चुनने की अनुमति देता है, क्योंकि यह माना जाता है कि मुखिया उस वक्त राजा का प्रतिनिधित्व कर रहा होता है। बाद में सामूहिक नाच का आयोजन होता है।

विश्व के समस्त देशों में नव-वर्ष आगमन को बड़ी धूमधाम से मनाने की परम्परा का एक लम्बा इतिहास रहा है। इस इतिहास पर यदि नजर डालें, तो पता चलेगा कि इस दिन को मनुष्य के नए दिन की भाँति लिया गया है, अर्थात् इस दिन अपना पुराना बहुत कुछ त्यागकर, नई अमन शान्ति की जिन्दगी के लिए कार्यरत रहें।

नए वर्ष का यह पर्व हमें अपने पुराने से अच्छा लेकर अपने नए से जुड़ने की प्रेरणा देता है। आइए, आज के इस नव-वर्ष के प्रथम दिन हम विश्व भाईचारे के लिए सुख शान्ति अमन की कामना करें।

और इस सुख शान्ति और अमन की कामना के साथ यह शब्द भी याद रखने होंगे-

अबकी बार समय की धार
पर चलकर
आये
आस्मां से आगे सितारों में तुम
वहाँ हो?
जहाँ से उस शून्य को जाता नहीं है
शायद कोई रास्ता
उन्हीं रास्तों में अटक कर कोई
अटक गया है।
इस राह पर
उस राह गुजर से पूछो तो
जानों
उसे कभी समय काल का
बोध हुआ है कि नहीं
उससे पता चल जाए तो
कहना कभी धरती पर देखना
अब इधर बहुत कुछ बदल गया है।

5

काम का अधिकार तलाशती पीढ़ी का गणतंत्र

लोकतंत्र, बहुमत पर खड़ा एक ऐसा चबूतरा है जिस पर खड़े होकर कोई भी अपनी आजादी का खाली ढोल पीट सकता है, आज की स्थिति में चिल्ला सकता है और कुछ भी नहीं तो अपने आपको जला सकता है सिर्फ एक खबर की परिणति के लिए ही।

'लोकतंत्र' किसी ऐसी प्रक्रिया का नाम भी है जिसमें लोग बदलती विषम और आधुनिक परिस्थितियों में अपने आपको आत्मदाह की ओर अग्रसर करते जा रहे हैं। क्या आज के आत्मचिन्तन का सिर्फ यही दिशा बोध रह गया है कि हम लोकतंत्र की बैसाखियों पर चलते रहें तथा जुल्म और मानसिक गुलामी को भोगते हुए गूंगे, बहरों की खोज में सिर्फ रोटी के टुकड़े पर जीते रहें।

सौ करोड़ की आबादी वाला यह मुल्क भले ही आधुनिक दौर से गुजर रहा है परन्तु शायद हम धीरे-धीरे आत्मग्लानी से गुलामी की मानसिकता को ढो रहे हैं और आत्मदाह की ओर बढ़ते चले जा रहे हैं। क्या आने वाली शताब्दी में यह इतनी घनी आबादी वाला धरती का भू-भाग सिर्फ मुर्दाघरों या अपाहिज मानसिकता वाले लोगों का देश हो जाएगा। हमारी आने वाली पीढ़ियाँ शायद हमारे पुरखों का गौरवमयी इतिहास किताबों में से ही पढ़ सकेगी। इस देश की भयावह स्थिति की तस्वीर 27 फरवरी 1991

को 'काम के अधिकार' पर बोलते हुए मिली, जब एक सांसद ने कहा कि 'पिछले वर्ष 60 हजार लोगों ने खुदकुशी की और ये सभी लोग 18 से 32 वर्ष की उम्र के लोग थे और इनमें 45-46 बेरोजगार युवक थे। यही सही है कि हमारे सामने खड़ी गरीबी की सीमा रेखा, साम्प्रदायिक चुनौतियाँ, बहुराष्ट्रीय निगमों का अपना आर्थिक व सांस्कृतिक मुमाद और इन सबके सामने हमारी लुंजपुंज होती अर्थव्यवस्था। इन सबके बावजूद यहाँ का आम आदमी इस बोझिल वातावरण में दम नहीं तोड़ेगा तो और क्या करेगा?

इस संदर्भ में 1942 में जेल से निकल भागने के बाद जब जयप्रकाश नारायण भूमिगत थे तो उनका लिखा हुआ 'आजादी के सिपाहियों के नाम एक खुला पत्र' एक खुला हुआ दस्तावेज है, जिसमें कहा गया है कि 'सभी क्रांतियों का इतिहास बतलाता है कि क्रांति मात्र कोई घटना नहीं है। यह अवस्था और एक सामाजिक प्रक्रिया है और इसी पत्र में आगे चलकर उन्होंने इस बात पर भी जोर दिया कि क्रांति मात्र एक विनाशकारी प्रक्रिया नहीं है, यह एक महान रचनात्मक शक्ति है। कोई क्रांति सफल नहीं हो सकती अगर वह नाश करती है। इस देश में क्रांति और लोकतंत्र का जुड़वां ऐतिहासिक प्रसंग है और यही प्रसंग हमारे देश के करोड़ों लोगों की उस संघर्ष की दास्तान है जिन्होंने भारतीय आजादी संग्राम में अपने बलिदानों की आहूति दी और एक लोकतांत्रिक ढाँचा हमारे सामने प्रस्तुत किया। परन्तु इस लोकतांत्रिक ढाँचे को किन-किन परिस्थितियों में कैसे आगे बढ़ाया जा सकता है यह एक बहस का मुद्दा है पर इसका हल कोई भी खोजना नहीं चाहता। बीसवीं सदी के 60वें दशक से जो विश्व परिवर्तन और देशों का भौगोलिक आकार का बनना/बिगड़ना शुरू हुआ उसकी परिणति 1991 के क्रिसमस दिवस पर हुई जब 1917 के बाद नए दिशाबोध लेकर जुड़ा सोवियत संघ बिखर गया और दुबारा फिर रूसी ध्वज मास्को पर फहराया। इस समय जब महाशक्तियों का विघटन व शक्ति संतुलन तीसरी दुनिया के देशों और सिर्फ अमेरिका के मध्य रह गया है तो अब सबकी आँखें विश्व के दो जनसंख्या बहुल देशों चीन व भारत पर टिकी हुई हैं। इन घटनाओं का असर हमारे यहाँ सीधे पड़ेगा जिससे हमारा लोकतंत्र भी प्रभावित हुए बिना नहीं रह सकता।

जैसे-जैसे समय का कालचक्र घूम रहा है वैसे-वैसे बीसवीं शताब्दी सिकुड़ रही है। इक्कीसवीं शताब्दी की दरवाजे पर आहट दी जा रही है तो लगता है कि हम 100 करोड़ जनसंख्या वाले लोकतंत्र को धीरे-धीरे या तो भूल रहे हैं या फिर हमें लोकतंत्र के स्वतंत्रता संग्राम से पहले वाले अर्थ को दुबारा समझाने की जरूरत है।

आज भारतीय समाज साम्प्रदायिकता या जातिवाद, आतंक की स्थिति से टुकड़ों में बंट गया है और यह भारतीय समाज का ऐतिहासिक विश्लेषण है। जब-जब वर्ण विशेष की स्वार्थ लोलुपता और परशोषण इसी तरह रहेगी और जन-जन में घृणा और विद्रोह पैदा होता रहेगा। इतिहास गवाह है कि भारत की पराजय का यही एकमात्र कारण रहा है। आदमी का समाज से मोहभंग एक ऐसा दुखदायी स्वप्न है जिसके घटित होते ही आदमी आत्महत्या पर उतर आता है और यह आत्महत्या उसी धर्म, वर्ण व व्यक्ति की है जिसका आत्म विश्वास उसके सत्तारूढ़ ढाँचे से टूट गया और जिस समाज में सब कुछ घटित होने लगे तो वह समाज कितनी देर जिन्दा रहेगा, यह उस समाज के आगे कई प्रश्नचिन्ह खड़े करते हैं। लगता है कि हमारा लोकतंत्र अभी भी 400 साल पुरानी गुलामी की मानसिकता से बँधा हुआ है और सवर्णों व दूसरे समुदायों के अलग-अलग खेमों के जीव अधरझूल में लटक रहा है।

विश्व भर के दार्शनिक चिन्तक लोकतंत्र को अपनी-अपनी तरह परिभाषित करते हैं। वाल्टेयर, कामू, जीनपाल, सार्थर से पहले अरस्तु की कल्पनाएँ व टिप्पणियों को देखें तो पता चलता है कि आज पूरे एशियाई देशों के साथ जिस सामाजिक, आर्थिक संकटमयी उतार-चढ़ाव की राजनीति भारतीय लोकतंत्र झेल रहा है उसके इशारे इन दार्शनिकों, चिन्तकों ने काफी पहले दिए थे। गुलामी की मानसिकता को ढोते हुए 100 करोड़ लोग सिर्फ कुछ लोगों के गुलाम व तौर-तरीकों के शिकार हो गए हैं। हमारा प्रशासनिक ढाँचा घुन लगी छत की तरह जर्जर हो चुका है जो किसी भी समय गिर सकता है और राजनीतिज्ञ अपने स्वार्थों की राजनीति कर रहे हैं। सोने की चिड़िया नामक भारत और विश्व के सबसे बड़े लोकतान्त्रिक देश की चिन्ता भले किसको है? आज पूरे भारतीय समाज में एक तनाव और विद्रोह का स्वर तेज हो रहा है। बढ़ती हुई बेरोजगारी और फैलती हुई साम्प्रदायिकता हमारे समाज व देश को किस ओर ले जाएगी, इसका फैसला अब यहाँ के राजनेता व ऋषि-मुनि तो करने से रहे। मानवीय संवेदना अब हमारे समुदायों से खत्म हो रही है और यह एक ऐतिहासिक प्रसंग है कि जब-जब भी आपसी संवेदना खत्म हुई है विद्रोह का अंश उत्पन्न हुआ है। इसी प्रक्रिया के चलते विद्रोह गले-सड़े समाज का बोझ भारतीय लोगों को इतना झुका देगा कि आने वाली पीढ़ियाँ हमें शायद कभी भी क्षमा नहीं कर पाएँगी क्योंकि वो जानती होंगी कि उनके पूर्वजों ने उनके हाथ की रोटी तो स्विस बैंकों में जमा करा दी और देश की आर्थिकता को अन्तर्राष्ट्रीय मुद्रा कोष के सामने गिरवी डाल दिया और झूठी पत्तलों पर पश्चिम का बासी खाना परोस कर निर्वाह करने का एक भ्रांतिपूर्ण इतिहास उनके लिए छोड़ दिया। आज

भारत का आम आदमी महँगाई और यहाँ के सामाजिक माहौल से इस कदर तंग हो गया है कि वह अब आने वाले दिनों में सड़क पर उतर आए तो यह कोई बड़ी खबर नहीं होगी।

क्या हम जिस माहौल में रह रहे हैं और तथाकथित आजादी का दुख भोग रहे हैं क्या ऐसे ही लोकतंत्र की कल्पना हमने आजादी संग्राम से पहले की थी, जहाँ हमारे स्वतन्त्रता संग्रामियों ने ऐसे भ्रष्ट समाज की संरचना करने की सोची थी कि आदमी अपनी सोच से ही मोहताज हो जाए। आज भारतीय लोकतंत्र को हर दिशा से खतरा है और ऐसे में यदि इस लोकतंत्र में कोई बिखराव आता है तो यह कोई ऐतिहासिक अथवा वर्तमान में कोई बड़ी घटना नहीं होगी। इसी संदर्भ में डॉ. राममनोहर लोहिया की लाइनें याद आती हैं कि यदि चिकनी मिट्टी स्वतन्त्रता के लिए एक धुन है तो कुम्हार की क्रांतिकारी तकनीक है जिसे उस जनता ने प्यार किया, जिसने सोच-समझ कर हथियारों का इस्तेमाल छोड़ दिया है और यह तकनीक मात्र कुछ कस्बों व गाँवों में सत्ता के अधिकार की नहीं अपितु देश भर से बर्बर सरकार को उखाड़ फेंकने की कोशिश है। यही वह तकनीक है जिससे सत्ता पर कब्जा नहीं किया जाता बल्कि उसे ध्वस्त किया जाता है। ऐसे हथियारों के सामने रूसी एवं फ्रांसीसी क्रांतियाँ व हथियार फीके पड़ जाते हैं। इतिहास में पहली बार जब आदमी ने विद्रोह किया था तब उसकी आत्मा ही उसका हथियार थी क्योंकि उसके पास हथियार नहीं थे।

आज भी वही प्रसंग भारतीय लोकतंत्र को उसी चौराहे पर खड़ा होकर परिभाषित करता है जिसमें सत्ता को हर रोज़ सम्बोधित होकर कहा जाता है कि आपके आदमियों ने भारतीय लोगों को भूख, बेकारी और मन्दहाली के उस दौर में पहुँचा दिया है।

जब वह उस समय की सीमा रेखा को पार कर चुके हैं और वह समय शीघ्र आने वाला है जब आप और आपके आदमियों को उसका जवाब देना होगा। डॉ. लोहिया ने अपने खुले पत्र में भारतीय लोकतंत्र को जिस तरह वर्णित किया वह आज भी सामयिक है। उनके अनुसार हम भविष्य के प्रति जिज्ञासु हैं, चाहे जीत आपकी हो या दूसरी शक्ति की। उदासी और अंधकार चारों ओर बना रहेगा, आशा की मात्र एक ही टिमटिमाहट है। स्वतंत्र भारत इस लड़ाई को प्रजातांत्रिक समापन की ओर ले जाएगा।

—•—

6

क्यों नहीं होता बाण लगने का एहसास इन दिनों

कभी साहित्य और कविता की घटनाएँ आपको काल्पनिक लगने लगती हैं परन्तु क्या आपने कभी यह सोचा है, ऐसा ही ठीक कभी-कभी आपके अपने जीवन में भी होता है।

क्या है, संकट भारत के सत्तर करोड़ मध्यवर्गीय लोगों का, खैर छोड़ो, यही वह वर्ग है, जो आज अपनी सारी पहचान और जीने की इच्छा ही खोता चला जा रहा है, यह भी सच है कि इन दिनों बरबस से हटकर तेज तरम् शार्ट-कट जिन्दगी की तकलीफ यदि सबसे ज्यादा किसी को हुई है तो वह है मध्यवर्गीय अभिशप्त जिन्दगी जीने को आतुर समाज। जिसके छोटे-छोटे दुख और सुख, दब्बू नियतिवादी समझौते से भरी यात्रा और कहना न होगा कि जुगाड़ पर खड़ा जिन्दगी का फलसफा।

कभी-कभी मुझे जैक लंदन का लिखा कितना सच लगने लगता है जब उन्होंने कहा था-यह पत्थर इमारत के निर्माण-कार्य से निकाल फैंका गया था।

और दूसरी तरफ भारतीय मध्यवर्गीय ट्रेजेडी का वर्णन करते हुए मरहूम मराठी चिंतक और लेखक दया पवार कितना सच लिखते हैं-उन्हीं के शब्दों में ''मैं मात्र नगरवाहक, उसके शब्दों का शब्दांकन किया मैंने किसी को न बताएँ यह उसकी इच्छा है

मैं भी सोचता हूँ आप भी किसी को न बताएँ। . . ." दया पवार का सच आपको चौंकाने वाला लगे तो कहना होगा कि कहीं आपके घूंट अन्दर कहीं अभी सच की कोई चिंगारी बाकी है और अभी बाकी जीने का सरमाया। कभी-कभी मुझे लगा इसी आग से ही जिन्दगी चलती रहती है। कवि संजय क्रंदन इस परिभाषा को नए अर्थ देते हुए कहते हैं कि कहना मुश्किल है कि कहाँ से खुलता है एक द्वार एक कालखंड और दूसरे कालखंड में आवाजें कभी रुकती नहीं बारिश की बूँदे थपथपाती हैं खिड़कियाँ . . .।

उनकी थपथपाहट में शामिल है- एक नदी की आहट भी।

इस कवि संजय क्रंदन का दर्द इतना गहरा है जो उनकी रचनाशीलता में सिर चढ़कर बोलता है।

मध्यवर्ग के जिस सुख और दुख की बानगी हमने आपको ऊपर बतलाई है- उसका एक रंग संजय की कविता में भी दिखाई देता है। जैसे-

-लेकिन इस बात पर सब सहमत थे कि अन्याय की भी एक हद होती है। वह पार नहीं कर सकता उस हद को-

-क्या आप सोचते हैं कि यह सीमा रेखा क्या होती है। खैर इसे वो ही बढ़िया ढंग से जान सकता है जिसने अपने जिस्म पर यह सब सहा हो।

इन दिनों एक अन्य चर्चित पत्रकार श्री प्रदीप शेखावत हैं—जिन्होंने अपने दमखम पर बच्चों के लिए महाभारत की कहानियों से लेकर पत्रकारिता में जीवट शौर्य को दिखाया है। वी. साईनाथ जब सुदूर भारत के गाँवों की बात करते हैं तो प्रदीप राजस्थान के अकाल और बढ़ते थार की बात कर चौंकाते हैं। अभी हाल ही में माणक अलंकरण से सम्मानित होने वाले कवि हृदय प्रदीप शेखावत से इस प्रदेश की जनता और शब्दों के सृजकों को नई पीढ़ी की नई पत्रकारिता में बहुत सी उम्मीदें हैं।

उपर्युक्त कवियों और चिंतकों के हम शब्दों से भी सचेत और जागरुक रहना चाहिए—

शब्दों में कुछ नहीं होता है, होता हावों और भावों में बिम्बों और भाषाई अलंकरणों में-

- परन्तु

जब सड़क से संसद तक जनता जागती है तो ठेठ गवाई हो जाता है शब्दों का कारवां फिर कहते हैं कि भाषा भी बदलती है। पर देखो असल में कौन बदलता है।

पहचानों और आक्रमण करो, समय अपना है इसे मुट्ठियों में भर लो।

– लगता है इस समाज में सब नंगे हो रहे हैं परन्तु क्या आप जानते हैं नंगा होने का अर्थ क्या है?

हम क्यों नहीं सोचते कि जब अमेरिका से एक खबर आती है कि नंगे लोगों का एक क्लब स्थापित किया गया है। सब पढ़ाते हैं, पर चौंकते नहीं, क्योंकि यह सब वहाँ के माहौल की देन है। हमारे यहाँ नंगों का क्लब बन जाए तो शायद कोई विवाद हो, वो भी पाँच सितारा परिवेश वाले गिने-चुने शहरों में। अलबत्ता यहाँ किसको याद रहेगा नंगे लोगों का मिलन स्थल।

पर नंगा होना शायद अपने रूबरू सबसे कठोर सत्य को देखना है। ऐसा सत्य जो आपके अन्दर की गन्दगी को एक दम बाहर फेंक दे कि यह देखो, सच यही है? जरा नंगा हो करके तो देखें हुजूर। पर हम और हमारा समाज इस घटना पर भी कोई प्रतिक्रिया नहीं करेंगे बस चुपचाप देख लेंगे और भूल जाएँगे हमने सोचना ही छोड़ दिया है। यही हमारे संकट का एक पहचान चिन्ह है। यह कितना बड़ा संकट है कि आदमी आदमी के सामने नंगा होकर सरे-आम घूमे और पूरा समाज और देश उसको देखकर हँसने तक की स्थिति में न हो। संस्कृति और मानवीय मूल्यों की इससे बड़ी त्रासदी क्या हो सकती है।

अभी पिछले दिनों ही एक बार फिर एक आदमी नंगा हो गया, अमेरिका में। जरा सोचिए, नंगा होने वाला कोई आप और मेरे जैसा साधारण व्यक्ति होता तो यह घटना खबर ना बनती पर हुजूर अमेरिका के समुद्री तट के किनारे पार्क पर सरे-आम नंगा होकर घूमने वाला आदमी अमेरिका का पिछले वर्ष का पुलित्जर साहित्य पुरस्कार विजेता, अमेरिकी नाटककार एडवर्ड एलबी था। वही एल्बी जिसे साहित्य जगत-'हूज़ अफ्रेड ऑफ वर्जीनिया लुत्फ' और 'अ डेलीकेट बैलेंस' जैसे नाटकों के सृजक के रूप में जानता है।

एल्बी की उम्र इस समय 67 वर्ष की है और वापे परिवार पारिवारिक जीवन जीते हैं, पर एकदम नंगे होकर घूमने की धुन क्यों लग गई? पुलिस ने उस पर मुकदमा दर्ज किया और अदालत में केस दर्ज करवा कर वार्निंग के साथ छोड़ दिया है।

एल्बी महान नाटककार है इसमें कोई शक नहीं, पर क्या वो भी समाज की त्रासदी भोग रहे एक साधारण आदमी नहीं हो सकते और वो भी उस तथाकथित समाज की, जो पूरी दुनिया को नए समाज जादुई भौतिकवाद समझा रहा है।

कहा जाता है कि एल्बी को उस समय गुस्सा आया, उन्होंने चिल्लाकर कहा, "मेरे नंगे घूमने से यदि आपको भ्रष्ट समाज की मान्यताओं को ठेस पहुँचती है तो इस समाज को बदल दो।"

मुझे किसी तरह से

मेरी आजादी तो वापस करो, जिसमें पैदा हुआ था पर आज एल्बी जैसे मनीषी की बात भी मानने को तौयार नहीं है।

नंगा होना जुर्म हो सकता है पर अपने सामने नंगा होने से कतराना क्यों?

इधर हमारे समाजशास्त्र में तो एक ऐसे समाज की परिकल्पना है जो पूरे विश्व की संस्कृति को नया रास्ता दिखाने का भ्रम पैदा करे और पूरे देश को इसी लबादे के रहते भयानक कुष्ठ रोग में डुबो दे।

हमारे यहाँ जूहू बीच पर शर्तों पर तो नंगा दौड़ा जा सकता है। एक नंगे भिखारी को देख हम दान तो देंगे पर उसे कपड़े से ढक दें, यह हमारी संस्कृति में शायद नहीं है।

नंगे होने का अर्थ क्या हो सकते हैं यह हमारे लिए शोचनीय विषय तक हो सकता है जब हम खुद अपने खुद के सामने नंगा होवें, बिना किसी भय, तनाव और आतंक के।

हमारे यहाँ नंगा होने का रिवाज तो है, हुजूर। पर कैसे, इसे धीरे बोलकर समझाया जा सकता है पर कब तक। अभी शायद समय उसी क्षण के इन्तजार में है जब आजादी की अन्तिम मंजिल मन की सीमा रेखा से पार हम नंगेपन के नंगेपन से उबर कर दलदली हंसी को छिपाये किसी नंगे पर दान की हंसी न हंसे। शायद हम इतनी नीच प्रवृत्ति के हो गए हैं। हमें सब कुछ सहज लगने लगा है।

लगता है, हम किसी उस समाज के नागरिक हैं यहाँ पर चेहरे तो नंगे हैं, शरीर लिबास में बीमारी छुपाए हुए है और यह बीमारी जब समाज की तथाकथित संवाद से भर जाएगी, तभी हम कहेंगे आओ, जरा सी ताजा हवा के लिए थोड़ा सा नंगा हो लें और हुजूर तब नंगे होने का अर्थ . . . ?

शायद हम अपने अन्दर झांकने से पहले ही खुदकुशी कर लेंगे।

परन्तु नंगा होने पर एक सच यह भी पढ़ते चलो, चलते-चलते-

"एक रात उसे भूख लगी और वह सड़क पर नंगी हुई पर इस बार सड़क पर नहीं अपनी झोपड़ी में तीसरी रात वह फिर नंगी हो गई क्योंकि अब उसे कपड़े चाहिए थे।"

यह है आजकल नंगा होने के बदलते हुए अर्थ।
क्या आप इसी सच के रूबरू होना चाहेंगे।

समय को अपने पीछे आने दो। तुम समय के पीछे भागो मत। यह तो आपका है और जब तक तुम में सांस बाकी है, यह तुम्हारे सांसों और एहसासों से लेकर तुम्हारी मुट्ठियों में रहेगा-

इसे इतिहास में बदलने दो समय बीत जाएगा। इतिहास कौन बनाएगा तुम-हो तो 'नायक' अपने को पहचानो।

इसी में वो सब कुछ, जिसकी शायद तुम्हें तलाश है। इन शब्दों की तरह-
शब्द जब कुछ नहीं करते तो
बहुत कुछ करते हैं।
जब बहुत कुछ होने लगता है-तो
जानता हूँ
तुम्हारे लिए कुछ नहीं होता शायद।

—•—

7

जलता है उस शहर का अन्तिम घर

टापुओं से घिरी जापान की धरती हर तरफ रंग, फूल, जिन्दगी के हसीन क्षण। इन सबसे दूर हिरोशिमा शहर के 'पीस मेमोरियल पार्क' में एक ज्योति निरन्तर जल रही है, उनकी याद में, जो कि इस शहर के खण्डहरों में उसे बचाने के प्रयास में दम तोड़ गए। 1945 में हुई भीषण बम वर्षा ने इस पूरे शहर को मलबे में बदल दिया था। आज यह शहर फिर मानवीय परम्पराओं का सृजन कर रहा है।

यहाँ के लोगों के दिलों में उस भयानक तबाही की दहशत तो है, परन्तु बकौल जापानी कवि नतसू ऐकी–

मरना है
एक बार जीना है
अनेक बार मरके
तेरी धरती, तेरे हिस्से का आसमान
हो, हिरोशिमा
वाकी है अभी
मेरी सांसों में
मैं तुम्हें प्रणाम करता हूँ।

इस तरह की कल्पना तबाही में लेने वाले जापानी कवि, चिंतक, लेखक तथा आम लोग आज भी हिरोशिमा और नागासाकी में हुए बम कांडों और तबाही को याद करते हुए नए समाज के सृजन का आह्वान करते हैं।

जापान के आधुनिक कवियों ने हिरोशिमा की इस तबाही को अलग-अलग रंगों-ढंगों से सजाया है, परन्तु सबसे बड़ी बात मानवीय संवेदनाओं की उदासी की लहरें बराबर इस दुखान्त के जितनी कविताओं में है। कुछ नमूने प्रस्तुत हैं-

यहाँ यह भी उल्लेखनीय है कि जापान के आज के सम्राट ने अपनी डायरी में इस तबाही का उल्लेख करते हुए कहा है-

मेरी धरती,
तेरा पानी, यह समुंदर
यह नीला आसमान
मुझे भयभीत कर देता है
जब मैं तेरे खंडहरों से गुजरता हूँ
मेरे पुरखों की जमीं
मेरा भविष्य तेरे रंग में है।

—सम्राट प्रिंस अकीहतो की डायरी

जिस देश का सम्राट इस तरह की भावनाओं का अहसास कर सकता हो, वहाँ पर इस तबाही और खत्म हुई मानवीय चेतना का चेहरा सहज ही देखा जा सकता है।

अगस्त, 1945 में जब विश्व युद्ध के दौरान यह घटना घटी, पलों में सारा शहर मलबे और धुएँ में लिपट गया। इसका वर्णन कवि फुमीहितो करता हुआ लिखता है-

शोर है, मौत है,
और तो, अब कुछ नहीं बचा है,
मेरे प्रिय नागासाकी
यहाँ पढ़कर मैं गया दूर शहर में
आज उतना ही दुख है, तुझे इस रूप में देखने का
जितना दुख था
तुझे पहली बार छोड़ने का
मेरा सब कुछ तो तुम्हीं में
समाया है,

मेरे शहर
तेरी मिट्टी का एक-एक कण
पूरे विश्व का बहुमूल्य सितारा है
तू जिन्दा रहेगा
मैं रहूँ न रहूँ
ओ, नागासाकी
मेरे पुरखों के शहर

जापान के इन कवियों ने अपनी कविताओं में इस शहर को अपनी प्रेरणा का स्रोत माना है। वह इनकी रचनाओं से हमें बराबर दिखाई देता है। एक उदासी और पुण्य जन्म की कथा का सृजन जापानी कवियों में है। दूसरे शब्दों में कहें तो जापान का आदमी अन्दर से बहुत संवेदनशील रूप से इस हादसे से जुड़ा हुआ है।

तोशी मिची जो जापान के 1945 के विश्वयुद्ध की इस घटना के बाद पैदा हुए। उनकी कविताओं में आज इस शहर के फूलों का रंग है, जिन्दगी का रस है, परन्तु अपने पुरखों की मृत्यु का गहरा सदमा भी है, जो इस शहर में अपनी यादें छोड़ गए मलबे के नीचे। उनकी प्रसिद्ध रचना है-

मलबे के नीचे से आवाज
आती है,
मलबे के नीचे से आवाज
जो मेरे लहू को और तेज करती है,
जागता हूँ
मैं
नींद से
सोता हूँ मैं जागता हुआ
इस शहर की परिक्रमा करता हुआ।
आती है, मलबे के नीचे से आवाज
जो मुझे करवाती है, अहसास।
इस शहर की आखिरी नींव का-
जो बाकी नहीं रही
और जलता है
आज तक इस शहर का अंतिम घर भी
उनकी स्मृति में

जो, यहाँ रहते थे
कभी–
आज मैं उसी मलबे
की नींव पर खड़ा होकर
कह सकता हूँ।
मैं तुझे जिंदा रखूँगा,
मेरे शहर
मेरी धरती।

विश्व में मानवीय-दुखांतिका का नया अध्याय लिखने वाली यह घटना आज पूरे विश्व में अब अमन-शांति की इबादतगाह के रूप में देखी जाती है। शांति के लिए बच्चों, बड़े-बूढ़ों की प्रार्थनाएँ, हवा में उड़ते गुब्बारे और अमन की कविता के लिए उठे हुए हाथ आज भी उसे दहशत का भय दिखाते हैं। देखिए जापानी कवि-चिंतक मिकासा-तू कहते हैं–

अमन की तलाश में
उठे हैं हाथ, खुली हैं आँखें,
तेरे रंगों की इबारत पढ़ने ओ हिरोशिमा की ज्योति
तू, जलती रहे,
इसी तरह
मुस्करा कर मेरी छोटी सी
बात की कहें,
जिंदाबाद
हिरोशिमा, तुमने तो हमें
जिंदा रहना सिखाया
जिंदाबाद, हिरोशिमा।

ऐसी कल्पनाएँ और पुरातन परम्पराओं से जुड़े सरोकारों को लेकर चलने वाले, इस जलती हुई आग को जिंदगी के अर्थों में बदलने वाले इन चिंतकों को सलाम, जिन्होंने मानवीय इतिहास की शायद सबसे बड़ी त्रासदी को भी प्रेरणा के रूप में लेकर एक नए ही रूप में देखा है, यहाँ पर नन्हें हाथ अमन की कामना के साथ कबूतर उड़ाते हिरोशिमा के इस मेमोरियल पार्क से आज के दिन।

—•—

8

बसंत के बाद भी तो आते हैं मौसम

उन दिनों का लौट आना
और फिर से उदासी और सहम की
शून्य होती यात्रा पर चलना
ठीक, उसी तरह से है
जैसे अपनी परछाई के साथ
सहमते हुए चलना
इन दिनों,
जब डर इतना लगे
तो चलो, सोचो,
चला कहाँ पर जाए।

सोचता हूँ, ऐसा क्या होता है जो आदमी को इस तरह सोच के स्तर यह सोचना के लिए मजबूर और मजबूत करता है कि इस क्षण के लिए आगे भी है, जिन्दगी और यह सफर इसी तरह खत्म नहीं हो जाता है।

जिन्दगी की रफ्तार है, रवानी, यह तो चलती रहती है।

उधार की परिकल्पना में यह साँसों का मायाजाल क्यों नष्ट करते हो। इनसे सीखो जो रेल की खटखटाती हुई पटरियों से ऊबकर नींद खराब नहीं करते। जिनकी जिन्दगी और घरौंदा यहीं है, रेल पटरियों के आसपास। कभी सोचा है आपने, आप कितने निरीह होते जा रहे हैं।

तुम्हारे सोचने की शक्ति क्यों इतनी शून्य से भरती चली जा रही है। जरा समय मिले तो इधर भी सोचो। यह भी तुम्हारे काम की वस्तु है।

बहुत कुछ गंवाने के बाद आँखों के सामने यह तो सच का मंजर है, कभी समय से आँख मिलाने की जुर्रत कर सको तो देखना, यही है वो, जो तुम्हारे अन्दर और बाहर का सच है। कभी परिकल्पना के पंखों में दुनिया का स्वर्ग नजर आता है और कभी स्वर्ग से यह छोटी होती है दुनिया। इसे समझ सको तो कुछ सोचना।

पर तुम हो कि इस चद्दर से कभी बाहर ही नहीं निकल पाए कि इससे आगे भी है दुनिया का मंजर।

वर्षों गुजर गए, जमाना बीत गया। कितनी नस्लें इस धरती का इतिहास हो गईं परन्तु हथेलियों पर उगा हुआ सच इतना विषैला हो सकता है और सब कुछ बस इतना सा ही है, यह कभी-कभी मुझे परिकल्पना से परे होता लगता है। समय के सच को यदि समय पर पहचान पाते तो यह दुनिया चकाचौंध जैसी ही जानी थी पर घबराओ नहीं। तुमने कुत्ते और हड्डी के स्वाद की कथा तो सुनी होगी। जब सारे देश का माहौल कुत्ते और हड्डी के स्वाद के गणित में उलझकर रह गया हो तो समय के शेष-अवशेष क्या हो सकते हैं, यह समझाने में देर क्यों है?

उठो, कि इन गद्दारों को इस घमासान में पराजित ही नहीं अपितु खत्म करना हमारा धैर्य है, शौर्य है। सूखी रोटी खाकर, माँ, बाप और परिवार से दूर सर कटा सकते हो परन्तु हार जाते हो, जब समय का सूर्य तुम्हारे बहुत आस-पास होता है।

क्यों हारते हो तुम, क्या सोचा है तुमने कभी? क्यों फर्जी मुठभेड़ों में शहीदों की विधवाओं को तमगे पहले मिलते हैं और उनके आँसू अय्याश वेश्याओं की तरह तुम्हारी इस पचास वर्ष की आजादी को मुँह चिढ़ा रहे हैं? देखना कभी इस विष जंगल में घूमते हुए-

इन पंक्तियों का सच कितना अपना लगता है। देखो जरा-

अपने दुखों के साथ अपनी देह में लौटते हैं हम

अपने घर चले जाते हैं मेरे प्राण
इस तरह देखने होते हैं कितने ही अंत
दुखों के लिए कम पड़ता है जीवन, देह इच्छाओं के लिए
बसंत जब मिटता है तो सिर्फ पत्ते पीले नहीं होते
अपने पर लिपटे अंधकार को फटकारती हैं जड़ें
बूढ़ों का मरना बच्चों के जन्म से जोड़कर नहीं देखा जाता
दुख को सुखमय देखना अन्याय नहीं तो अश्लील जरूर है
किसी के आने के लिए किसी का कम होना जरूरी है तो
जितनी देर हो सके इस मृत्युलोक को स्वर्ग बनने में भला है
यह अच्छा ही है कि अनिश्चित लेकिन लगभग सीमित जीवन मिला है हमें
इसलिए कम जीवन में भी दुखों को बड़ा करके देखना राहत है श्रीमान्।
देह तो बंधक है, इस दया को बनाए रखिए
हर चुनौती के लिए तैयार होता हूँ
चेतावनी मिलने से पहले ही जान लेता हूँ जो मुझे धमका रहा है
उसे धमकाने वाला उससे भी बड़ा है
मुझसे भी घना है मुझे डराने वाले का डर
पुराना याद रखता हूँ चलता हूँ आगे
मेरा मिटना गिरना नहीं है उठना है फिर से
मैं ही नहीं गिरता मुझे गिराने वाला भी गिरता है
दुख ही नहीं लौटते अकेले, लौटा लाते हैं जीने की जिद
बसंत के बाद भी तो आते हैं मौसम
जिनके पत्तों पर किया जाता है विश्वास
वही दिन अच्छे लगते हैं जो रुके नहीं रहते चले जाते हैं
देह से बाहर भी चले जाते हैं दुख . . .।

—हेमन्त कुकरेती की एक कविता।

अपने वतन में इन दिनों क्या होता है, कभी याद आता है, देखना आप भी जरा
कट रहे हैं पेड़
जल रहे जंगल
सन्नाटा है सड़क से संसद तक

कहाँ हो तुम, इन दिनों
अपने वतन में . . .।
अब लौट आओ, अपने घर,
स्वर्ण जयन्ती तो कब की खत्म हुई।
कारगिल भी बासी हुआ
खलनायक हैं
इन दिनों वोट की खातिर
फिर एक तुम्हारे घर के सामने
आओ कि तुम
घर वापस
आओ कि तुमसे वतन की बात करें।
अपने वतन में इन दिनों
सुबह सवेरे,
लोग सैर पर कम निकलते हैं
अखबार पढ़ते हैं, टीवी देखते हैं
और देखते हैं
रात के मरसिये की हूक
अब कबीर और बाबा फरीद
कितने बेगाने हो गए हैं
इस गाँव में
यह, जो गाँव, अपने ही वतन में है।
सीमाओं पर होती है
तस्करी इन दिनों
शवों की राजनीति और आदान-प्रदान
तमाशा-ए-जंग
जारी है, हर सुबह, हर शाम
अपने वतन में-
वतन की आरजू खतरे में है
कारगिल पुकारता है-
तुम मौन क्यों हो,
तुम क्यों नहीं कहते

तुम तो ऊँची आवाज में नारे लगाते थे न
अपनी भूख और प्यास को इश्तिहार
न बनाना
अपने को बेमौत न मारना
तुम्हीं तो कहते हो
कि
स्कूल में बहुत बार पढ़ा है
हिन्दी हैं हम,
वतन है, हिन्दुस्तां हमारा।
आओ कि वतन की बात करें इन दिनों।
समय के सच के सामने सब बौने हैं।
सिकन्दर चले गए, पोरस भी हारकर जीत गए।
तख्तो ताज हवा में उछल गए।
इस इतिहास और धरती पर क्या नहीं घटा तुम्हारे सामने।
क्या तुमने कभी सोचा है कि इस सबके
तुम भी एक हिस्से हो।
इस इतिहास में
तुम्हारा भी एक अंश है।
और जान लो
यहीं है वो अंश जो तुम्हें तुम्हारी ऊर्जा से भरता है
बहार नगमे कब गुनगुनाए जाते हैं,
पता हैं तुम्हें।

खैर, इस मौसम के इंतजार में सारी हयाती गंवा दो और फिर कहो कि तुम्हें किसी ने इतिहास का भाग नहीं बनने दिया। यह दुनिया उन उधार की सांसों पर पल रहे पालतू कुत्तों से भरी हुई है जो हर भरी गागर को चाटते हैं। पूँछ हिलाते हैं और लात खाकर किसी अगले घर की रोटी के चंद टुकड़ों की इन्तजार में खड़े रहते हैं। यह इन्तजार ऐसा ही है जैसे इस देश के एक अरब लोग कर रहे हैं, जिसमें आप और हम सब हैं। इस सच को भी देखो जरा–

अंधेरे में दुख की तरह चमक रही है मेज
धूप वहाँ है जहाँ छांव का स्पर्श किए बगैर हवा को जाना है

अकेले पेड़ के पास पीली पड़ती घास
और मेज पर बैठी रास्ता भूली चिड़िया उदास है
कम होती चीजें घबराकर आपस में टकराना छोड़ रही हैं
उनका आवाज करना कराहने जैसे दुख को गुंजाता है
मेज का जीवन मुश्किल होकर सहने लायक भी नहीं रहा
जो भीतर घुटता रहा ऐंठ रहा है अब भी चल रही है आरियाँ
उड़ रहा है दिल बुरादे में
मेज के जीव में पेड़ के प्राण हैं
आत्मा जड़ों में छुपी हुई है देह पर कीलें जड़ी हैं
उनका जन्म कष्टों से संभव हुआ
दिखता नहीं बहता था जो खून यातना की यह राह
भरी पूरी सुबह में ओस के साथ कितनी अकेली
और कितनी ज्यादा कम लग रही है यह मेज
कमजोर सूरत की कांपती हुई उंगलियाँ
उसको छू रही हैं बहुत डरकर
वह पेड़ का कटा हुआ हाथ है सिरहन होती है उसमें
और उसे देखने वाला पेड़ अपनी जड़ों में
घुटकर रह जाता है
तमाम पेड़ों की पत्तियाँ गिर रही हैं उसकी याद में
मेज की टाँगों के बीच आँखें बंद किए
बसंत की सिसकियाँ जाते हुए अंधेरे को घना
और धूमिल कर रही है सुबह को।
उस वतन में क्या होता है, क्या सोचा है, आपने कभी उस वतन में
यहाँ पर श्रद्धांजलियों का मौसम है
और हर बदलते मौसम में
बाढ़ और अकाल की तरह
आते हैं चुनाव
और राहत की बदलती है
सरकारें
आओ कि इन दिनों

उस वतन की बात करें
जिसे टांग दिया गया
आधे अधूरे नक्शे में
चुनाव के किसी पोस्टर पर
और उस वतन की बात करें
जहाँ पर, राम-रहीम अब झगड़ने लगे हैं
सरहदों पर
पीर-फकीर नहीं होते
खानगाह में चिराग नहीं जलते
होती है, बमबारी
और विधवाएँ, आती हैं मौन
सफेद वस्त्रों में लिपटी
श्रद्धांजलि देने, इस वतन के योद्धाओं को
अपने वतन में
इन दिनों यह सब एक साथ
क्यों है-
यह वतन टी.वी. की स्क्रीन से
कितना अच्छा लगता है।
इन दिनों
बाहर तो भीड़ का सैलाब है,
जिनकी आँखों में बुझी हुई आग है
कहो तो, इन दिनों
कोई रोशन चिराग जलाए
जिनमें से दिखाई दे
कोई तो जिन्दा चेहरा
जो यह नारा बुलन्द कर सके
ये जो बचा है,
वह हिन्दुस्तां हमारा है।
भूख, गरीबी और महामारी
अब चुनाव, सरकारें, बमबारी

कौन सा अपना है
इधर तो पानी नहीं– अपने वतन में
उधर पानी पर राजनीति होती है।
मुझे लगता है,
वही सच है,
जो,
तुम कह कर गए थे, घर छोड़ने से पहले
सब कुछ अपना है,
कुछ भी तो नहीं है,
अपना जहाँ–
इन दिनों, अपने वतन में।

9

गुलामी की ज़ंजीरें तोड़ते नंगे पाँव

जिस दिन इस धरती से,
हमारी सांसें खत्म होंगी
उस दिन आजादी के बोलों में,
हमारी रूह खुशबू बनकर उतर जाएगी।

और आजादी के बोलों में यह खुशबू 18 अक्टूबर, 1985 को उतरकर बिखर गई। इस दिन सुबह सात बजे दक्षिण अफ्रीका की गौरी सरकार ने दक्षिण अफ्रीका के बागी काले शायर बेंजामिन मोलाइस को फाँसी के तख्ते पर लटका दिया। इस अश्वेत शायर की शायरी में विश्व में शान्ति और बराबरी के लिए ललक थी, एक तड़प थी, एक दर्द था। आजादी का एक सपना था जिसके लिए उसे अपने जीवन की कुर्बानी देनी पड़ी। बेंजामिन दक्षिण अफ्रीका के पहले देशभक्त शायर हैं जिन्हें फाँसी पर चढ़ाया गया है। इससे पहले हजारों लोग अफ्रीकी सरकार ने मारे हैं।

इस नौजवान शायर पर आरोप लगाया गया था कि उसने नवम्बर, 1982 में एक गोरे पुलिस सिपाही फिलिप्स सेलपे की हत्या की है। अपने ऊपर इस मुकदमे की सुनवाई के दौरान बेंजामिन ने बार-बार इस आरोप का खंडन किया था। इस शायर को फाँसी देने से पूर्व किसी से मिलने की अनुमति नहीं दी गई, सिर्फ एक दिन पहले

बेंजामिन की माता श्रीमती पालिन को बेंजामिन से मिलने की अनुमति दी गई थी जिसमें उस अश्वेत कवि ने अपने देशवासियों को अपने अंतिम संदेश में कहा था कि मैं कल सुबह उन लोगों के लिए अपने आपको शहीद करूँगा जो मेरे पीछे हैं और अफ्रीका में एक दिन अश्वेतों का राज्य होगा, अब आजादी की सुबह नजदीक है।

फाँसी देने के बाद दक्षिण अफ्रीकी सरकार ने बेंजामिन की लाश को उसके घर वालों के हवाले नहीं किया सिर्फ दूर से दिखाया गया। इस अवसर पर बेंजामिन की आखिरी इच्छा के अनुरूप उसके पिता राबर्ट, माता श्रीमती पालिन और अन्य रिश्तेदार जेल के प्रथम द्वार पर अफ्रीकी आजादी मुक्ति का तराना गाते रहे, कारागार के दरवाजे पर सैकड़ों अश्वेत लोगों ने रोष-भरे नारे लगाए। जिनमें अफ्रीकी आजादी के जेल में बंद नेता नेल्सन मंडेला की पत्नी श्रीमती बिन्नी मंडेला भी शामिल थीं।

विश्व में यह ऐसी पहली घटना नहीं है कि इस तरह किसी बागी शायर को किसी मुकदमे में फँसा कर फाँसी पर लटकाया गया हो। इससे पहले भी दक्षिण कोरिया के जनवादी कवि के. जियान को फाँसी के तख्ते से हटाकर उनकी सजा को उमर कैद में बदला गया था और लेटिन अमेरिका में मिखालय अंडायेस और ए.आर. कास्तिलों को भी इसी तरह फाँसी के फंदे पर लटकाया गया था। मगर जिस ढंग से इस कवि को फाँसी पर लटकाया गया है उससे दक्षिण अफ्रीका सरकार की उस नीति का पता चलता है कि उसके लिए अपने अदीबों, चिंतकों और राजनेताओं का एक अपराधी से ज्यादा कोई महत्त्व नहीं है।

इससे पहले कि बेंजामिन को फाँसी पर चढ़ाया जाता, 101 राष्ट्रमंडलीय देशों ने नसाऊ में इस सजा को क्षमा करने की अपील की थी। संयुक्त राष्ट्र संघ परिषद् ने भी एक प्रस्ताव पास करके इस युवा कवि की सजा को क्षमा की अपील की थी। पर प्रीटोरिया की बोथा सरकार ने सभी अपीलें ठुकरा कर इस अजीम शायर को फाँसी पर लटका दिया।

कवि बेंजामिन: इस युवा कवि ने अपनी शायरी की यात्रा प्रेम कविताओं से शुरू की थी। बाद में उसने आजादी और अश्वेत लोगों पर जुल्मों की दास्तां से भरपूर बहुत से गीत और कविताएँ लिखीं जिन्हें आजादी के दिवाने कॉलेजों और युनिवर्सिटियों में गाते थे। बेंजामिन की एक काव्य पुस्तक 'दा गलोरी सन' कुछ वर्ष पहले प्रकाशित हुई थी। पूरे विश्व में इस छोटी सी काव्य पुस्तिका का अनुवाद हुआ था। प्रस्तुत है उसकी इस कविता में से दो कविताओं का अनुवाद:

ताजी हवा
ताजी हवा को अन्दर आने दो,
यह हवा . . .
यह हवा दूर-दराज से,
समुद्रों, पहाड़ों और महलों को छूकर आई है।
यह हवा . . .
आजाद परिंदों का गीत है,
इस हवा में मुझे सांस लेने दो,
यह ताजी हवा . . .
मेरे देश में आकर बासी और कड़वी क्यों हो जाती है
यह ताजी हवा . . .

नंगे पाँव
यह काले नंगे पाँव,
गुलामी की जंजीरें तोड़ते नंगे पाँव,
यह पाँव . . .
मुक्ति के पद चिन्ह हैं
इन पाँवों की कसम
जो मेरे बाप-दादा ने गुलामी में चले थे
और जो अब मैं चल रहा हूँ
इन पाँवों की कसम खाओ
और आजादी के पथ पर चलते जाओ।

समय का सच, कहते हैं, सिर चढ़कर बोलता है। इस काली ताकत को समझना होगा और आने वाला समय ही बताएगा कि विश्व में गोरे और काले के वर्चस्व की लड़ाई में कौन आगे है?

—•—

10

फिर भी समय हमारे संग होगा

इस इतिहास में
सब कुछ समा जाएगा,
तब,
तुम जिन्दा रहोगे,
क्योंकि तुम इस धरती के लाड़ले हो,
तुमने बिना आसमां का आकाश देखा–
और बिना पानी की धरती–
तुम जिन्दा रहोगे–
क्योंकि इस धरती का कर्ज है,
तुम्हारे पर
समय के इस कालचक्र में
कौन कहाँ गुम हो गया
कौन जाने
पर सच यह है,
कि यह देश और तुम जिन्दा हो।
और रहोगे?

इन पंक्तियों को लिखते हुए जब मन की एकाग्रता बिखरने लगे और तुम्हारे हाथ शून्य में उलझ कर रह जाएँ।

फिर बाकी क्या बचता है? कभी सोचा है तुमने। तुम्हारी विरासत, इतिहास, तुम्हारे जमीन से रिश्ते और इनका खून से भरा मोह, त्याग कहाँ छूट जाएगा।

तुम तो उलझ के रह गए हो।

कभी-कभी मेरे मन में यह भी आता है कि तुम्हारे पास कभी फुरसत हो तो पूछूँ कि पिछले मौसम में गाँव गए कि नहीं? प्रदेश में रहने वाले भाई की चिट्ठी आई कि नहीं?

कभी-कभी मन करता है पिछले इतने वर्षों का आजादी का ढकोसला फोड़ दूँ। कहाँ है आजादी? इस लाल बिल्डिंग में सब हल्ला करते हैं। टीवी की स्क्रीन पर इन्हें जानवरों की तरह झगड़ते हुए देखकर बच्चों को समझाना मुश्किल और असहाय हो जाता है कि आखिर इधर हो क्या रहा है?

कभी-कभी लगता है कि हम सबने भेड़-बकरियों की तरह इतने लम्बे वर्ष गुजार दिए। हमारी दो-दो नस्लें अब हमसे जवाब पूछ रही हैं कि तुम कहाँ हो? इस देश में असली आत्मा कहाँ शून्य हो गई? प्रगति और मुद्रा-स्फीति के आँकड़ों के खेल में कहाँ उलझ गया देश। पीने का पानी नहीं, दवाई नहीं। माँ के लिए बेटा नहीं, भाई के लिए बहन नहीं। कहाँ छोड़ दिया तुमने भारतीयता का यह शान्ति का संदेश। यह मान के चलो कि यदि देश जिन्दा है तो हम हैं। परन्तु भारत के भाग्य विधाता यह कर्णधार बूढ़ अखड़, बेलगाम, भ्रष्ट लाल फीताशाही और अफसरशाही के मुँह में लगा खून कब तक इस तरह से आम आदमी को ठुकराएगा। फिर कोई जलजला आएगा। देखें जरा-

सुनाके कोई कहानी हमें सुलाती थी
दुआओं जैसी बड़े पानदान की खुशबू
वह इतरदान सा लहजा मेरे बुजुर्गों का
रची बसी हुई उर्दू जुबाँ की खुशबू।

डॉ. बशीर बदर का यह शेर शब्दों का संसार नहीं है, यह तो इस देश की रूह का विलाप है। इन शब्दों के इस मर्म को देखें जरा-

मैं अपनी कविता से कभी युद्ध ही करता हूँ
अपनी हर कविता से
और मेरे साथ मेरी अगली पीढ़ी भी खड़ी है

पीढ़ियों की यातना कुछ नहीं है
राष्ट्र की यातना बहुत बड़ी है

उर्दू शायर मखमूर सईदी ने लिखा है, गाँवों की जिन्दगी का कम होता अक्स–उनके शब्द हैं–

गाँवों की फिजाओं में, डोलती हवाओं में
नग्मगी मचलती है, मस्तियाँ सनकती हैं
इक शरीर आहट पर, पुरसकून पनघट पर
गागरे छलकती हैं, चूड़ियाँ छनकती हैं
सिलसिले रकाबत के दूर तक पहुँचते हैं
जंगखुदो तलवारें देर तक खनकती हैं।

इसमें और कितने दिन जिया जा सकता है कि अच्छे दिन आएँगे। जरा इन शब्दों को देखें तो–

उस दिन
इतने पास था आकाश
कि कभी सामने के पेड़ के पीछे
तो कभी पेड़ के आगे
कभी सामने की छत के ठीक ऊपर
तो कभी खिड़की के एकदम पास
कभी बाहर आई चिड़िया के साथ
कमरे में
तो कभी अन्दर कहीं झिलमिलाती
किसी बूंद के आर–पार
उड़ रही थीं
हवा में चादरें
गलियों के ऊपर
खिड़कियों में मढ़े थे चेहरे
बह रहे पानी पर
बन रहे थे पल
डूब रही थी धरती

जगह-जगह से भीग भीगकर
लौट रहा था

—रामकुमार तिवारी की कविता के अंश।

परन्तु इन दिनों इस भावना से प्रेरित एक और शायर की परिकल्पना का जिक्र करना होगा। राजस्थान के एक युवा कवि हैं हरिराम मीणा।

एहसास और यथार्थ की जिस पैनी धार की बात बार-बार की जाती है, उसमें उनकी कविताओं के भारत के आम आदमी की जिन्दगी का अक्स कहा जा सकता है।

हाँ, चाह मेरी भी है, नामक अपने ताजा संकलन में अपने समाज, धरती और लोगों से सीधे जुड़े हुए हैं।

वे कहते हैं-

और इतिहास साक्षी है,
तब, तुम बन जाते हो
संसार-सागर, आसार, भार
बन्धन की पतवार
और इतिहास इसका साक्षी है
इसलिए-
जलती रहो, अवसाद भरे एकांत में,
या
तलाशो जिजीविषा
किसी सिमन दाबाआअर के पुरुषार्थ में
इसी तरह के ही एक और रंग

इस आदमी में वे कहते हैं-

वह आदमी मरता है जीवनभर
और जीते हैं मौत के सिर पर
बहुत अर्से से जिन्दा हैं
वह इसी कदर
इसलिए संभव है
एक दिन

वह मरना ठान लेगा
और कफन बाँधकर मौत से लड़ेगा
और जीने के लिए मरेगा
फिर वह
किसी भी वास्ते का लिहाज नहीं करेगा।

मीणा की इन कविताओं में उस आदमी का दुख-दर्द है जो आज हाशिए पर है। कौन है जो उसको इस लाल पत्थर वाली बड़ी बिल्डिंग के अन्दर देखेगा? कौन है जो नंगे पाँव और भूखे पेट के आक्रोश का सामना कर सकेगा? हम कैसी पाँच सितारा और जमीनी, गंवई संस्कृति में बँट गए हैं। क्या कभी आपने सोचा है हम आज कहाँ खड़े हैं और हमारे पैरों के नीचे है क्या?

इन बहरे कानों को तब ही सुनेगा शायद जब, दीवार पर खून की स्याही से लिखा जाएगा।

आदमी जिन्दा रहेगा,
गद्दार मारा जाएगा

इसी में अश्क की एक गजल के शेर देखें जरा-

रोज नए समझौते होंगे, फाड़े जाएँगे
तरह-तरह से अभी तो लोग पछाड़े जाएँगे।
बापू सोच रहे हैं, बिटिया बड़ी हो गई है
भाभी कहती है, ये बर्तन गाड़े जाएँगे।
वह लोगों को लड़ा रहा है, दिलचस्पी लेकर
जीता तो सब कुछ, हारा तो भाड़े जाएँगे।
दुकानों पर टंगे हुए हैं, गर्म-गर्म कपड़े
हमको अबके, नंगा करके जाड़े जाएँगे।
हिलते-डुलते हिल पाएगी, महलों की बुनियाद
जाते-जाते ये राजे रजवाड़े जाएँगे।
यह इक ऐसा सच है, जिसे तुम छोड़ नहीं सकते
जहाँ भी, चौपाए जाएँगे, बाड़े जाएँगे।

इस सच को देखो, अपनी आँखों से देखो। तुम्हें पता चलेगा। इस भयावह

दुनिया में है क्या और इस विस्फोट की कगार पर खड़े देश में, तुम्हारे वैरों की धरती और तुम्हारे हिस्से का सूर्य कहाँ है। फिर इन शब्दों को देखें जरा–

धुँधली धुँधली दूप सुबह की
वर्तमान को सेंक रहे हैं
पता नहीं है कल का जिनको
'रामशलाका' देख रहे हैं
सर्वशक्तिमानों की गाथा
या कि समर्थों की लाचारी
पहुँच चाँद पर जान गई है
आधे सच को दुनिया सारी
दुनियादार, छोड़कर दुनियादारी
लाठी टेक रहे हैं
यादें हुई गले की फाँसी
लोग शान से झूल गए हैं
पैदा होकर पले बढ़े
फिर अपनो को ही भूल गए हैं
अपनी बस्ती लगे अचीन्ही
उड़ती नजरें फेंक रहे हैं।

—यश मालवीय का गीत।

फिर भी समय हमारे संग होगा क्योंकि यह धरती और आस्मां हमारा भी है।

□□□

खण्ड–3

साहित्य समय

1

इस मोड़ पर तुम्हें सपनों की प्रतीक्षा है

अब तो
मैं जानती हूँ सपनों की असलियत
आँखों में घुसकर वे
आने वाले कल को
अतीत में रख जाते हैं
मुझे नींद की–
तुम्हें सपनों की प्रतीक्षा है

यह उन भावनाओं का एक दर्द भरा अहसास है जो सपनों की सृजना के पीछे की परिकल्पना को आँखों के सामने ला देता है। जानते हो, सपनों का सच पर्दे पर जब सपनों की आँख–मिचौनी के बाद आँखों को दहला देने वाले प्रकरण में से गुजरता है तो वह सच यथार्थ का आइना हो जाता है। यही है, स्क्रीन और आदमी की परिकल्पना का जीवंत अहसास।

मुझे नींद की, तो तुझे सपनों की प्रतीक्षा है। कहने वाले हताश–मन कवि उस पर्दे के सच से दो–चार होते हुए भी शायद यह भूल जाते हैं कि इस शताब्दी का सबसे बड़ा सच शायद यही है जो हमें अपने ऊपर हँसा रहा है। जो हमें अपने अन्दर की भीतरी परतों में खोजने के लिए विवश कर रहा है। इस सच से अब बच पाना उतना ही कठिन

है, जितना जिन्दगी को जीने की प्रक्रिया से उलझे रहना।

आज से पहले जब डिज़नी वारलैंड ने कहा था—आने वाली पीढ़ियाँ तुम्हारा सच नहीं परखेंगी। वो तो तुम्हारा झूठ देखेंगी और उस कैमरे के सामने तुम इतने जलील हो जाओगे कि खुदकुशी पर आमादा हो जाओगे।

खुदकुशियों का मौसम। परिक्रमा से ही शायद यह सारा समाज आज गुजर रहा है। एक उदास नदी के किनारे पर खुदकुशी के लिए शायद समाज आज बैठा है।

इस सिनेमाई टेलीविजन और उपग्रह की नजरों से आज का मर रहा आदमी भला कब तक अपने सपनों को बचाकर रख सकेगा। शायद अपना सब कुछ ही खत्म कर बैठेगा, यह आज का आदमी।

सपनों की सृजना सेल्यूलायड पर लिखी जाती है। इस शताब्दी के प्रारम्भ में जब पहली बार आदमी ने अपने जैसे किसी आदमी को अपने सामने नंगी आँखों से देखा तो खुशी से झूम उठा था। तभी गोर्की जैसे लेखक-चिंतक ने कहा था-मेरे लिए इस घटना को बयान करने के शब्द नहीं हैं।

यह करिश्माई घटना आज इस पूरी सदी की अंतहीन यात्रा पर इस तरह हमें झकझोर रही है कि इससे बचना समय की धारा से कटना साबित होता है।

यह भी सही है कि इस पर्दे के सच ने इस दुनिया को इतना छोटा कर दिया है कि हर घटना और उससे जुड़ा हुआ हर पहलू हर क्षण आपके चिंतन को मनोवैज्ञानिक तथा अन्य प्रतीकों से जोड़ता और तोड़ता हुआ नजर आता है। इस जोड़ने और तोड़ने की प्रक्रिया को ही इसने सपनों की प्रतिगामी वंदना के रूप में देखा है।

आज एक सर्वेक्षण के अनुसार समूचे विश्व में 67 प्रतिशत से ज्यादा लोग इसको अपनी जिन्दगी का आम हिस्सा मान चुके हैं और कितने ही ऐसे हैं, लगभग 17 प्रतिशत, जिन्होंने इस छोटे व बड़े पर्दे से हटकर शायद ही अपनी किसी कल्पना का जिया हो। जिन जगहों पर इस (केबल डिश) पर प्रतिबंध है, विशेषकर खाड़ी देशों तथा अन्य लातीनी मुस्लिम बहुल देशों में, वहाँ पर भी इसके पहलुओं पर गहरी चिंता का मनन हो रहा है।

संसार में इस पर्दे के पीछे और सामने आने वाले चेहरे इस दुनिया से बेखबर हैं। हालांकि दावा यह है कि वे सपने बेचते हैं।

भारतीय समाज में इस पर्दे ने इस दशक के प्रारम्भिक दिनों में अपनी पैठ जमानी शुरू की थी, आज यह एक रोग में बदल रही है।

इस उपभोक्तावादी संस्कृति में इसका एक और कारण है। आज जिस कदर मूल्यों का विघटन हम देख रहे हैं, उससे लगता है कि मूल्यों की सृजना तथा उनके अर्थों में नया संचार, नया अध्याय अब यह पर्दा ही लिखेगा।

इसके सच से कौन आँखें बन्द करेगा?

जीन पाल सात्र ने कहा था–उन्हें बदलो, जो सच को नहीं मानते, झूठ तो यह उगल ही देंगे। उसकी मक्कार आँखों से देखना, भाषण करते हुए ही हमें खुदकुशी का आह्वान करती हैं।

यह सच आज हमारी सबकी त्रासदी बन हमारे सामने है। आने वाले दिन शायद इससे भी बदतर हों। न जाने पर्दे पर क्या देखकर आने वाली नस्लें ये हिसाब माँग लें। इसके लिए कौन रखेगा आखिरी सच की ईंट।

आज इतिहास और मिथिहास की इस अन्तर्द्वन्द्व कथा में आदमी का वजूद इतना गहरा डूबता जा रहा है कि उसे अपनी परछाई से भी डर लगने लगा है। यही डर एक ऐसे समाज को जन्म दे रहा है, जहाँ पर अकेलापन है, उदास आँखें हैं। भूखा पेट है परन्तु सामने टीवी पर अर्थात् पर्दे पर लिखा हुआ उसका नाम उसे बदलता ही प्रतीत होता है।

इसकी प्रक्रिया को क्या कहा जाएगा, बदला हुआ परिवेश और बदली हुई जीवन मूल्य प्रक्रिया! आज आदमी को इतना अकेला और निरीह बना रही है कि अपने समाज और भीतर से आदमी कटता हुआ जा रहा है, उदास होता जा रहा है। दूसरे शब्दों में कहें तो कहेंगे कि आदमी मर रहा है।

आज इस मर रहे, दम तोड़ रहे आदमी की त्रासदी का सबसे बड़ा, सबसे शायद यह छोटा पर्दा है जिसे आदमी ने अपना आज का सबसे बड़ा साथी और कहें तो अपना सबसे बड़ा दुश्मन भी बना लिया।

सपनों की आमद में में इस घटना को जाहिर न होने देने की क्षमता यदि किसी मूक घटना में है तो वह है सेल्यूलायड पर लिखा हुआ आपके अपने मन के अन्दर उठती तरंगों का हर क्षण का विवरण। जिसे आप स्विच ऑन करते ही ढूँढ लेते हो। फिर रह जाता है, चार दीवारों का पर्दों से सटा एक कमरा, स्क्रीन, रंग और आवाजें, जो पर्दे से

उठकर आप से टकराती हैं और धुंधलाहट को आपके वजूद पर भारी कर देती हैं। यहाँ से शायद लौटना बहुत असम्भव ही नहीं, कष्टदायक है।

इस क्षण आप पाते हैं अन्तर्मन की दृढ़ कथा का पहला पन्ना। यहाँ पर आप अपने से लड़ते हुए दिखाई देते हैं। मन की भीतरी तह तक, कुछ दूर जाता है और पीछे छोड़ जाता है मर रहा, दम तोड़ रहा आदमी, जिसे शायद अपनी जिन्दगी से कोई मोह बाकी नहीं रहा है।

छोटे पर्दे के आज के सच को अर्जेंटीना के चिंतक डुगल सलीयीना इस तरह कहते हैं–यह घटनाएँ ऐसी हैं, जिसे संवेदनशीलता का शून्य ग्राफ आप कह सकते हैं। इस समय सच, सृजना, सपने आपसे कोसों दूर होते हैं। पास होता है सिर्फ पर्दे का सच। इसको आप चाहकर भी अपनी जिन्दगी से नहीं निकाल सकते। इन दिनों अर्थात् समय यही जिन्दगी और समाज का सच है जो आप सामने पर्दे पर घट रहा देख रहे हैं। इसकी इस घुसपैठ को आप अपनी जिन्दगी से निकाल नहीं सकते हैं। आने वाले दिन और भी खतरनाक होंगे।

यह कथन उतना ही सच और खरा है, जितना अपने–आपको पर्दे पर देखकर नंगे होने की जलीलता से बचना। इस आँख की सच्चाई को बयान करने वाले सैटेलाइट पर्दे के सामने अब भूख लगने लगी है। सपने नहीं दिखाई देते, हालांकि खुदकुशी करने को मन करता है।

शायद इस उम्र में इन दिनों खुदकुशियों का मौसम आ गया है। आने वाले दिनों में यदि यह सब मायावी सपनीला पर्दा होकर बर्बादी की नई परिभाषा लिख दे तो क्या कहेंगे, बकौल महमूद शाम–

इन दिनों हम अपने अन्दर
मरे हुए किसी क्षण की
लाश को ढो रहे हैं।

2

काल चिंतन की किताब के आर-पार

बीत रहा है समय
निकल रहे हैं, दिन
रेत की तरह कुछ भी नहीं हाथों में
इन दिनों,
तुम
इतने अकेले क्यों हो,
जानते हो,
कभी,
कालचिंतन को पढ़ते हुए
खुली किताब के आर-पार होता है,
वह सब कुछ
जिसे आप अपना नहीं कह सकते हैं।
क्या होता है,
इन दिनों,
कुछ अपना जब बेगाना सा होने लगे
तो जानते हो

उसे काल चिन्तन
इतिहास की किताब माना जाता है।
जो एक विरासत हो जाता है,
उन दिनों

समय बीत रहा है, इन दिनों। देश और समय का एक इतिहास नई घटनाओं और विरोधाभासों में जी रहा है।

क्या आप अन्दाजा लगा सकते हैं कि इन दिनों यह देश इंडिया और भारत में बँटा हुआ किस दिशा में जा रहा है। गरीबी की रेखाओं का ग्राफ बढ़ता जा रहा है और जो नासूर सबसे ज्यादा खतरनाक है वे हैं इसकी मैकाले की औलाद और भ्रष्ट अफसरशाही और लालफीताशाही में दम तोड़ता हुआ इसका आम आदमी।

वही आम आदमी, वही मध्यम आय के समाज का आदमी जो अभी भी हाशिये के आर-पार झाँकता हुआ अभी भी भारत के नागरिक होने को तरस रहा है। आज इस व्यवस्था में लगता है कि सब संभावनाएँ खत्म होती जा रही हैं। देशी-स्वदेशी के चक्कर में कहाँ पहुँच गए हैं हम, इन दिनों।

क्या आपने कभी सोचा है कि इन पिछले इतने आधी सदी के वर्षों में हम कहाँ हैं-हालांकि कहने को हमने मिसायल और पोकरण परमाणु परीक्षण बहुत कर लिए हैं-परन्तु साफ पानी, सेहत, कुपोषण, शिक्षा जैसी बुनियादी सहूलतों से मरहूम इस नई सदी के भारत को आप कहाँ ले जाना चाहते हैं। कभी-कभी इसकी एक झलक सुदूर गाँव में बसने वाले भारत में से देखो।

अन्तर पता चल जाएगा। टीवी की स्क्रीन पर जो भारत रहता है और जो भारत असल में, दिल्ली, मुंबई, कोलकाता से बहुत दूर। कहाँ, है, असली भारत उसे अंगरखे और कमजोर आदमी-जिसे गाँधी कहा जाता था। उसके सपनों के भारत को आप कहाँ छोड़ आए।

इन शब्दों में देखें तो आपको इसकी कुछ और तस्वीर दिखाई देगी।

नदिया बौराने लगी, छोड़ पुराने छोर।
मन में रख दुर्भावना, चली गाँव की ओर॥
मौसम से कुछ यूँ हुए, पावस के अनुबंध।
गली-गली में बिछ गई, सौंधी-सौंधी गंध॥
छनन-छनन छन कर रही, आँगन वाली टीन।

बूंदे कत्थक कर रहीं, दिवस हो गए लीन॥
दुखिया की छत कर रही, टप-टप-टप-टप रोज।
पखवाड़े से हो रही कोलतार की खोज॥
पावस का अद्‌भुत असर, देखा हमने मित्र।
चित्रकार ने रंग दिए, हरे-हरे सब चित्र॥
बूँदों की अठखेलियाँ, प्रिये करें बेचैन।
मन में बादल याद के, बरसा करते नैन॥
पल में बादल घिर गए, पल में तपती धूप।
नेताओं जैसे लगे, मौसम का ये रूप॥

इन दोहों का सच आज उस सच की माफिक भी है जो हम इस काल से गुजरते हुए किसी दूसरे काल में समाहित करते जाते हैं। यह काल है-जिसे हिन्दी जगत के प्रेमी वर्षों से पढ़ते चले आ रहे हैं। ये बात कर रही हूँ। काल चिन्तन और उसके लेखक डॉ. राजेन्द्र अवस्थी जो हिन्दी की वर्षों से कादिम्बनी के सम्पादक के नाते सेवा कर रहे हैं।

अभी हाल ही में उनके व्यक्तित्व पर एक चर्चित पुस्तक खुली किताब के पन्ने धीरे-धीरे उनके समस्त व्यक्तित्व के कई आयामों को समेटे हुए मिली है। यह पुस्तक हिन्दी के इस मूर्धन्य विद्वान पर पहली ऐसी पुस्तक है जिसे तो इस तरह के चिंतक विद्वान और काल चिंतन के लेखक की परतें हमारे सामने खुलती हुई दिखाई देती हैं।

इसी पुस्तक में उनके बारे में लिखा गया है, आप भी देखें जरा-

राजेन्द्र अवस्थी जैसे विलक्षण व्यक्तित्व के धनी व्यक्ति के समूचे आकलन के लिए शब्द अधूरे प्रतीत होते हैं। मित्रों के परम मित्र, राजनीतिज्ञों पर अचूक वाकप्रहार करने में अतिशय निर्भीक, उपनिषद्, सार्त्र, नीत्शे और ओशो के चिन्तन की भाँति एक सर्वथा नई दार्शनिक चेतना के उद्‌वाहक अवस्थी जी के सम्मान में साहित्यिक बन्धुओं का समवेत प्रयास है, यह ग्रन्थ एक विराट चेतना का लघु अंश . . .। यह कार्य काफी समय पूर्व अपेक्षित था किन्तु तटबन्धों को तोड़ उमड़ते सागर की भाँति लहरों को लाँघने की तरह दुष्कर और समय साध्य भी . . . हरहराते नीम की भाँति उन्मुक्त, दुर्गम पर्वतों के तुल्य बीहड़, छलछलाते निर्झर के सदृश निश्छल उर्जस्वित और मूकास्वदनवत् प्रेम की सधार से सर्वथा रससिक्त श्री अवस्थी का साहित्यिक दायभाग विरल और ज़ीवन मूल्यों से आपूर्ण है . . .। यह प्रयास उनके कृतित्व के प्रति एक लघु वर्तिका है जो उस महान प्रकाश स्तम्भ से ही आलोक चुरा कर अपना अस्तित्व पा सकी है।

यह ग्रन्थ उनकी साहित्य यात्रा के अगणित सोपानों के बीच एक मील स्तम्भ बन सके, ऐसा प्रयास किया गया है एवं हम साहित्य बन्धुओं ने उस ऋण से उऋण होने का उपक्रम किया है, जिसका परम अवदान राजेन्द्र अवस्थी के साहित्य से समाज को मिली है-एक अपूर्व सृजनधर्मिता है उनमें। यायावर वृत्ति से ओत-प्रोत उनके जीवन का दूसरा अनूठा पक्ष है, जिसमें शिव शक्ति का अद्‌भुत समन्वय व्याप्त है . . .। साहित्य की मंगलाशंसा का वह व्यापक सन्देश जिसकी छांह तले राग-द्वेष से परे विशुद्ध मानवीय प्रेम की रस-धार बहती है और है अदम्य जिजीविषा, जिसका सम्बल पाकर जीवन का उदात्त पक्ष प्रखर मुखर हो उठता है।

इस पुस्तक के सभी आलेख अपने आप में एक काल चिंतन हैं। इस दोहे की तरह-

शब्द,शब्द बूँदें गिरें, यत्र-तत्र सर्वत्र।
बादल टाइप कर रहे, फिर पावस के पत्र॥

निसन्देह अवस्थी आज चलते-फिरते हिन्दी सेवा के प्रतीक और एक ऐसे चिन्तक हैं जो काल चिन्तन लिखते हुए खुद काल की विरासत या यूँ कहिए शिलालेख हो गए हैं। ऐसे साहित्य मनीषी चिंतक को हमारा सलाम।

बात हो रही थी समय और काल की भारतीय पृष्ठभूमि में काल की महिमा की झलक यह भी है कि आज हम अपने आपको इस निर्णय की घड़ी में अलग नहीं कर पा रहे। शायद यह मध्यवर्गीय समाज की अर्न्तद्वन्द्व ही है जो उसे इन जकड़नों से निकलने नहीं देता बकौल शायर-

कहीं, कुछ नहीं होता है
समय बदलता है,
आदमी बदलता, समाज बदलता है
और बदलता है
काल-
जो दुनिया के नक्शे बदलता है,
पते बदलता है
और बन जाता है, कालचिंतन।

—•—

3

लोक युद्ध के अधूरे सपने का सच

आज जब पूरा विश्व सोवियत संघ के विघटन के बाद रूसी जनता को हताशा में देख रहा था तो उसकी नजरों में कहीं न कहीं चीन की परिकल्पना भी होती है। परन्तु यह एक ऐतिहासिक सच्चाई है कि चीन का इंकलाब का फलसफा बन्दूक और लोक चेतना की धरोहर पर लोक से जुड़ा हुआ है और शायद यही कारण है कि चेयरमैन माओ-त्से तुंग की मृत्यु के बाद से आज तक चीन की लोक क्रांति के सच की तलाश शुरू नहीं हुई है, जिस तरह रूस, पेरिस अथवा पौलेण्ड में हुई है।

चीन के लोक युद्ध में लोक शब्द का बड़ा महत्त्वपूर्ण स्थान है। सच तो यह है कि इसी शब्द को आधार मानकर वहाँ के लेखकों, चिंतकों ने एक नए सृजन को तलाशा। खुद चेयरमैन माओ ने लिखा है-

लोक से जुड़ने को लालायित मेरी आत्मा,
देखती है-
पूर्व में उगता हुआ लाल सूरज
और धुंधलके में
डूबे गाँव की छतों पर मंडराता हुआ धुँआ।

फिर मैं
कविता के लिए तैयार होता हूँ
ठीक उसी तरह जैसे युद्ध में जाने से पहले
समेटता हूँ अपने हथियार।

पूरे विश्व परिदृश्य में इस सन्दर्भ में देखें तो हम पाते हैं कि इस सच्चाई के पीछे मूल तथ्य यह है कि समाज के आम आदमी को भी वह सुख सहूलियत मिले, जिसकी कल्पना लोक मुहिमों पर जाते हुए काफिलों ने की है।

कभी माओ की 'लाल किताब' इस बात का प्रमाण थी कि जिन साथियों के पास है वो असली हकदार अर्थात् प्रतिबद्ध है, परन्तु आज इस शताब्दी के इस समाप्त होते अध्याय पर यदि समकालीन परिस्थितियों पर नजर दौड़ाएँ तो हम पाएँगे कि आज लोक की अवधारणा का मूलतंत्र ही मूलतः बदल चुका है और यह भी उतना ही सच है कि इस लोक की परिभाषा आज उस चीनी समाज में भी बदल चुकी है, जिसके लिए और जिसके द्वारा यह लोक आह्वान किया गया था। चिंतक लू-थिन कहते हैं-हमने जिन मुद्दों में बर्फ का सफर किया वे हमारे समाज में चेतना तो भर सके, परन्तु उस कल्पना को साकार नहीं कर सके, जिसकी हमने जीते जी करने की सोची थी, अर्थात् सामाजिक सरोकारों के वे परिवर्तन अधूरे रहे। क्यों यह दुखान्त रहा कि पूरे विश्व घटना चक्र में हमारा फलसफा कहीं धीमी गति तथा ज्यादा परम्परागत रहा। उदाहरण के लिए 'सत्ता बन्दूक की गोली से आती है' का आह्वान शायद पूरे विश्व में हमें समझने में भ्रमित करता रहा और लोक चिंतक थोड़ा फासला बनाकर चलते रहे।

आज इस मोड़ पर क्या हो रहा है, चीन के सांस्कृतिक पटल पर। मोटे तौर पर देखें तो यही लगता है कि आज जो घटनाएँ विश्व में घट रही हैं, उन्हीं की तरह चीन में घटित हो रहा है तो प्रश्न यह है कि उन प्रतिबद्ध प्रतीकों का, उन सामाजिक मूल्यों का क्या हुआ, जिनकी बुनियाद पर लोक युद्ध का बिगुल बजा और नई सांस्कृतिक चेतना पैदा हुई।

यह यात्रा शायद कहीं न कहीं अधूरी रही है और इस अधूरे सपने की तलाश में अभी चीनी चिंतक है, हाँ इतना शुमार हुआ है कि समय की हवाओं के साथ उनकी लोक प्राथमिकताएँ बदल गई हैं और जीवन मूल्यों के सरोकार भी बदल गए हैं।

इस तरह के शब्द भी अब वहाँ पर मिलते हैं, जिनसे पाश्चात्य संसार से

आत्मसात होता दिखाई देता है, कहना होगा कि इस तरह के बदलाव के आगे पूरे विश्व चौखूटे के अनुरूप अपने को बदलना होगा।

ली. काह्य तुंग अपनी किताब *खोजते हुए* में कहते हैं-"मैं जब-जब उन किताबों से गुजरा हूँ, जो हमारे पुरखों ने लिखी है, और उन गाँवों की तरफ गया हूँ, जो हमारे पुरखों के थे, तो मुझे यह समझ में आया है कि वर्तमान और भविष्य में भूत का क्या योगदान है और उसकी आज को क्या देन रही है?"

अपनी बात को ली. कुछ इस तरह स्पष्ट करते हैं, जब वो कहते हैं-

अंधेरे की स्याही में
जुगनू की तरह ढमकते हुए
उस दिये की खोज में
मुझे मिलता है-
पुरखों का साथ
उन लोगों और क्रांति का बिखरा सपना
जो शायद पूरा नहीं हो सका-
क्योंकि,
जमाना बदल गया
इतनी तेजी से
बहुत कुछ पीछे छुटवाया
हमारे लोक युद्ध का भी
इस पीछे छूटने का सच्चा क्या है?

शायद यही, जो माओ तथा उसके बाद की पीढ़ी को हमसे अलग करता है। यह शायद वो भेद भी है जिसके आधार पर माओ तथा उनसे जुड़े अनेक चिंतक नेता, आम लोक इस बदलाव की सीमा को चाव से देखते थक गए और अंततः हताशा के साथ उम्र के उस मुकाम पर पहुँच गए। यहाँ से आगे शायद रास्ता बन्द था परन्तु यह भी सच्चाई है कि चीनी समाज में कभी उस तरह का जलजला नहीं आया जो 1945-49 की क्रांति में आया था।

पिछले वर्षों की घटनाएँ चीन के इस सपने में बदलाव की कथा करती है। थियानमिन चौक की घटनाएँ जिस ओर इशारा करती है वे शायद दीवार पर लिखा हुआ

है, और यह भी कड़वा सच है कि यदि बहुत देर तक उसे न पढ़ा गया तो उसके अर्थ कुछ और भी हो सकते हैं क्योंकि अब इसी सदी के अन्त और नई सदी की आमद में विश्व परिदृश्य, भूगोल और रांस्कृतिक मूल्यों की धारणा बदल चुकी है और उनकी परिकल्पना, स्वरूप भी बदल गया है। परन्तु आज भी 1945-49 की क्रांति और माओ की 'पीपल्ज वार' लोगों को ताजा है।

हालांकि पिछले वर्षों में माओ के पूर्व चिकित्सक द्वारा लिखी गई जीवनी पर भी हल्ला हुआ था, परन्तु बिक्री के लिहाज से वो भी खूब बिकी थी। पश्चिमी जगत में-

इस सांस्कृतिक बदलाव की यात्रा में इनके बिना थियानमिन चौक की घटनाओं को लेकर खूनी संघर्ष को प्रतिबिम्बित करती लिखी कविताओं का संग्रह जिसमें उस घटना का मार्मिक दर्द और बयान प्रकाशित हुआ था आज भी पश्चिमी मीडिया में अच्छी बिक्री है।

चीन के क्रांति आह्वान को आज किस दिशा में माना जाए, जबकि समय साक्षी है कि चीन विश्व के उन गिने-चुने देशों में से है, यहाँ से अभी पारम्परिक खुशबू आती है, जो भले ही उसके साहित्य के बहाने से हो, अथवा उस खुशबू के आंचल से, जिसमें माओ-त्से-तुंग ने नई सांस्कृतिक चेतना का स्वर बुलंद किया और कहा था-

"कविता और साहित्य मेरे हथियार हो सकते हैं, परन्तु सत्ता का असली रूप बंदूक की गोली से ही आएगा।" कहने को सच यह भी है कि माओ जिस लोक की कल्पना करते रहे वो आज कहाँ है-कहना होगा वो जिन्दा है, कहीं गाँव के आखिरी छोर पर और कभी-कभी बाकी है उन किताबों में जो इस चेतना का निर्वाह करती थी, भले ही माओ की लाल किताब हो, अथवा उससे उपजी 'शैडोज ऑफ डेज।'

और अन्त में इस कविता के साथ इस ऐतिहासिक अवसर पर याद करते हैं। बकौल माओ-त्से-तुंग-

गहरी नींद में
सो जाता हूँ
मैं
सुबह के सपने तलाशता
हमले की तैयारी में

चिमनी से
निकलता हुआ धुआँ
मुंडेरों को छूता है तो पता चलता है
हम हैं कहाँ
कहाँ से चले थे
इस दिशा में
लोक तो चारों दिशाओं में
जरा देखना, उगते हुए सूर्य में

4

गुएंटर ग्रासः इस सदी के अंत में इतिहास और संवेदना का अध्याय

वर्ष 1999 का साहित्य के लिए चर्चित नोबेल पुरस्कार जर्मनी के प्रख्यात उपन्यासकार और सदी के जीवंत हस्ताक्षर गुएंटर ग्रास को दिया गया है। गुएंटर ग्रास हमारे इस विरोधी समय के चर्चित हस्ताक्षर रहे हैं। सदी के अंत में उन्हें नोबेल के लिए चुनना एक महत्त्वपूर्ण घटना है। उनके जीवन और साहित्य के विविध रूपों की समूचे विश्व में चर्चा रही है। उनके इसी व्यक्तित्व तथा रचना संसार के आर-पार देखने की कोशिश की है इस लेख में।

''यह समय वो नहीं,
जो काग़ज़ और कलम से बाँधा जा सके-
यह हमारे समय का
घोड़ा है-
जो उड़ रहा-
इस सदी के अंत में''

—**ग्रास** (एक वक्तव्य में)

"गुएंटर ग्रास का मानना है, पीढ़ियाँ इतिहास सृजना करती हैं, इतिहास किसी व्यक्ति विशेष अथवा घटना से घटित नहीं होता-इतिहास में किसी राष्ट्र की पूरी उम्र समाहित होती है। इसी इतिहास में है, मानवीय पीड़ाओं और संवेदनाओं की नमकीन गंध। आइए, इतिहास को नए सिरे से देखें, आदमी कितना सुंदर है और यह दुनिया . . .।"

गुएंटर हमारे इस ढलती सदी के समय के एक चर्चित और अभिन्न अंग रहे हैं। कभी-कभी लगता था कि उन्हें भी प्रसिद्ध उपन्यासकार ग्राहम ग्रीन की तरह पीछे दिया जाएगा परन्तु नोबेल ने इस सदी के अंतिम दिनों में ग्रास को चौंकाया है। इसीलिए नोबेल पुरस्कार मिलने पर उनकी पहली प्रतिक्रिया थी- इस प्रतिष्ठित पुरस्कार मिलने पर खुशी हुई है। "मुझे नहीं पता कि इस अवसर पर मुझे क्या करना चाहिए, मैं पिछले जर्मन नोबेल पुरस्कार विजेता हेनरिक वोएल को याद कर रहा हूँ।"

ग्रास इस तेज़ बदलती हुई शताब्दी के साथ-साथ चले हैं। उनका मानना है कि मानवीय इतिहास एक धरोहर के रूप में आने वाली सदी के मनुष्य को नया सोचने, कुछ करने पर प्रेरित करता रहेगा।

हमने जिन मानवीय संवेदनाओं को उकेरा है, जिस पीड़ा के संताप को भोगा है, वो कहाँ है। यदि वो साहित्य में समाहित है, तो वे साहित्य (शब्द) अमर हैं—जिंदा रहेंगे। आने वाली पीढ़ी इसके लिए एक नई तरह से तैयार हो रही है। आइए, सब मिलकर उस पीढ़ी और नई सदी का स्वागत करें।

ग्रास, इस शताब्दी के उन अगुआ लेखकों में से एक हैं, जिन्हें अपने साथ 'महान' शब्द लगाने का दुख रहा है। उसने कहा-"एक सीधा-सादा आदमी भला क्या नहीं कर सकता? मन और तन की तरंगों को पकड़ कर केन्द्रित तो करके देखो। इस विश्व इतिहास में से झांककर इधर देखो, दुनिया बदलती हुई नज़र आएगी। इसी बदलती हुई दुनिया में ही हमारा भविष्य निहित है।"

गुएंटर ग्रास ने पहली बार अपने लेखन में इतिहास को मानवीय सरोकारों से जोड़ कर देखने का प्रयास किया और इसी सफलता का सेहरा उनका पहला चर्चित उपन्यास 'द टिन ड्रम' *(The Tin Drum)* बांधता है। असल में 'द टिन ड्रम' उनका उदय था।

गुएंटर ग्रास ने इस शताब्दी को अपनी आँखों से जवान और बूढ़ी होते देखा है, इसीलिए वो कहते हैं-"इस सदी की दिशा हम लेखक का मर्म, आदमी का दर्द समझने

वाले निर्धारित करेंगे नां कि परमाणु बम्बों से मानवता का नामो-निशान मिटाने वाले लोग।''

इस सदी के अंत में ग्रास को नोबेल पुरस्कार प्राप्त होना ठीक वैसी ही प्रतिक्रिया है जैसी कभी ज्यां वाल सात्र को सम्मान घोषणा के समय हुई थी। गुएंटर जैसे उपन्यासकार और सरबांगी, विविध स्वरूप लिए खड़ा लेखक आज इस विश्व को नई भूमिका के लिए तैयार पाता है। नए विश्व को नए नजरिये से देखने की कल्पना की है ग्रास ने।

गुएंटर ने कहा-''यह शताब्दी उन लोगों की है, जिन्होंने जिंदगी को हथेली पर नमक की तरह देखा, स्वाद से पहले ही नमक खत्म हो गया। इस तेज़-तर्रार दुनिया में इस शताब्दी के कितने हस्ताक्षर हैं, जिन्हें इसने अंगीकार किया है।'' (ग्रांट-माई सैंचुरी में)

गुएंटर यूं कहें कि हमारे इस महत्त्वपूर्ण समय का वो आईना दिखाते हैं कि उसमें से इस समाज का हर कोना दिखाई दे जाए। ग्रास ने उसी समाज की दयनीय दशा और इतिहास लेखन क्षमता को एक दृष्टि से देखा, परखा और अपने लेखन का अंग बनाने की कोशिश की है।

ग्रास का मानना है, ''यूं ही कुछ नहीं बदलता, एक करवट तो इस सबको देनी ही पड़ेगी। इसी से होती है, एक नये संसार की परिकल्पना की नई साकार तस्वीर।'' आइये, इसमें झांककर देखें तो पाते हैं कि ग्रास उन लेखकों में से हैं, जिन्होंने इस शताब्दी को जिया और अपने लेखन से इस दूसरी लेखकीय पीढ़ी को विश्वभर में प्रभावित किया।

उनके समकालीन, पिछले तथा अब के नए लेखकों में एक समान विचारधारा है, उनके लेखकीय कर्म के बारे में। सुप्रसिद्ध उपन्यासकार ग्राहम ग्रीन, गाब्रिएल गार्सिया, सरमागो और ओए ने इस सम्मान को इस सदी की घटना करार दिया है। उनका मानना है कि ग्रास को यह अवार्ड बहुत पहले ही मिल जाना चाहिए था।

गुएंटर ग्रास का लेखक एक ऐसा उदयमान लेखक है, जो समय के साथ चल रहा है, यही कारण है, कि इतनी बड़ी और विविध स्वरूपों से सुसज्जित रचनाएँ लिख सके।

कालजयी रचनाओं के जन्मदाता गुएंटर ग्रास अपनी ऊर्जा को सिर्फ लिखने में ही खर्च करते हैं, ऐसा नहीं। उनका मानना है कि आदमी विशेषकर लेखक को विविध बहु-आयामी तो होना ही चाहिए। इसकी एक उदाहरण है, खुद ग्रास।

क्या आप मान सकते हैं कि बेहद जी-तोड़ घंटों बैठकर साधनारत, सोलह घंटे लगातार कार्य करने वाले लेखक ग्रांट कोई ऐसे व्यक्ति हैं जिन्हें कई कोनों से देखा जा सकता है। वे असली अर्थों में सृजक हैं।

ग्रास एक अच्छे ग्राफिक्स आर्टिस्ट हैं तो इसके साथ ही वे प्रिंट, मूर्तिकार, समाज सेवक, कट्टर आंदोलनकारी, तथा निबंधकार, नाटककार, कवि और चिंतक हैं।

बहुआयामी लेखक के रूप में समूचे विश्व में लगभग सभी भाषाओं में जाने जाते ग्रास आज विश्व साहित्य की एक धरोहर के रूप में जाने जाते हैं। इसके पीछे उनका धैर्य, श्रम और कठिन साधना उन्हें और कर्मठ बनाती है।

वे एक बढ़िया वक्ता और युद्ध लड़ाकू के रूप में भी जाने जाते हैं। वे कभी जवानी में हिटलर के यूथ मूवमेंट में भी रहे हैं। युद्धबंदी रहे। देश छोड़ा। प्रदेश जिया, क्या नहीं देखा, ग्रास ने इस विश्व में।

चाइना क्ले स्वादान के जख्म उनकी हथेलियों में अभी भी हैं। जॉज ग्रुप में बैंड बजाने वाले से लेकर क्या नहीं किया गुएंटर ने इस समय की धारा के लिए। यहाँ तक ब्लैक मार्केट में दलाली का कार्य और मेसन तक की भूमिका में उतरते ग्रास इस समय का सच है, जो उनके यथार्थ को एक सूर्य की भाँति रोशन कर रहा है।

लेखक के तौर पर उनका पहला उपन्यास 25 वर्ष की उम्र में ही आ गया था तथा इससे उनकी पहचान बननी शुरू हो गई थी। 1956 में वे पेरिस में थे जब उनका संसार प्रसिद्ध उपन्यास 1959 में (जर्मन भाषा) में प्रकाशित हुआ। प्रकाशन के बाद तो तांता लग गया और यह उपन्यास था-'द टिन ड्रम' *(The Tin Drum)*। इसने पूरे विश्व में खलबली मचा दी।

जर्मन में इसकी आलोचना हुई परन्तु इसका अंग्रेजी अनुवाद छपते ही गुएंटर विश्वविख्यात हो गए और फिर तो सिलसिला चल निकला। गुएंटर ने एक से बढ़कर रचनाएँ लिखीं और सफलता के कई नये रिकार्ड स्थापित होते गए। 1961 में उनका उपन्यास 'कैट एंड माउस' *(Cat and Mouse)* प्रकाशित हुआ।

सच की परछाई में मित्रता कैसे टूटती है, लड़ाई के दिनों। यह एक मानवीय त्रासदी पर आधारित उपन्यास था। जिसने ग्रास को एक संवेदनशील उपन्यासकारों की श्रेणी में खड़ा किया।

हालांकि ग्रास के पहले उपन्यास में जर्मन धरती पर नाज़ीवाद के उत्थान और बढ़ते प्रभाव का इतना सजीव वर्णन है और एक किशोर की जुबानी यह सब पता चलता है कि जर्मन में नाज़ीवाद का दौर कैसा था। परन्तु जिस ढंग से व्यंग्य के नज़रिये से ग्रास ने इस सबको प्रस्तुत किया है वे अपने आपमें अनूठी मिसाल है।

शायद इसीलिए नोबेल पुरस्कार देने वाली समिति ने अपनी प्रशस्ति में कहा है कि- ''गुएंटर ग्रास के समूचे लेखन में योरपीय इतिहास की एक ऐसी तस्वीर मिलती है इससे उस समय के जर्मन साहित्य को नई दिशा मिली है।''

इस पर हालीवुड में फिल्म भी बनाई गई, जो बहुत चर्चित रही थी।

1963 में ग्रास का एक और चर्चित उपन्यास 'डॉग ईयर्स' *(Dog Years)* प्रकाशित हुआ। 1970 में इनका एक अन्य उपन्यास 'लोकल एनेस्थेटिक' *(Local Anaesthetic)* बाज़ार में आया। इसके बाद तो रचनाओं के ढेर लग गए।

एक प्रतिभाशाली कालजयी रचनाकार के रूप में ग्रास ने अपनी उपस्थिति दर्ज करवाई, समूचे विश्व साहित्य में।

बाद में गुएंटर के अन्य उपन्यास जैसे- 'द रैट' *(The Rat)*, 'द फ्लाउंडर' *(The Flounder)*, 'इन राइट फील्ड' *(In Right Field)*, 'द सिटीज़न एंड हिज वोट' *(The Citizen and His Vote)* के अलावा उनके अन्य उपन्यासों-'द मीटिंग एट टेलगेट' *(The Meeting at Talegate)*, 'जर्मन आर डाइंग आउट' *(German are Dieing Out)* या 'हैड बर्थ' *(Head Bearth)*। इसके अलावा गुएंटर का एक समग्र दस किश्तों का साहित्य विवेचना का कार्य भी सामने आता है-जिससे पता चलता है कि गुएंटर किस विधा में कैसे चल रहे थे। गुएंटर ने सैंकड़ों टिप्पणियाँ तथा पार्टी के लिए भी लेखन किया।

इन दिनों गुएंटर की एक प्रसिद्ध रचना 'माई सैंचुरी' *(My Century)* ने पूरे विश्व में लोगों का ध्यान आकर्षित किया है। 'वाइड फील्ड' *(Wide Field)* में भी कुछ अनुभव इस लेखक के हैं जिनसे पता चलता है लेखक के अंदर आग की धधकती हुई चिंगारी कैसी है।

जर्मन के बंटवारे और उसकी दीवार को लेकर मानवीय संभावनाएँ और संवेदनाओं को तलाशते हुए ग्रास की पुस्तक ''काल ऑफ टॉड'' *(Call of Todd)*

जर्मन में *(Unkennife)* जर्मन और पोलिश लोगों की त्रासदी को एक कब्रिस्तान बनने की घटना को लेकर वर्णित किया गया है।

ग्रास के कई नाटक भी उन्हें विश्व लेखक की श्रेणी में खड़ा करते हैं। भारत सहित कई देशों में उनके नाटक मंचित हुए हैं।

भारत के साथ रिश्ता

यह भी अजीब संयोग है कि बाद के इस नोबेल विजेता का भारत के साथ भावनात्मक रिश्ता है हालांकि उनकी कलकत्ता को लेकर की गई टिप्पणियाँ चर्चित रही हैं। परन्तु यदि इसे लेखकीय आज़ादी और मानवीय मर्म के संदर्भ के रूप में देखा जाए तो यह अपनी जगह पर बेहद सटीक बैठती है।

ग्रास भारतीय जनजीवन को देखने के लिए कलकत्ता दो बार आए। एक बार अकेले और एक बार छह महीने अपनी पत्नी के साथ। इसके आधार पर उन्होंने अपनी पुस्तक 'शो यूअर टंग' *(Show your Tongue)* (Harecourt Bracenj ovanovich san diago) 1989 में लिखी है।

ग्रास ने अपनी इस पुस्तक में 'मां काली' की बाहर निकली हुई जीभ को अपनी यर्थाथवादी दृष्टि से देखा है और ग्रास ने इसे कलकत्ता की गंदगी और सामाजिक भीड़ की ओर मोड़कर देखा है। कलकत्ता की ट्राम के सफर को ग्रास जीवन की असलियत मानते हैं।

ग्रास दूसरी बार अगस्त 1986 से जनवरी 1987 में कलकत्ता रहे तो उन्होंने लिखा-'मां काली की जीभ कलकत्ता की यह दुर्दशा देखकर ही बाहर निकली है।' इस लंबी कविता में वो कहते हैं कि "कलकत्ता का सौंदर्य नष्ट हो गया, यहाँ पर गंदगी के ढेर और बदबू है।" इससे भारतीय जनमानस, विशेष बंगाली समाज को गहरी चोट पहुँची थी। पर गुएंटर का लेखकीय सच इतना सटीक था कि वे इस प्रतिभा में सामने आता है।

यह प्रसंग ठीक वैसा ही है जैसा 19वीं सदी में व्रुसीयन उपन्यासकार थियोडोर फाउंनटैन की कल्पना में था।

कलकत्ता के बुरईपुर एरिया में घूमते हुए ग्रास इसके सल्लम को दूसरी तरह की जिंदगी के रूप में देखा है। बंगाल के विभाजन की त्रासदी को ग्रास ने ढाका में रहकर भी

महसूस किया है। (Zunge Zeigen) ''जीभ दिखाईये,'' कहते ग्रास आज भी कलकत्ता की यादों में खो जाते हैं। कलकत्ता का सच उन्हें जीवन के ज्यादा निकट लगता है।

रोमांचक जीवन गाथा

ग्रास का जीवन, तमाम तरह की विविधताओं से भरा हुआ है और एक अपनी तरह की ही रोमांचक गाथा है। आज वे 71 वर्ष के हैं। ग्रास का जन्म 16 अक्टूबर 1927 को पश्चिमी जर्मनी के एक सुदूर कस्बे 'डानजिंग' में हुआ। वो अब डान्सक के नाम से पोलैंड के पास है। जर्मन तथा पोलिश माता-पिता की संतान ग्रास अच्छे सपन्न घर में पैदा हुए, परन्तु उनकी पढ़ाई लिखाई पर विश्व युद्ध ने प्रभाव डाला। शुरू की शिक्षा डानजिगे वोकटले में हुई। डिसलडर्ल में अकैडमी ऑफ आर्ट तथा बर्लिन में शिक्षा प्रास की। ग्रास हावर्ड विश्वविद्यालय के छात्र भी रहे। इसी समय ग्रास में लिखने का बीज शुरू हुआ तथा आज वो एक वृक्ष के रूप में सामने है और जिसकी छाया में पूरा विश्व नतमस्तक हुआ है।

ग्रास ने अपनी जिंदगी के इस मुकाम तक पहुँचते-पहुँचते इतने काम किए हैं कि वो एक कालजयी पुरुष हो गए हैं।

गुएंटर ग्रास आज हमारे समय का वो विलक्षण हस्ताक्षर हैं, यहाँ पर रचनात्मिका एक विरासत नहीं अपितु समाज की धरोहर के रूप में सामने आती है।

ग्रास एक ऐसे समाज की परिकल्पना में प्रयासरत हैं, यहाँ पर नई विश्व शताब्दी मानवीय संवेदना के साथ शुरुआत करती है। इस सदी का सच उनके तमाम उपन्यासों में रंग-बिरंगी आभा और जिंदगी के कई चेहरे लेकर हमारे सामने है।

इतिहास की समझ, बीते हुए की परिकल्पना और सौंदर्यबोध के गहरे अर्थों वाले इस लेखक को नोबेल पुरस्कार मिलना सचमुच एक अपनी तरह की ही घटना है। ऐसी बुलंद आवाज को लाखों सलाम।

5

जोसे सरमागो : क्रांतिकारी कल्पनाओं का यथार्थमई चितेरा

"... गरीबी और चिंता आदमी/समाज के अन्दर और बाहर दोनों तरह से दिखाई देती है। अपने से प्रश्न नहीं उठाया जाता, क्योंकि आत्म पराजय सबसे बड़ा अभिशाप है और इस विश्व का सत्य यही है कि हम इससे गुज़रकर एक नई सदी में जा रहे हैं। इस तरह की गरीबी को देखते हुए, बाँटते हुए, झेलते हुए, खत्म होते हुए, एक डरावनी कल्पना का रोमानी यथार्थ भोगते हुए, कहाँ होंगे हम, अगली शताब्दी में।"
–सरमागो अपनी पहली टिप्पणी में।

पुर्तगाली भाषा के दार्शनिक लेखक, कवि, उपन्यासकार, नाटककार जोसे सरमागो को जब प्रतिष्ठित पुरस्कार 'साहित्य का नोबेल' देने के बाद एक बार फिर यह प्रश्न उठाया जा रहा है कि क्या किसी ऐसे लेखक को साहित्य की उन धारणाओं के विपरीत नवाजा जा सकता है, जो धर्म, राजनीति और इतिहास मिथकों पर बात करते हों। उनमें व्याप्त विरोधाभास को प्रकट करते हों। जोसे सरमागो को यूरोपीय साहित्य जगत में कुछ ऐसा लेखक ही माना जाता है। निरन्तर चर्चा में रहने वाले सत्ता विरोध और व्यवस्था के भ्रष्ट तरीकों के खिलाफ विद्रोह का आह्वान करती उनकी रचना कल्पनाशीलता का

परिचय उनकी तमाम रचनाओं में उजागर होता है।

सरमागो पुर्तगाली भाषा के पहले ऐसे संघर्षशील क्रांतिकारी लेखक हैं, जो एक ऐसा सपना ढूँढ़ते हैं जो ज़िंदगी और इसके सरोकारों के बेहद आसपास का हो और वो उसकी गहरी चिंता से डूबे हुए नज़र आते हैं। इसके साथ यह भी महत्त्वपूर्ण है कि सरमागो प्रतिष्ठित पुर्तगाली भाषा के पहले ऐसे लेखक हैं, जिन्हें नोबेल से पुरस्कृत किया गया है।

जोसे सरमागो के सम्पूर्ण रचना संसार में आदमी के दुख-दर्द की रोमानी यथार्थवादी अभिव्यक्ति प्रस्तुत हुई है। यही कारण है कि कई चर्चित चेहरों और लेखकों को छोड़कर एक कम चर्चित और अपनी तरह के लेखक सरमागो को इस पुरस्कार के लिए चुना गया था।

नोबेल पुरस्कार का चयन करने वाली स्वीडिश अकादमी ने अपनी टिप्पणी में कहा है कि, "सरमागो ज़िंदगी के मापदंडों का उसकी बची हुई शेष परम्पराओं का प्रयोग कुछ-कुछ इस तरह से करते हैं कि वर्तमान समय और परम्परागत संदर्भों में उन्हें क्रांतिकारी शब्द चितेरा कहा जा सकता है। वे कल्पना और यथार्थ के माध्यम पुल हैं।"

साहित्यिक तथा चिंतनीय मानवीय मूल्यों की वकालत को यथार्थवादी तौर-तरीकों से विश्व भर में उठाने वाले सरमागो आज एक ऐसे लेखकीय वर्ग के लिए एक बेहतरीन उदाहरण माने जा रहे हैं, जिन्होंने ज़िंदगी का सच भोगा है और इसकी कड़वाहट को पास से निहारा है। उनकी तमाम जिंदगी इसकी एक महत्त्वपूर्ण उदाहरण है, जो ज़िंदगी के अनेक अनछुए पहलुओं को हमारे रूबरू करती है।

जोसे सरमागो के बारे में टिप्पणी करते हुए अकादमी ने यह घोषणा भी की है कि सरमागो को यह पुरस्कार उनके समूचे रचना परिवेश, विषय-वस्तु तथा उनकी रचनाओं में उल्लेखनीय कल्पनाशीलता, भावाभिव्यक्ति और विडम्बनापूर्ण स्थितियों से भरपूर दृष्टान्तों को देखते-समझते हुए दिया जा रहा है। किसी उस रचनाकार के लिए जिसे कुल मिलाकर डेढ़ दर्जन पुस्तकों को लिखने का नाज़ हो, इतनी बड़ी उपलब्धि कोई कम अर्थ नहीं रखती है।

सरमागो पहले ऐसे एकमात्र पुर्तगाली लेखक हैं, जो पहले धर्म और सियासत पर अपनी विवादास्पद टिप्पणियों के लिए जाने जाते रहे हैं और कई बार विवाद भी खड़े हुए हैं। वे 1970 से आज तक हमेशा चर्चा में रहे हैं।

जीवन झलक

जोसे सरमागो का जीवन एक तपती हुई सहरा में अपनी छाया को ढूँढ़ते हुए आदमी की कहानी जैसी है। यही कारण है कि अभावों से जूझते हुए हरफनमौला चिंतक और लेखक के लिए यह सम्मान बहुत देर से आया है।

75 वर्षीय जोसे सरमागो का जन्म 16 नवम्बर, 1922 को लिस्बन के पास एक छोटे से उपनगरीय कस्बे अजिनहागा में हुआ। एक औसतन गरीब और तंगहाली की मार झेलते हुए पैदा यह बालक लगातार अपनी पढ़ाई भी अभावों के चलते पूरी नहीं कर सका है। वे कभी विश्वविद्यालय पढ़ने नहीं जा सके परन्तु अपनी जीवट कार्य निष्ठा और मेहनत से सरमागो ने अपनी पढ़ाई पूरी की। रुक-रुक कर जीवन-यापन की यात्रा पूरी करते हुए। अनुभवों के खट्टे-मीठे स्वाद देखते हुए।

एक निर्धन कामगार परिवार का बेटा, जिसने वैल्डिंग से लेकर मैकेनिक तथा फिर एक साहित्यिक पत्रिका में नौकरी के रास्ते अपने पढ़ाई पूरी की तथा देखते ही देखते 60 वर्ष तक निरन्तर मेहनत के बल पर टिका हुआ सरमागो अचानक चमका, जब उसकी 1947 में पहली पुस्तक छपकर आई।

इसके बाद एक के बाद एक सरमागो की रचनाओं का घेरा बढ़ता चला गया और आज सरमागो जब ज़िन्दगी के 75 बसंत देख चुके हैं, अपनी पत्नी के साथ स्पेन में केनी आइसलैंड में रहते हैं। कहते हैं-यह सब जागती आँखों का सपना ही है। वे 41 वर्ष की उम्र में वामपंथी विचारधारा से जुड़ गए।

जीवन को सरमागो ने निरन्तर उठा-पटक में पाया परन्तु अपनी जीवन शैली की बदौलत और हिम्मत निष्ठा से वे आगे ही आगे बढ़ते गए और आज इस मुकाम पर अपने शिखर पर हैं।

सरमागो का रचना-संसार

जोसे सरमागो पुर्तगाली भाषा के समर्थ भाषा चिंतक तथा ऐसे उपन्यासकार माने जाते हैं जिन्हें आलोचक कहीं न कहीं, कंलोबियन लेखक गैबरील ग्रेसीया मार्कोज के आसपास देखते हुए उन्हीं कीमतों पर और प्रखर बात करने वाला जुझारू लेखक मानते हैं। यही उनके रचनाकर्म का मुख्य आधार है।

पुरातन रूढ़िवादी मिथकों, मूल्यों की कल्पना को यथार्थवादी धरातल पर

परखने वाले ग्रेसीया तथा सरमागो इस तरह विश्व साहित्य में चर्चित नाम बने हैं।

आज के नामी-गिरामी साहित्यकारों को सरमागो का नाम भले याद न हो, परन्तु उनका प्रभु यीशु मसीह पर आधारित इतालवी भाषा में स्टेज नाटक और हाल ही में अंग्रेजी भाषा में अनुदित-प्रकाशित उपन्यास 'ब्लाइंडनेस' *(Blindness)* ने उन्हें विश्व चर्चा में ला खड़ा किया है।

सरमागो के रचना संसार में उनकी अनेक पुस्तकों को शामिल किया जा सकता है परन्तु विश्व स्तर पर जिन पुस्तकों के ज़रिये सरमागो को ख्याति मिली है, उनमें प्रमुख हैं-

1947 में पहली बार प्रकाशित पुस्तक 'टेरा दो पिकाडो' *(Terra Do Pecado)*, यह एक किसान के टूटने की कहानी है, इससे सरमागो की चर्चा तो हुई परन्तु साहित्यिक धमाके जैसा कुछ नहीं हुआ।

अपने साहित्यिक जीवन के लम्बे संघर्ष में सरमागो को 18 वर्ष तक लम्बा सांस रोकना पड़ा। वामपंथी धारा से सीधे जुड़ने वाले सरमागो ने पुर्तगाल में अंटनीयो सालाज़ार की बगावत के खिलाफ आवाज उठाई और अपने रचनाकर्म में भी इस पैने तेवर को अपनाए रखा है।

1974 में जब पुर्तगाल में सालार्ज़ की सत्ता का तानाशाही अन्त हुआ तो सरमागो ने पहली बार कहानीकार के तौर पर अपने आपको प्रकट किया।

विश्व साहित्य में 1982 में सबसे जोरदार धमाका तब हुआ था जब सरमागो का उपन्यास चर्चा में आया। यह था 'बल्तासार एण्ड ब्लीमुंडा' *(Baltasar and Blimunda)*। 1977 में उनका उपन्यास 'द हिस्ट्री ऑफ द सीज ऑफ लिस्बन' *(The History of the Sieze of Lisbon)*, 1995 में 'द स्टोन राफ्ट' *(The Stone Raft)*, 1990 में 'द ईयर ऑफ द डेथ ऑफ रिकार्टो रेस' *(The Year of The Death of Ricarto Race)* के अलावा 1991 में बहुचर्चित उपन्यास 'ओइर्वानगेथो सेनगडो जीसस' *(Oervangetho Segundo Jesus)* व मत्त यीशु के अनुसार अन्य चर्चित उपन्यास हैं।

1977 में एक अन्य पुस्तक ने भी विश्व स्तर पर धूम मचाई थी, वह थी-'हिज मैनूयल ऑफ पेटिंग्ज एंड कैलेग्राफी' *(His Manual of Paintings and Caligraphy)*। आत्मकथन की शैली में लिखा गया यह अपने आपमें एक अछूता प्रयोग है।

'ब्लाइंडनैस' से जो धारा प्रवाह आदमी के चिंतन का स्तर से उठता है, वे अपना उदाहरण है, यह अद्भुत है। समकालीन पुर्तगाली लेखकों की शृंखला, जिनमें प्रोशऊट, ब्रोगर्ज, नोवोनाब प्रमुख हैं। इनसे सरमागो समाज में व्याप्त अंधेरे को गहरे सन्नाटे में आदमी की ख़ोज करते हुए उसे तोड़ते हैं। यही है, वो लेखन सत्य जो सरमागो को अन्य से अलग करता है और मानवीय आधार पर जोड़ता हुआ एक नए आदमी के सृजन की नई परिभाषा तय करता है।

आदमी की इस परिकल्पना को सरमागो ने अपने बैले और नाटकों में तथा समूचे अपने रचनाकर्म में सरमागो आगे आकर अंधेरे के खिलाफ रोह की आवाज बुलंद करते हैं।

उनके उपन्यास 'बल्तासार एण्ड बलीमुंडा' में यह संघर्ष निरन्तर अलग-अलग रूपों में दिखाई देता है। यही वो रचना थी, जिससे सरमागो को पहली बार विश्व स्तर पर मान्यता मिली। सत्ता की भ्रष्ट चारदीवारी के खिलाफ लड़ाई और संघर्ष पुर्तगाली शासन की उस समय की शासन की व्यवस्था पर करारी चोट करता है।

सरमागो को सबसे ज्यादा प्रसिद्धी मिली है उनके उपन्यास (द राफ्ट स्टोन से), जिसे अकादमी ने भी अभूतपूर्व और उल्लेखनीय कल्पना तथा क्रान्तिकारी तमगों से भरी रचना कहा है—

इसमें इन क्षणों का वर्णन है, जिनमें दर्शाया गया है, कि हबेरियन उपमहाद्वीप अलौकिक कारणों से यूरोप से टूट जाता है और अटलांटिक महासागर में तैरने लगता है। यह पुर्तगाल और स्पेन की दूसरे तरह से योरपीय सीमा तथा रिश्तों पर एक रोमानी यर्थाथवादी नजरिया रखता है।

अकादमी द्वारा जिन अन्य रचनाओं पर सरमागो को सराहा गया है उसमें उनका चर्चित उपन्यास और बैले, जिसमें प्रभु यीशु अपने ऊपर प्रश्न उठाते हैं। परम्परा का प्रयोग अपनी वर्तमान की बात को लेकर कैसे हो, यह सबसे महत्त्वपूर्ण है। 'द गासपल आकर्डिग टु जीसस क्राइस्ट' में 1991 में प्रकाशित इस उपन्यास में सरमागो दिखाते हैं कि एक स्थान पर प्रभु यीशु और भगवान बुराई के बारे में बातचीत करते हैं और ईसा मसीह अपनी ही भूमिका पर प्रश्न खड़ा करते हैं, यही है वो भावभक्ति जहाँ पर परम्परा, वर्तमान को भेदती है और एक नए संसार के तथ्यों की उपस्थिति दर्ज करवाती है।

इतालवी भाषा और स्पेनी, फ्रैंच में इनकी रचनाओं को बेहद सराहा गया है।

इटली में कई बैले नाटक तो लगातार चल रहे हैं।

सरमागो की यह रचना संसार उनके पत्रों, भाषा, समस्या तथा अन्य रूपों में विशेषकर विषय-वस्तु के रूप में जरूर चौंकाता है। आज सरमागो विश्व साहित्य में एक महत्त्वपूर्ण हस्ताक्षर है, जो परम्परा पर खड़े हुए इस 76 वर्ष की उम्र में भी इतने सक्रिय हैं।

1997 में पिछले वर्ष उनकी एक अन्य कृति ने 'ऑल द नेम्ज' *(All The Names)* ने भी चर्चा अर्जित की थी। दर्दनाक कार्यालयी स्थितियों पर आधारित यह पुस्तक पुर्तगाल समेत विश्व के अनेक देशों की इस तरह की समस्याओं को दर्शाती है।

आज सरमागो का चिंतन विश्व के उस आम आदमी का एक सपना है जो समूचे संसार में, कला, साहित्य संस्कृति में टूटता हुआ दिखाई देता है।

अपनी रचनाओं के अपनी तरह के अनूठे सम्मोहन और आनन्दित मानवीय सरोकारों से जुड़े सवालों की छानबीन है, सरमागो का साहित्य।

''साहित्य में आदमी नहीं रहेगा तो यह परम्परा कल्पनाएँ शून्य से भर जाएगी,'' इस तरह से इस दुनिया को परिभाषित करने वाले कर्मठ, संघर्षशील लेखक सरमागो को नोबेल मिलना आम आदमी के दुख को रेखांकित करना ही है। ऐसी बुलंद आवाज को लाखों सलाम।

—•—

6

क्रांति और कविता

क्रान्तिकारी बिस्मिल ने फांसी के फंदे पर झूलने से तीन दिन पहले लिखा था- "आज 16 दिसम्बर 1927 ई. को निम्नलिखित पंक्तियों का उल्लेख कर रहा हूँ, जबकि 19 दिसम्बर 1927 ई. पौष 11, संवत् 1984 वि. 6.30 बजे प्रात:काल इस शरीर को फांसी पर लटका देने की तिथि निश्चित हो चुकी है। . . . इस कोठरी में सुयोग प्राप्त हो गया है कि अपनी कुछ अंतिम बातें लिखकर देशवासियों को अर्पण कर दूँ। संभव है, मेरे जीवन के अध्ययन से किसी आत्मा का भला हो जाए।"

शहीद रामप्रसाद बिस्मिल एक संवेदनशील रचनाधर्मी थे-उनके गीत-गज़लें आज भी लोक-गीतों की तरह जन-मानस को याद हैं। उनके यह बोल तो क्रान्तिकारियों के गीत के तौर पर प्रसिद्ध हो गए, जो मुकदमे की तारीख पर आते-जाते गाते थे-

सरफरोशी की तमन्ना अब हमारे दिल में है,
देखना है, जोर कितना बाजुए कातिल में है।
वक्त आने पर बता देंगे तुझे ए आसमां,
हम अभी से क्या बताएँ क्या हमारे दिल में है।
अब न बलवले हैं और न अरमानों की भीड़,

एक मिट जाने की हसरत अब दिले "बिस्मिल" में है।
ऐ शहीदे मुल्को-मिल्लत। मैं तेरे ऊपर निसार,
अब तेरी हिम्मत का चर्चा गैर की महफिल में है।

बिस्मिल का जिन्दगी और वतन के प्रति नजरिया अलग था—

भारत न रह सकेगा हरगिज गुलामखाना,
आजाद होगा, होगा, आता है वह जमाना।
अपने ही हाथों से सर कटाना है, हमें
मादरे-हिंद को सर भेंट चढ़ाना है हमें।

अमर शहीद राम प्रसाद बिस्मिल का जन्म 1897 ई. जिला मैनपुरी में हुआ और तीस वर्ष की आयु में ही इस महान क्रांतिकारी को 19 दिसम्बर 1927 ई. में गोरखपुर जेल में फांसी पर लटका कर शहीद कर दिया गया।

बिस्मिल के जीवन का अधिकांश भाग शाहजहांपुर में बीता। शहीद रामप्रसाद शुरू के दिनों से ही जोशीले थे तब देश-प्रेम को कठिन राह पर चलकर ही वे आगे जाकर इस विचारधारा के मुख्य अगुआ बने। उन्होंने कुछ उत्साही नौजवानों के साथ मिलकर "हिन्दुस्तान रिपब्लिकन एसोसिएशन" की स्थापना की और गुप्त क्रांति के लिए सरकारी खजानों पर सशस्त्र डकैतियाँ डाली, ब्रिटिश सरकार ने उन्हें डाकू की संज्ञा दे दी। अपनी देशभक्ति और अपूर्व जोश से बिस्मिल ने पूरे देशवासियों के हित में उत्साह कर दिया- 9 अगस्त, 1925 को सहारनपुर से लखनऊ जाने वाली ट्रेन में काकोरी-कांड के जिन वीरों को फांसी के फंदे पर लटकाया गया वे थे-पं. रामप्रसाद बिस्मिल (मुख्य अभियुक्त), अशफाकउल्ला खां, रोशन सिंह और रजिन्द्र लाहिड़ी।

बिस्मिल जेल में रहे परन्तु रचना धर्म नहीं छोड़ा। वे हिन्दी के साथ-साथ उर्दू, अंग्रेजी और बंगला के भी अच्छे ज्ञाता थे। उस समय क्रान्तिकारियों की पत्रिका "प्रभा" में वे लगातार लिखते रहे। "अज्ञात" और "राम" उपनाम से भी लिखा। वे कट्टर आर्य समाजी भी थे। आर्यसमाज के प्रसिद्ध स्वामी सोमदेव एक क्रांतिकारी पं. गेंदालाल दीक्षित का था उन्होंने स्वयं पर प्रभाव कबूला।

निजी जीवन की एक घटना में अपने "एकादश वर्षीय क्रान्तिकारी जीवन" का वर्णन किया है वे अपने आपको उत्साह से भरा बताते हुए कहते हैं-

"कथा ही लज्जत है कि रंग रंग से यह आती है
दम न ले तलवार जब तक जान बिस्मिल में रहे॥"

''अज्ञात'' के छद्म नाम से उन्होंने देशभक्त सूफी अम्बा प्रसाद की जीवनी लिखी। जेल की कोठरी में बैठकर अपनी आत्मकथा लिखी। ग़ज़लों, गीतों, कविताओं के बोलों से उन्होंने देश में जागृति का स्वर फूंका। 1928 में ''चाँद'' के फांसी अंक में और 1928 में विद्रोही नाम से उर्दू और हिन्दी ग़ज़लें प्रकाशित हुईं।

उनकी प्रारम्भिक शिक्षा उर्दू में हुई इसलिए उनकी रचनाओं में उर्दू का रंग स्पष्ट दिखाई देता है। उनकी रचनाएँ मैनपुरी के षड्यंत्र के नेता पं. गेंदामल दीक्षित 1924 में ''श्रीराम'' नाम से देशमान्द बाबू मोतीलाल घोष 1927 में और ''सूफी अम्बा प्रसाद जी'' 1925 में प्रकाशित हुई।

बंगला में ''राज्य क्रांति का अंक'' 1925 में और उपन्यास ''बोल्शेविकों की करतूत'', ''मन की लहर'', ''कैथरोइन या स्वाधीनता की देवी''। वस्तुतः बिस्मिल ने कैथरोइन की जीवनी ''द ग्रांड मदर ऑफ द एशियन रेवोल्यूशन'' का अंग्रेजी से अनुवाद किया, 1920 में प्रकाशित हुई। गनोमी युद्ध के नियम बिस्मिल की ''अज्ञात'' छदम् नाम से मई 1924 में ''प्रभा'' में प्रकाशित हुई लम्बी रचना है। इसके बिना वैदिक संदेश में वैलगावार पुस्तक समीक्षा कालम भी लिखते रहे। पं. बिस्मिल ने जिनेन्द्र सान्याल के ''भविष्य'' पत्र में बंगला में लिखा। ''विप्लव'', ''यज्ञ की आहुतियाँ'' उनकी अनूठी रचनाएँ हैं। ऐसी रचनाएँ वे अंतिम समय तक लिखते रहे।

उनका काकोरी कांड का मुकदमा 29 अक्टूबर को प्रान्तीय कौंसिल में प्रश्न के रूप में आया और 19 दिसम्बर को वे फांसी के तख्ते पर लटकाए गए। फांसी के फंदे की ओर चलते हुए उन्होंने कहा था–

मालिक तेरी रजा रहे और तू ही तू रहे।
बाकी न मैं रहूँ, न मेरी आरजू रहे॥
जब तक कि तन में जान रगों में लहू रहे।
तेरा ही जिक्र था, तेरी ही जुस्तजू रहे॥

क्रांतिकारी बिस्मिल की कुछ और रचनाओं के नमूने–

यह चारागर उल्फत गाफिल नजर आता है
बीमार का बच जाना मुश्किल नजर आता है
है दर्द बड़ी नियामत देता है जिसे खालिक,
वो दरदे मुहब्बत के काबिल नजर आता है

मजरूह न थी जब तक दिल, दिल ही न था मेरा,
सदके तेरे वीरों को ''बिस्मिल'' नजर आता है।
यदि देश हित मरना पड़े, मुझको सहस्त्रों बार भी
तो भी न मैं इस कष्ट को निज ध्यान में लाऊँगा कभी,

सरफरोशी ने वतन फिर देख लो मकतल में है।
मुल्क पर कुर्बान हो जाने के अरमां दिल में है।
सोरे महशर बावपा है मार का है घूम का।
बलवले जोशे शहादत हर रगे ''बिस्मिल'' में है।

मरते ''बिस्मिल'' ''रोशन'' ''लहरी अशफाक'' अत्याचार से
होंगे पैदा सैकड़ों इनके रूधिर की धार से।''

(गोरखपुर जेल में)

□□□

खण्ड–4

मीडिया, जनसंचार और भाषा

1

भारत में संचार माध्यमों का भाषा संकट

संचार माध्यम विश्व में भाषा के सम्प्रेषण का पर्याय है, इसी सम्प्रेषण से भाषा अपने विकास की ओर अग्रसर होती है। सच कहें, तो यह सम्प्रेषण ही भाषा को बनाता है और बिगाड़ता है। भाषा के प्रचार, प्रसार हेतु संचार माध्यम ही सबसे शक्तिशाली भूमिका निभाते हैं।

आदि युगीन परम्परा में भाषा का इतिहास देखें तो पता चलता है कि भोजन की खोज के बाद यदि किसी आवश्यकता को आदमी ने खोजा तो वह थी, भाषा की खोज। इशारों की भाषा से संकेत बने और धीरे-धीरे यह टेढ़े-मेढ़े चित्रों में बदल गए। यही चित्र यात्रा बाद में विश्व की भाषा/प्रयोजन लिपि में बदल गई। आज भी इस तरह की बिगड़े हुए चित्रों की भाषा के कई रुख हम विश्व के अजायबघरों में बड़े शिलालेखों में देख सकते हैं। चीनी, जापानी, भाषा और अफ्रीकी आदिवासी कबीलों की भाषा आज इसी भाषा का एक और नवीन किन्तु आसान और सुधरा हुआ रूप है।

भाषा विकास में सदियों पहले आदमी ने सम्प्रेषण के जो जरिए अपनाए वो आज इस समय बीसवीं सदी के अन्त तक इतने बदल चुके हैं कि भाषा का प्रयोजन सीमाओं तथा रंगों/नस्लों के भेद के ऊपर से पहुँच गया है। आज आप वैज्ञानिक खोजों

से स्विच दबाते ही भाषा का कोई भी विश्वीय नमूना देख सकते हैं और अगले क्षण ही उसका किसी भी भाषा में अनुवाद तक देख सकते हैं, पढ़ सकते हैं।

इस भाषा सम्प्रेषण यात्रा में कौन-से तत्त्व मूल रूप से हमें प्रभावित करते हैं और किन तत्त्वों के सहारे इस भाषा का यह आधुनिक सम्प्रेषण हमारे तक पहुँचता है। असल में उन तत्त्वों की शोध ही भाषा की खोज है। विश्व में जैसे-जैसे भाषा का बोलचाल, आदान-प्रदान होना शुरू हुआ तो इसके प्रचार/प्रसार के लिए भोज पत्रों से लेकर शिलालेखों तक की रचना की गई। यही रचना-विहार बाद में भाषा सम्प्रेषण का यात्रा बिन्दु बना। जैसे-जैसे कागज की खोज हुई, भाषा का रूप ही बदल गया। आदमी के विकास में कागज की खोज और उसकी भाषा सम्प्रेषणता उसकी विकास यात्रा का एक बिन्दु बन गई। इसी बिन्दु के बाद भाषा का अन्य विचारों में प्रचार-प्रसार का चलन बढ़ा। इस विकास के आधुनिक नमूनों के परिवर्तन के दौर से हम आज गुजर रहे हैं।

संचार तथा सम्प्रेषण भाषा के विकास के स्रोत बिन्दु हैं। कागज की खोज के बाद भाषा का निरन्तर विकास हुआ, समाचारपत्रों के जन्म से और इस जन्म से भाषा ने कई रूप अख्तियार किए। आज भी उसके कितने ही रूप हमारे सामने हर क्षण बदल रहे हैं।

भाषा के विकास की इस नई यात्रा में आदमी के अपने विकास की कहानी समाहित हुई, हमारे सामने है। इस विकास ने भाषा को विश्व की सीमाओं के आर-पार इतनी शक्तिशाली शक्ल दे दी है कि पूरा विश्व भाषा के इस घेरे में आ गया है, दूसरे शब्दों में कहें तो भाषा ही आज ऐसा माध्यम है, जिसके द्वारा हमें रंगों-नस्लों तथा भौगोलिक सीमाओं से ऊपर उठकर पूरे विश्व को एक परिवार और सच कहें तो एक सिकुड़ता हुआ परिवार मानते हैं। इस सबके पीछे है, भाषा का सम्प्रेषण तत्त्व।

भारतीय परिवेश में इन सम्प्रेषण माध्यमों का इतिहास कोई बहुत पुराना नहीं है। इस शताब्दी के शुरू में हमारे यहाँ समाचार सम्प्रेषण का एक माध्यम थे फिर धीरे-धीरे इसकी जगह का कुछ अनुवादिक अंश रेडियो ने लिया और रेडियो घर-परिवार का भाग बन गया। रेडियो द्वारा भाषा का जो सम्प्रेषण हुआ उसने भाषा को संगीत तथा प्रभावों से लय में बाँधकर इसके रूप को और सुन्दर बनाया तथा यह भाषा कान के जरिए मन को झकझोरने वाली भाषा का रूप धारण कर गई।

इस सदी के मध्य समय तक समाचारपत्र और रेडियो द्वारा इस देश में भाषा का सम्प्रेषण और इसके अन्य प्रयोग होते रहे हैं। परन्तु इनका आधुनिक रूप इस समय के बाद ही सामने आता है, जब पूरे विश्व में समाचारपत्रों की प्रकाशन तकनीक और रेडियो

के प्रचार-प्रसार में एक क्रांति का सूत्रपात हुआ, यह सूत्रपात ही आज इसे नई विधा का आधारभूत बना हुआ है।

भाषा का रस से सराबोर रूप रेडियो ने परोसा तो एक अन्य विधा ने इसे पर्दे अर्थात् स्क्रीन पर भाषा को लिखकर परोसा। इस रूप को शोभायमान किया, सिनेमा के पर्दे ने। पूरे विश्व ने भाषा को एक नई तकनीक और नए मुहावरे से सिनेमा ने पेश किया और नतीजा यह कि इसने पूरे संचार माध्यमों में एक क्रांति का उदय किया जिससे स्क्रीन से भाषा उत्पत्ति की परिकल्पना साकार हुई और इस तकनीक में इस रूप का सबसे अति। यह ऐसा तूफान था, जिसने आदमी के सामने उसके ड्राइंग रूम में उसकी कल्पना अर्थात् उसके सपनों का संसार साकार कर दिया। इस संसार भाषा का जो सम्प्रेषण सामने आया उसने विश्व को नई सीमाओं तथा भाषा को नई रंग की रंग-बिरंगी बानगी में बाँध दिया।

संचार माध्यमों की भाषा सम्प्रेषणता का रचना विवेक का वर्णन करते हुए हमें यह नहीं भूलना चाहिए कि भाषा प्रचार/प्रसार में समाचारपत्र अर्थात् प्रिन्ट मीडिया की भूमिका आज भी उतनी ही परिपक्व है, जितनी पहले थी। इस बदलते परिवेश में तो और भी ज्यादा हो गई है, क्योंकि भाषा का माध्यम आज नई सतहों पर और रूपों में बंट गया है। भाषा आज किसी एक विधा की गुलाम नहीं है, भाषा सम्प्रेषण आज समाचारपत्र इत्यादि इतने माध्यमों से हमारे तक पहुँचती है, और वो भी विभिन्न रूपों में कि इस कल्पना की उड़ान में आदमी थकने लगा है।

इस सदी के अन्त तक मानसिक तौर पर इतनी थकावट आदमी के मन पर हावी हो जाएगी कि भाषा की सम्प्रेषणता का शून्यपन सामने आएगा। इसकी शुरुआत हो चुकी है। घर की चारदीवारी से बाहर निकलते ही शोर में डूबी आवाजें आदमी को उसकी जुबान, भाषा भुला देती है, इसी शोर में उसे लगने लगता है कि उस तक कोई भाषा भी नहीं पहुँच पा रही है। इसे सम्प्रेषण को ही शून्य बिन्दु का रूप माना जाता है कि जब आदमी भाषाओं की रंग-बिरंगी यात्रा में खुद को बदरंग महसूस करता है। इस संचार व प्रसारण माध्यमों की किस भाषा विवेचना कोटि में रखकर परखें। क्या यही वो भाषा संकट है, जिसमें भाषा सुनाई तो देती है पर वे आदमी को अपने साथ नहीं जोड़ पाती है। क्या यही भाषा संकट है? यहाँ पर आज भाषा को लिखा हुआ देख तो सकते हैं पर उसकी मूल भावना की प्रक्रिया में से आर-पार नहीं देख सकते अर्थात् पढ़ते हुए भी समझ से परे हो जाती है। यही है, भाषा के संकट के धरातल पर गहरे प्रश्न चिन्ह।

संचार/प्रसारण माध्यमों की भाषा की सम्प्रेषण की कल्पना आज लम्बी उड़ान

है। इसे भाषा का वेग, रंग और धार हमउम्र के व्यक्ति को अपने सम्मोहन से बाँध लेती है, और उसको जो भाषा पर्दे से दिखाई जाती है, अर्थात् घटना का विवरण तस्वीर के साथ जुड़ा हुआ है, दिखाई देता/सुनता है, वही उस तक पहुँचती है। इस भाषा में उसके मुख्य व्याकरणीय तत्त्व लुप्त होकर नए भाषिक तत्त्वों की संरचना से जाती है। इस भाषा को हम संचार की प्रसारण भाषा का मुख्य रूप मान सकते हैं।

भाषा के सम्प्रेषण का संकट उस समय पैदा होता है, जब भाषा सम्प्रेषण बिन्दु पर पहुँच कर व्याकरणीय तारीक से शून्य हो जाती है अर्थात् वे अपनी पूरी सम्प्रेषणता से कर जाती हैं। इस तत्त्व का प्रकाशनं संचार/प्रकाशन लेखन में नष्ट न होना ही हमें प्रसारण से अलग करता है।

प्रसारण माध्यमों के द्वारा भाषा नए रूप में नए तेवर और नए रंग में हमारे सामने विभिन्न तरह के व्याकरणीय प्रयोग लिए आती है। इसे आज स्क्रीन की भाषा भी कह सकते हैं। जहाँ पर आज इसे पढ़ सकते हैं, सुन सकते हैं, समझ सकते हैं, इसके संगीन से मुख्य तत्त्वों को एक आधार पर सोच समझ कर शोध का विषय बना सकते हैं, पर भाषा के मुख्य तत्त्व सम्प्रेषण के पीछे तमाम बिन्दु अपने भाषिक आधार की भाषा का सबसे बड़ा गुण है, जो इस सदी के मध्य से पहले हमारे सामने नहीं था।

भाषा के संकट से गुजरते हुए हम पाते हैं कि भाषा सजगता, सजीवता, भाषा का आकार/प्रकार तथा प्रकृति भाषा लक्षणों को अपने में समेटता है। अर्थात् इस भाषा का एक नया रूप हमारे सामने प्रस्तुत होता है, जिसे आप घर–परिवार में बोलते हैं। यही बातचीत की भाषा को, जब टकसाली रूप अथवा अन्य कोई रूप, जिसमें मानकीकरण का ध्यान नहीं रखा जाता है, तो वे हमें अपने गली–मोहल्ले परिवार की भाषा का अहसास तो कराती है परन्तु अपने मूल परिवेश से अलग कटे हुए रूप में इसी सब को हम प्रसारण की भाषा की बानगी के रूप में देखते हैं। कहना होगा कि इस प्रक्रिया से गुजरती हुई प्रसारण माध्यमों की भाषा जब हमें अपनी ओर आकर्षित नहीं करती, अपने आस–पास नहीं जोड़ती, हमारे कानों को अपनी तरफ नहीं मोड़ती तो वो शून्य की स्थिति में हो जाती है। यही है, इस भाषा के संकट के क्षणों का विवरण। जब भाषा आपको सुनाई पड़ती है, स्क्रीन से दिखाई पड़ती है, परन्तु उसका मूल उद्देश्य हम तक सम्प्रेषण प्रसारित नहीं हो पाता है।

प्रसारण माध्यमों की भाषा का संकट प्रक्रिया के कई अन्य तत्त्व भी हैं जहाँ पर भाषा अपना रूप तो हमारे सामने प्रस्तुत करती है, परन्तु भाषा के इस नए रूप के सामने

अनेक चुनौतियाँ उसकी सम्प्रेषण शक्ति को नग्न कर देती है और नतीजा वही कि भाषा मक़सद तक पहुँचती ही नहीं, जिसके लिए उसे इस प्रयोजनमूलक अवस्था में लाया गया था। इस संकट का गहरा रिश्ता है, प्रयोजनमूलकता से। भाषा का प्रयोजनमूलक चिंतन ही यदि भाषिक व्याकरणीय रूप से गायब है तो वे कभी अपने मुख्य सम्प्रेषण बिन्दुओं के सरोकारों को प्राप्त नहीं कर सकती है। संकट की गहरी जड़ता ही उसका इस प्रस्तुति रूप में अपना प्रयोजनमूलक रूप खोना ही तो है, जो इस विधा में कभी-कभी खत्म अथवा पूर्ण में भी नष्ट हो जाता है। उस समय भाषा के नए/पुराने सब व्याकरणीय मानकीकरण मापदंड निष्क्रिय होते नजर आते हैं, इसे भाषा का नया प्रयोजनमूलक स्वरूप तो कहा जा सकता है, परन्तु प्रसारणीय भाषा का संकट भी माना जा सकता है, क्योंकि वो भाषा जो मानक भाषा का दर्जा रखती है, अपने तत्त्व खो देती है, और एक नई संरचना की ओर अग्रसर होती है। अपने इस नए रूप से नए मानकीकरण रूप में सामने आती है।

भाषा विशेषकर प्रसारण माध्यमों की भाषा का मानक स्वरूप अनुकूल ना होना ही भाषा का एक अन्य संकट है। अन्य विधाओं में विशेषकर मुद्रण भाषा में इसके नए प्रयोग होते हैं, भाषा शक्तिशाली स्वरूप और भाषिक मानकीकरण के मापदंडों को पूर्ण रूप से पूरा करती है। परन्तु प्रसारण की भाषा में यह संभव नहीं है कि उसे भाषिक मानकीकरण की दृष्टि से भी पूरा रखा जा सके। इसमें हर क्षण नए रूपक बिम्ब तथा रूप बदलते हुए नजर आते हैं। इसके साथ अन्य बातों/रूपों का समावेश हो जाता है। संगीत और आकार-प्रकार के ध्वनि स्वरूप इसे और आत्म रूप से अलंकरित तो हो जाता है परन्तु इसका मुख्य रूप मानक स्वरूप अर्थात् भाषिक प्रयोजनमूलक तत्त्व नष्ट हो जाता है।

भाषा संकट से गुजरते हुए हमें इस समय इस बात की चिन्ता होनी चाहिए कि क्या यही रूप हमारी अपनी भाषा का होगा, जो आप प्रसारण के रूप में प्रस्तुत होता देख रहे हैं और जो हर वर्ग को अपनी ओर सम्मोहन से खींचता हुआ प्रतीत होता है। अन्य आंचलिक भाषाओं को भी इस तरह के संकट से दो-चार होना पड़ रहा है। सही तथ्य तो यह है कि शब्दों के बिगाड़ का रूप इतना तेजधार है कि आंचलिक भाषाओं का चेहरा ही गुम हो गया है। हमारे यहाँ इधर हिन्दी का कुछ बचा हुआ रूप सामने है क्योंकि यह एक बड़े भू-भाग की भाषा है और इसमें कितने भाषिक प्रयोगों क़े तत्त्व निहित हैं।

हमारे यहाँ प्रसारण माध्यमों की भाषा का एक पक्ष यह भी है कि उनमें ग्रहण करने की असीम शक्ति सर्मथता है, आज प्रसारण भाषा में कितने शब्द दूसरी अन्य विश्वव्यापी भाषाओं के जुड़ रहे हैं। इसका प्रमाण यह शोध है कि विश्व की भाषाओं में

प्रसारण माध्यमों द्वारा हर तीसरे मिनट में एक नया शब्द सृजित हो रहा है। वो भला अपने बिगड़े हुए रूप में ही क्यों न हो। इधर इस उपमहाद्वीप में हिन्दी की स्थिति में इसमें हर बाइस मिनट में एक नए बिगड़े हुए रूप शब्द को इसके द्वारा सम्प्रेषित किया जा रहा है। नतीजा है, आज भाषा का गहराता हुआ जड़ता भरपूर संकट। जिससे शब्द नए अर्थ तो ले रहे हैं परन्तु अपना प्रयोजनमूलक स्वर खो रहे हैं, अपनी व्याकरणीय आस्था और निष्ठा से दूर हो रहे हैं।

भाषा का यह बिगाड़ ही भाषा का प्राक्राय रूपक संकट है। जब हम इसकी इस शक्तिशाली माध्यम द्वारा इस स्थिति तक पहुँच होती देखते हैं तो दो प्रश्न सामने होते हैं, कि क्या यही मूलतय प्रयोजनमूलक भाषा स्वीकार कर ली जाएगी? दूसरा, क्या भाषिक व्याकरणीय रूप के बिना भी भाषा की प्रस्तुति की जा सकती है। हालांकि यह दोनों प्रश्न एक-दूसरे से जुड़े हुए हैं, परन्तु इस जमीन पर इन प्रसारण माध्यमों की आधारभूत व्याकरण दृष्टि देखते हुए क्या हम कह सकते हैं कि आज इन प्रसारण माध्यमों द्वारा भाषा को बनाया/सजाया तो गया है, उसके सामने उसके भाषिक संकट भी उतने ही गहरे हो गए हैं।

2

जनसंचार में टेलीविजन का योगदान

आज के युग में संचार माध्यम सबसे बड़ा माध्यम है, जिसके द्वारा आज मानवीय संवेदनाएँ एकदम संसार के एक कोने से दूसरे कोने में प्रकट हो जाती है, और भावनाओं के इस समुद्र को उजागर करने में शायद आज का सबसे बड़ा सशक्त माध्यम है, दूरदर्शन।

दूरदर्शन की सबसे बड़ी भूमिका इसी जनसंचार को अभिव्यक्त करने में है। जनसंचार में दूरदर्शन का योगदान क्या है और उसका स्वरूप कैसा है, संसार के अलग-अलग देशों में इन संचार माध्यमों की क्या भूमिका है? आम जनमानस के लिए इसकी क्या सार्थकता है, ये कई विचारणीय मुद्दे हैं।

जनसंचार में दूरदर्शन की भूमिका पर कोई भी प्रश्न चिन्ह इंगित करने से पहले हमें ये देखना होगा कि आज के यूग में दूरदर्शन का बढ़ता हुआ प्रभाव किस कदर आदमियों के बीच एक दूरी को एक अलग तरह से जोड़ता भी है और तोड़ता भी है। जनसंचार एक ऐसी अभिव्यक्ति है, जिसके बिना सब कुछ सूना-सूना हो जाता है। इसमें कोई संदेह नहीं कि जनसंचार के और भी अनेक माध्यम हैं। मगर दूरदर्शन की जनसंचार में भूमिका सबसे सर्वोपरि है।

प्रारम्भः ''एक टिप्पणी''

आज संसार जनसंचार माध्यमों में बँट गया है और ये माध्यम मनुष्य मानव के लिए इतने जरूरी हो गए हैं, कि इसके बिना लगता है हम कहीं अंधेरे में भटक रहे हैं।

संसार जनसंचार माध्यम अभियान की वाशिंगटन में प्रकाशित एक रिपोर्ट में कहा गया है कि संसार के 80 प्रतिशत जनसंचार माध्यम आज केवल पश्चिमी देशों के कब्जे में हैं। सिर्फ 20 प्रतिशत जनसंचार ही विकसित-विकासशील देशों में कार्यरत हैं। इनमें लगभग सभी पर वहाँ की स्थानीय सरकारों का गलबा है और दूसरे शब्दों में उन पर सरकारी नियंत्रण रखा गया है जिसके द्वारा सरकार की सरकारी नीतियों के प्रचार और प्रसारण का कार्य होता है। विश्व के पश्चिमी उन्नत देशों में जनसंचार माध्यमों पर कुछ कम प्रतिबन्ध हैं और वहाँ पर संसार के और मसलों पर भी ध्यान आकर्षित किया जाता है। जबकि सरकारी प्रचार माध्यमों द्वारा ऐसा प्रसारण होना असम्भव ही नहीं बल्कि बहुत ही कठिन है।

इसी प्रकाशित रिपोर्ट में आगे कहा गया है कि जनसंचार माध्यमों के अभाव के कारण ही आज भी विश्व के कई देशों की आन्तरिक स्पष्ट तस्वीर संसार के सामने नहीं आ पा रही है। रिपोर्ट में यह बात दक्षिण-पूर्वी एशियाई और अफ्रीकी देशों के बारे में कही गई है। यह बात सच है कि जो भूमिका संचार माध्यमों की आम आदमी के दुखों, तकलीफों के समझने-समझाने में और निवारण करने में होनी चाहिए, वह कुछेक पश्चिमी देशों को छोड़कर कहीं नहीं मिलती। विश्व भर में दूरदर्शन ही यानि एक छोटी सी स्क्रीन एकमात्र ऐसी भूमिका निभा रही है, कि हम बहुत से लोगों को अपने आस-पास और आमने-सामने देख सकते हैं, उनके दुख-दर्द और कष्टों को महसूस कर सकते हैं। उनकी रुदनभरी आवाज को सुन सकते हैं, उनकी भावनाओं को नया संचार दे सकते हैं जिससे उनकी समस्याओं को समझने में मुश्किल न हो और उनकी बात विश्व के हर एक आदमी तक पहुँच सके।

इस सदी के शुरू में जब दूरदर्शन का आग़ाज हुआ था तो इसे एक खिलौने की भाँति देखा और परखा गया था। 1932 में पश्चिम के देशों में इसने आश्चर्यजनक प्रगति की। 1944-45 में दूसरे विश्व युद्ध के समय में इसने अपनी शुरुआती भूमिका निभाई तब यह कुछ दूरी तक जनसंचार के उपयुक्त माना गया था। भारत में दूरदर्शन 50 के दशक से शुरू हो गया था। मगर यह प्रसारण-विधि बहुत महँगी और तकनीकी पक्ष से बहुत पिछड़ी हुई थी। भारत में दूरदर्शन की जनसंचार के माध्यम की भूमिका पर दृष्टि डालते हुए हमें कई एक भ्रान्तियों से गुजरना होता है, क्योंकि आज तक ये सरकारी नियन्त्रण में है।

भारतीय दूरदर्शन

भारत में दूरदर्शन को शुरू हुए यह तीसरा दशक पूरा होने को है और इसके अन्तिम चरण में पहुँचते हुए दूरदर्शन एक शक्तिशाली जनसंचार माध्यम हो जाएगा। आज भी दूरदर्शन का नेटवर्क और राष्ट्रीय प्रसारण समूचे भारतवर्ष में उपग्रह और माइक्रोवेव से जुड़ा हुआ है।

भारत जैसे कृषि प्रधान और आर्थिक रूप से पिछड़े हुए देश के लिए एक नियमबद्ध जनसंचार माध्यम का होना अति आवश्यक है और इसे दूरदर्शन ही पूरा कर सकता है। पिछले वर्षों में आकाशवाणी की भूमिका चाहे जितनी अच्छी और प्रभावी रही है, मगर दूरदर्शन के आते ही वह गौण हो गई।

भारत के आम साधारण जनमानस के लिए आकाशवाणी द्वारा प्रसारित सामान्य जन के प्रोग्राम जिनमें खेती-बाड़ी समाचार, राष्ट्रीय एकता और देशभक्ति के प्रोग्राम शामिल हैं, और इन्हें एक राष्ट्रीय मंच प्रदान करने में सराहनीय कदम उठाए हैं मगर जिस तरह से दूरदर्शन में इन उपरोक्त भावनाओं को जनमानस से जोड़ा है या सरकारी नीतियों को आम साधारण आदमी तक पहुँचाया है उससे लगता है कि दूरदर्शन ही एक ऐसा साधन है जिसके द्वारा जनसंचार अति सुविधाजनक, सस्ता और सरल है।

जनसंचार में दूरदर्शन का योगदान क्या है, क्या होगा? यह आज भी सरकार की नीतियों पर ही आधारित है। यह सच है कि कभी-कभी यह बात सच्चाईयुक्त है कि दूरदर्शन सिर्फ मध्यवर्गीय जनमानस का प्रतिनिधित्व करता है या फिर सिर्फ शहरी जिन्दगी का चित्रण और अक्स ही प्रस्तुत करता है मगर आज जो प्रसारण की रूपरेखा परिधि जनसंचार की संभावनाएँ इसके द्वारा अंकित हो सकती है, वह उतनी साफ प्रकट नहीं हो सकेगी। यह सरकारी नियन्त्रण और सरकार द्वारा जबरन लगाए गए कर्मचारियों की नालायकी है।

हमारे यहाँ विभिन्न समाचारपत्रों में दूरदर्शन की जनसंचार की भूमिका को लेकर तरह-तरह के प्रश्न और मुद्दे उठाए जाते हैं। ग्रामीण क्षेत्र जो भारत की 78 प्रतिशत जनसंख्या का प्रतिनिधित्व करते हैं, के लिए दूरदर्शन की उपयोगिता क्या हो, कैसी हो, यह भी सरकारी नीतियों पर निर्भर है। उदाहरण के लिए आज पहले जैसे अस्पताल, सड़कें और बिजली-पानी की समस्या की बात होती थी, अब उसी तरह दूरदर्शन के रीले केन्द्र खोलने की माँग उठाई जाती है। असल में यह दूरदर्शन की बढ़ती हुई गरिमा की ही छवि है।

आज दूरदर्शन इतना लोकप्रिय हो रहा है कि ऐसा लगने लगा है कि एक दिन यह संचार के दूसरे माध्यमों को निगल जाएगा। पश्चिमी देशों में तो दूरदर्शन सुबह के समाचारपत्रों से भी पहले समाचार लोगों तक पहुँचा देता है। विश्व में घट रही नवीनतम घटनाएँ एकदम आदमी के सामने साकार होती हैं। यह मामूली बात नहीं और समाचार पत्रों की अपेक्षा लोग इन्हीं खबरों पर आश्रित होने लगे हैं।

जब से भारत में ब्रेक फास्ट के समय टी.वी. प्रसारण शुरू हुआ है, तब से रेडियो के सुबह के प्रसारण सुनने वालों की संख्या निश्चित रूप से कम हुई है और इसे मानना ही पड़ेगा कि जितना प्रसारण समय दूरदर्शन ले रहा है इसमें वह रेडियो समाचार पत्र तथा जनसंचार के अन्य माध्यमों को अपने अन्दर निगल लेगा।

सामाजिक प्रासंगिकता

जनसम्पर्क में दूरदर्शन सामाजिक घेराबन्दी भी कर रहा है। आज वह इतना जोरदार प्रहार हमारे सामाजिक ताने-बाने पर कर रहा है कि सामाजिक रिश्तों की गरिमा भी दूरदर्शन के इर्द-गिर्द मंडराने लगी है। यह भी सच है कि दूरदर्शन आज एक प्रतिष्ठा का साधन है। इसमें कोई सन्देह नहीं है। इसकी उपयोगिता चाहे कुछ भी हो, मगर इसे सामाजिक प्रतिष्ठा के लिए घरों में सजाया जा रहा है। उदाहरण के तौर पर, आप दूर-दराज देहाती इलाकों को ले लीजिए, वहाँ पर परिवार का कोई सदस्य बेशक देखे या न देखे पर एक टी.वी. सेट का घर में होना प्रतिष्ठा माना जाएगा। शहरी क्षेत्रों में दूसरे दिनों की अपेक्षा शनिवार और रविवार को लोग दूरदर्शन को ज्यादा देखना पसन्द करते हैं, जिससे एक तरफ दूरदर्शन से जनसम्पर्क तो बढ़ता है मगर सामाजिक रूप से ये जनसम्पर्क को कम भी कर रहा है, क्योंकि बहुत से ऐसे लोग भी हैं जो इधर-उधर, किसी को मिलने के बजाय दूरदर्शन देखना ही अच्छा समझते हैं। इससे एक सामाजिक कटाव शुरू हो जाता है और मनुष्य मानवीय रिश्तों की महक सिर्फ दूरदर्शन के इर्द-गिर्द ही घूमने लगती है। एक और बात जो सामने आती है वह यह है कि परिवार के एक सदस्य को खेलों का कार्यक्रम पसन्द है तो दूसरों को संगीत का, एक को यदि फिल्म पसन्द है तो दूसरे को समाचार। मगर एक ही सेट होने के कारण यह सम्भव नहीं हो सकता। इससे आपसी रिश्तों का समीकरण बिगड़ रहा है और वह सामाजिक रूप से एक दूसरे से कटे हुए महसूस करते हैं। उदाहरण के लिए जो समय उन्होंने दोस्तों, रिश्तेदारों को मिलने में लगाना था, वह दूरदर्शन पर ही खर्च हो गया। इससे सामाजिक जनसम्पर्क में जो दूरी हुई वह हमारे लिए एक सोचने का मुद्दा है। आइए, अब हम देखते हैं, इस वर्ष

यू.एन.आई. की दूरदर्शन जनसम्पर्क अभियान पर एक प्रकाशित रिपोर्ट के कुछ अंश।

इस प्रकाशित रिपोर्ट, जो इस साल अमेरिका में प्रकाशित की गई, में कहा गया है कि बढ़ता हुआ टी.वी. जनसम्पर्क आज मानवीय मूल्यों को भीषण कुंठाग्रस्त किए जा रहा है। पश्चिम के उन्नत देशों में इसकी लोकप्रियता बढ़ रही है। यह लोकप्रियता इतनी हानिकारक साबित हो रही है कि आपसी जनसम्पर्क टूटने की वजह से रिश्तों में तनाव पैदा हो गया है। यह एक ऐसी स्थिति है, जिससे आने वाले वर्षों में और भी कष्टकारक स्थिति होने की सम्भावना है, क्योंकि बढ़ते हुए टी.वी. सम्पर्क में एक-दूसरे को मिलने का समय ऐसे ही खत्म हो रहा है। रिपोर्ट में पेश किए गए सर्वेक्षण के अनुसार 60 प्रतिशत लोग टी.वी. जनसम्पर्क के अभियान से अन्तर्मुखी हो गए हैं। वह अपने कार्यालय से सीधे अपने कमरे में बन्द हो जाते हैं और टी.वी. को खोल देते हैं और तब उनका रचना संसार (कार्यशाला) सिर्फ दूरदर्शन ही रह जाता है। 20 प्रतिशत वह लोग हैं कि जो दूरदर्शन को ज्ञान-जिज्ञासा की दृष्टि से लेते हैं। यह तो बात रही उन्नतशील देशों की। वहाँ पर जिन्दगी की दौड़-धूप में इतनी तेज दरार हो गई है कि सभी कुछ इतनी तेजी से बदल जाता है कि क्षण भर के लिए आप को सिर्फ टी.वी. के माध्यम से ही प्राप्त हो सकेगी। इसी रिपोर्ट में आगे कहा गया है कि उन्नतशील देशों में लोग टी.वी. और वीडियो की उपयोगिता-फिल्मों के वीडियो संस्करण और वीडियो गेम्स खेलने दिखाने में भी मानते हैं। इससे एक स्तरीय सीधा मनोरंजन तो होता ही है, मगर मानवीय सम्बन्ध टूटते चले जाते हैं। रिपोर्ट के अनुसार देर से दिखाई जाने वाली बालिगों की फिल्में विकासशील देशों में तो कारगर साबित हो सकती है मगर उन्नतशील देशों में नहीं। इन देशों में इसका प्रभाव उल्टा पड़ा है। उदाहरण के लिए भारतीय दूरदर्शन को ही लें, जब यहाँ से पिछले दिनों देर रात गए बालिग फिल्मों का प्रसारण किया गया तो बहुत से संस्थानों और बहुत व्यक्तियों ने इसके विरोध में आवाज बुलन्द की, देर रात गए इस प्रसारण की भूमिका चाहे जो भी रही हो मगर एक बात स्पष्ट हो गई कि हमने यदि दूरदर्शन पर इस तरह का जनसम्पर्क बढ़ाना है तो पहले हमें उस स्तर पर अपने दर्शकों को दिमागी तौर पर लाना होगा।

सामाजिक प्रवेश की बात करते हुए कि जनसम्पर्क के दूसरे माध्यम के स्वरूप से सामाजिक रिश्तों में अपना हस्तक्षेप कर रहे हैं। आदियुग से मानव मन चंचल रहा है। उसको तरह-तरह के व्यंग्य, विनोद-प्रमोद के मौके चाहिए, और ये मौके उसे सामाजिक समारोहों और किसी ऐसे जरिए से ही प्राप्त हो सकते हैं जिससे उसका जनसम्पर्क हो। ये

जनसम्पर्क रेडियो, फिल्म, दूरदर्शन, उत्सव, आपसी मेल-जोल और समाचारपत्रों द्वारा भी हो सकते हैं, मगर आज बढ़ते हुए जनसंख्या प्रसार और जनसम्पर्क माध्यमों के कारण यह सम्भव नहीं रहा कि मनुष्य मार्ग एक जनसम्पर्क पर आश्रित रहे, इसके लिए वह तरह-तरह के मौके तलाश करता है।

ये तो रही बातें समस्या के आपसी, सामाजिक परिवेश की।

आइए, अब देखते हैं कि दूरदर्शन सरकारी जनसम्पर्क कैसे बढ़ाता है? एक सर्वेक्षण के अनुसार विश्व के 90 प्रतिशत देशों के दूरदर्शन माध्यम पर सरकारी नियन्त्रण है और वहाँ की सरकार अपने प्रचार-प्रसारण के साधन जुटा रही है। इससे भले ही वहाँ की मूल जनसंख्या की 5 प्रतिशत को भी कोई लाभ पहुँचे या नहीं, मगर सरकारी नीतियों का प्रसारण अवश्य होना चाहिए। ये प्राय: देखा गया है कि सरकारी नियन्त्रण से इनकी गरिमा बढ़िया नहीं रही है और यह बात सामने आने लगी है कि दूरदर्शन जैसे जोरदार (पावरफुल) जनसंपर्क/जनसंचार माध्यम जो कार्य खुले रूप से कर सकते थे, वह नहीं हो सका। भारतीय दूरदर्शन की पूरी कोशिश रही है कि वे ज्यादा से ज्यादा लोगों तक अपनी बात पहुँचाएँ। मगर सरकारी नियन्त्रण होने के कारण इसकी विश्वसनीयता पर सन्देह होने लगा है कि यह आम लोगों से कटता हुआ चल रहा है। सरकारी नीतियों का प्रसारण एक राष्ट्रीय कार्यक्रम नीति का एक भाग तो हो सकता है मगर इसे पूरे तौर पर सरकारी नियन्त्रण में लेना इसकी छवि को बिगाड़ेगा ही, सुधारेगा नहीं।

जनसंचार में दूरदर्शन की भूमिका इतनी महत्वपूर्ण है कि इसके बिना आज की जिन्दगी में सूनापन है। जनसंचार के आज चाहे जितने भी नए-नए रूप हमारे सामने प्रकट हो रहे हैं, मगर इन सबका दूरदर्शन का कोई मुकाबला नहीं, और दूरदर्शन अपने जनसम्पर्क अभियान में सर्वप्रिय है। जरूरत इस बात की है कि दूरदर्शन को नई कार्य पद्धति में बदला जाए ताकि वे सुचारू रूप से जनसम्पर्क अभियान को नई दिशा दे सकें।

जनसम्पर्क माध्यमों की इस सामाजिक परिवेश में जो भूमिका पिछली शताब्दी में थी, इस शताब्दी में उसके अर्थ बदल गए हैं। अब वह एक जनसम्पर्क माध्यम ही नहीं बल्कि पूरे मानव की सामाजिक छवि को प्रकट करती है। ऐसे में समय-समय पर इसके रंग-रूप और चिन्ह बदलते रहे हैं और इसी बदलाव में सामने आया है एक छोटा सा डिब्बा और चमकती हुई स्क्रीन, जिसका हमला आज आपके दफ्तर, ड्राइंग रूम, बेडरूम से भी आगे बढ़कर है। दूरदर्शन की यह भूमिका इतनी महत्वपूर्ण है कि यदि आदमी

समय रहते सक्रिय नहीं हुआ तो हम जनसम्पर्क का एक पुष्ट स्वरूप भूल जाएँगे और इससे नुकसान एक आदमी का नहीं पूरे समाज का होगा।

दूरदर्शन की यह भूमिका इतनी जिम्मेवारी वाली हो गई है कि इसे छोड़ा भी नहीं जा सकता, क्योंकि आज के आदमी की सुख शान्ति और जनसम्पर्क अभियान में दूरदर्शन के दखल को नकारा नहीं जा सकता। यह बात माननी ही पड़ेगी कि दूरदर्शन जनसम्पर्क अभियान का आज सबसे बड़ा महत्त्वपूर्ण साधन है।

जनसंचार एवं प्रसारण माध्यम

विश्व के उपलब्ध सभी पहले शास्त्रों के अनुसार इस सृष्टि के प्रारम्भ में, सब कुछ अंधकार में डूबा हुआ था। ऋग्वेद के दसवें मंडल के नासदीय सूक्त की एक ऋचा में कहा गया है, ''तम मासीत्तमसा मूढ़मग्रेअ प्रकेतं सलिल सर्वमा इदम्'' अर्थात् (सृष्टि के आरम्भ में) अंधकार, अंधकार से व्याप्त सलिल था।

मनुस्मृति में भी इसी तरह का उल्लेख आता है,

आसीदिदं तमोभूतम्प्रज्ञातम्लक्षणम्।
अप्रतर्क्यमविज्ञेयं प्रसुप्तमिव सर्वतः॥

अर्थात् यहाँ सब पहले तमेस व्याप्त था जो इतना अगम्य और निद्रित था कि भेदाभेद नहीं जाना जाता था। ऐसे ही घोर अंधकार और अंधकार से व्याप्त सलिल में आगे करोड़ों वर्ष चल कर जीव की उत्पत्ति हुई थी। तभी से उस आदिम जीव की पुकार ''तमसो मा ज्योतिर्गमय'' से इस सृष्टि का अद्यतन विकास सम्भव हुआ है। वैज्ञानिक विकासवाद भी उतने ही लाखों-करोड़ों वर्ष की ज्योति की पुकार के बाद जीव ही आज मनुष्य के रूप में प्रकट हुआ है।

तब बोध का मूल रूप स्पर्श ही था। उस अत्यन्त प्राचीन युग में स्पर्श-बोध से ही जीव संजीवित रह सका था। स्पर्श से पूर्व सब कुछ अंकार था। जब प्रकृति से संघर्ष तीव्र हुआ तो ज्योति की उस अखण्ड अनन्त गुहार घ्राण के रूप में प्रकट हुई। तमसो मा ज्योतिर्गमय की प्रार्थना रुकी नहीं, घ्राणेन्द्रिय और स्वादेन्द्रिय का विकास किया। जीव परात्पर रूप में विकास करता गया, वह रूपाकार हुआ, और रूपाकार से शब्दाकार, इस तरह ज्योति की उस माँग ने मनुष्य को स्वयं ज्योतिपुरुष के निकटतम रूपान्तरित कर दिया है। किन्तु उसकी ज्योतिर्गमय की पुकार रुकी नहीं है, वह तब तक नहीं रुकेगी जब तक कि अपने आस-पास के समस्त अंधकार को ज्योतिर्मय करता हुआ वह स्वयं

ज्योतिपुरुष न हो जाए, आस-पास के बाह्य अंधकार को ही नहीं, अपने अंतर में फैले अंधकार को भी।

इस अंधेरे से रोशनी के सफर में आदमी को स्पर्श से मृदु-कोमल, ठोस, घ्राण से सुगन्ध-दुर्गन्ध, स्वाद से मिष्टतिक्त-कटु रूप से सुन्दर-कुरूप-वीभत्स, ऊँचा-नीचा से आगे शब्द से भाषा संकेत इत्यादि तय किया है। आदमी का ज्ञान उसके अन्दर की उत्सुकता, उसके चीजों को जानने की इच्छा और क्रिया की एक जीवन्त पहचान ही आज का यह अलौकिक दृश्य है, जिसे आज हम इतने वर्षों बाद देख रहे हैं।

आदमी का यह अंधकार से रोशनी तक तथा शब्द, ज्ञान, भाषा, संकेत इत्यादि उस जनसंचार का बदलता हुआ स्वरूप ही है, जिसे आज हम मीडिया जैसे शब्दों से परिभाषित कर रहे हैं। आज का यह सफर आदमी की परम्परागत सम्प्रेषण यात्रा से आधुनिकता तक का सफर देखा जा सकता है। इस दिशा में आज मीडिया की भूमिका आदमी को सीधे रूप में प्रभावित कर रही है।

भाषा अनुवाद, नए पहलू

अनुवाद की इस परिभाषित यात्रा के बाद हम अनुवाद के स्वरूप को तथा इसके आकार-प्रकार को देखेंगे। अनुवाद के स्वरूप को हम भाषा के स्वरूप के माध्यम से भी देखते हैं। जैसे यह कहा गया है कि भाषा जिसमें आप भाषा मात्र के जिन अंगों तथा भाषा के विभिन्न स्वरूपों का विवेचन तथा निरूपण करते हैं अर्थात् आदमी किस तरह से बोलता है, उसकी बोली का किस प्रकार विकास होता है, उसकी बोली और भाषा में अब किस प्रकार और कैसे-कैसे परिवर्तन होते हैं, किसी भाषा में दूसरी भाषाओं के शब्द आदि किन-किन नियमों के अधीन होकर मिलते हैं, कैसे तथा क्यों समय पाकर किसी भाषा का रूप और का और हो जाता है तथा कैसे एक भाषा परिवर्तित या विकसित होकर पूर्णतया स्वतंत्र एक दूसरी भाषा का रूप धारण कर लेती है। इन विषयों तथा इनसे सम्बन्ध रखने वाले अन्य सब उपविषयों का भाषा विज्ञान में समावेश होता है। इसमें शब्दों की उत्पत्ति, रूप-विकास तथा वाक्यों की बनावट आदि सभी पर विचार किया जाता है। सारांश यह कि भाषा विज्ञान की सहायता से हम किसी भाषा का वैज्ञानिक दृष्टि से विवेचन, अध्ययन और अनुशीलन करना सीखते हैं और जब हम इस प्रकार का विवेचन, अध्ययन और अनुशीलन कर लेते हैं तब उसी दृष्टि से किसी दूसरी भाषा अथवा अनेक भाषाओं का विवेचन करते हैं तथा एक भाषा के सिद्धान्तों तथा नियमों आदि का दूसरी भाषा या भाषाओं के सिद्धान्तों और नियमों आदि से मिलान करते और आपस

में उनकी तुलना करते हैं। इस अवस्था में इस विज्ञान की सीमा का और भी प्रसार हो जाता है और हम उसे ''तुलनात्मक भाषा-विज्ञान'' का नाम देते हैं।

भाषाई स्तर पर अनुवाद के लिए जिस भाषा में मूल तथ्य बयान किया गया हो अथवा लिखा गया हो उसके प्राचीन तथा अर्थों की परस्पर निरन्तरता एवं प्रवाह तथा दूसरे रूप में जिस भाषा में अनुवाद शाब्दिक अर्थों में पहुँचा है उसके रूप, अर्थ तथा प्रतीकों आदि से उसका नया रूप इत्यादि शामिल होते हैं परन्तु अनुवाद के स्तर पर हम देखते हैं कि इसका स्वरूप इतना फैला हुआ है तथा इसके प्रकार इतनी विभिन्नता लिए रहते हैं कि इसके अर्थों को नए रूप में प्रकट करते हैं।

अनुवाद के लिए उसके स्वरूप अर्थात् प्रकार को विश्व के भाषा चिंतकों ने विभिन्न अर्थों में रखा है। प्रारम्भिक विद्वानों का मत रहा है कि अनुवाद को पाठ्य विस्तारपूर्ण एवं आंशिक दूसरे स्तर पर यह समस्त तथा सीमित तीसरे स्तर पर यह मुक्त शाब्दिक तथा शब्दश: की क्रिया में होता है। विद्वान जे.सी. केटफोर्ड ने इसे *ऐलिग्युइस्टीक थ्योरी ऑफ ट्रांसलेशन* में भी उपरोक्त तरह से बयान किया है। इसको हम देखें तो कह सकते हैं कि पहले रूप के अनुवाद में मुख्य सामग्री को सम्पूर्ण रूप में अनुवाद किया जाता है जिसका दूसरा सीधा अर्थ यह हुआ कि सीधे निर्धारित अनुवाद की भाषा में रूपान्तरित करना।

अनुवाद के दूसरे रूप में अनुवाद की मुख्य भाषा के अनुवाद के समय कुछ भाग को छोड़ दिया जाता है और दूसरे को सीधा अपने शब्दों में रूपान्तरित कर दिया जाता है। इसे हम संक्षेपण का एक स्वरूप भी मान सकते हैं। परन्तु यह भी अनुवाद के स्वरूपों में ही शामिल होता है। तीसरे प्रकार में शाब्दिक अर्थ तथा मुक्त अनुवादिय श्रेणी को बीच की अर्थात् मध्य की भाषायी स्थिति में रखकर अनुवाद किया जाता है जिसके अन्तर्गत अनुवाद के लिए निर्धारित भाषा के व्याकरणीय शब्दों के अनुरूप उसका अर्थ अनुवाद किया जाता है।

एक दूसरे विद्वान जिन्होंने संकेतित वस्तु, संकेतार्थ तथा प्रतीक के माध्यम को भी इसके स्वरूप में समाहित करने का प्रयास किया है।

उपरोक्त अध्ययन के बाद हम शब्द के अनुवाद स्वरूप के उन चार भेदों को देखेंगे जिनको डॉ. सराफ तथा गोस्वामी ने माना है। वे मूलत: इस अर्थ पर सहमत हैं कि जिसे अनुवाद विशेषज्ञ कसाग्रांदे ने अनुवाद के चार भेद स्वीकार किए हैं:

1. **भाषापरक अनुवादः** इसमें स्रोत भाषा के मूल कथ्य एवं भाषा का अनुवाद किया है।

2. **तथ्यपरक अनुवादः** स्रोतभाषा में व्यक्त तथ्यों पर विशेष ध्यान दिया जाता है। वैज्ञानिक एवं तकनीकी साहित्य का अनुवाद इसी के अन्तर्गत लिया जा सकता है।

3. **संस्कृतिपरक अनुवादः** स्रोतभाषा में व्यक्त सांस्कृतिक विचारों को अनुवादित करना संस्कृति पर अनुवाद कहलाता है। धार्मिक एवं सांस्कृतिक ग्रन्थों के अनुवाद संस्कृतिपरक होते हैं।

4. **सौन्दर्यपरक अनुवादः** ललित साहित्य के अनुवाद का आधार सौन्दर्य है, अतएव स्रोतभाषा से लक्ष्यभाषा में अनुवाद करते समय यह ध्यान रखना पड़ता है कि उसका लालित्य बना रहे।

इसके अतिरिक्त मौखिक एवं लिखित, प्रत्यक्ष एवं परोक्ष, अनुवाद के भेद माने गए हैं परन्तु अस्पष्टता के कारण महत्त्वपूर्ण नहीं हैं।

अनुवाद के इन संदर्भों के सभी रूपों के जब वह भाषिक अनुवाद, अन्तर भाषिक अनुवाद तथा अन्तर प्रतीकात्मक अनुवाद की स्थिति से गुजरते हैं तो इनका रूप अपने-आप ही बंदल जाता है। इसका विस्तृत अध्ययन हम आगे मीडिया से अनुवाद के सम्बन्धों के बारे में अध्याय में कर रहे हैं। जहाँ पर अनुवाद के जिस अंतरभाषिक संदर्भ की चर्चा हम इसके स्वरूप की श्रेणी में रखकर करेंगे, वह विशेष ध्यान के योग्य है।

इस अनुवाद के सीमित संदर्भ की चर्चा करने पर अन्तरभाषिक अनुवाद को ही अनुवाद का वास्तविक क्षेत्र कहकर अभिहित किया जाता है। इसकी चर्चा ऊपर की गई है। यहाँ यह उल्लेख करना आवश्यक है कि अनुवाद के इस अन्तरभाषिक सन्दर्भ में कुछ विद्वानों द्वारा अन्तरण की अपेक्षा प्रतिस्थापन की बात की गई है, क्योंकि मूल अर्थ का अन्तरण संभव ही नहीं है। ऐसा प्रयास किया जा सकता है कि अनुदित पाठ की बनावट यथासंभव मूल पाठ के अनुरूप हो। यूजिन ए. नाईडा की परिभाषा इस दृष्टि से अवलोकनीय है। "बनावट की दृष्टि से स्पष्ट प्रतीकों में विश्लेषण करता है। उसके पश्चात् सरल प्रतीक व्यवस्था में उसका अन्तरण कर लेता है। इसके पश्चात् वह इस अन्तरित रूप को पुनः लक्ष्य भाषा के व्यवस्थित संरचनात्मक रूप में ढालता है," उस सुधी वर्ग के लिए जिनके लिए उसने यह अनुवाद किया है।

अनुवाद के इन वर्गीकरण भेदों को भारतीय व्याकरणीय ढाँचे के अनुसार डॉ. भोलानाथ तिवारी ने इन्हें इस तरह बाँटकर देखा है। उनके अनुसार अनुवाद के सिद्धान्त स्वरूप चार मुख्य आधार माने जा सकते हैं:

(अ) गद्यत्व-पद्यत्व: 1. गद्यानुवाद
2. पद्यानुवाद

(आ) साहित्यिक विधा: 1. काव्यानुवाद
2. नाट्यानुवाद

(इ) विषय: 1. ललित साहित्य का अनुवाद
2. धार्मिक एवं पौराणिक साहित्य का अनुवाद
3. विधि साहित्य का अनुवाद
4. समाजशास्त्रीय विषयों का अनुवाद
5. प्रशासनिक साहित्य का अनुवाद
6. वैज्ञानिक एवं तकनीकी साहित्य का अनुवाद

(ई) अनुवाद की प्रकृति: 1. शब्दानुवाद
2. भावानुवाद
3. छायानुवाद
4. व्याख्यानुवाद
5. सारानुवाद
6. वार्तानुवाद
7. रूपान्तरण
8. आदर्श अनुवाद

इस तरह हम देखते हैं कि अनुवाद के विभिन्न रूपों की इस दृष्टि में लेखक प्रत्यक्ष अनुवाद भेद में उपरोक्त मुख्य आधार तथा उनकी व्याख्या उपस्वरूप भी अनुवाद को किसी न किसी रूप में उसके कार्य में प्रभावित करते हैं। यहाँ पर हम डॉ. दास के मत को भी देख सकते हैं जिसमें उन्होंने माना है कि अनुवाद की प्रकृति और क्षेत्र पूर्णतया वैज्ञानिक है किन्तु हम पूर्ण अंशों में इससे सहमत नहीं हैं। यदि यह प्रक्रिया पूर्णतः वैज्ञानिक होती तो विभिन्न अनुवादों में इतना अन्तर लक्षित न होता। स्वान्तः सुखाय और अपनी रुचि से मेल खाते कृतिकार की कृति के अनुवाद में जिस आत्मा की झलक

उतरती है। उसका अन्यत्र अभाव भी परिलक्षित हो सकता है। फिर भी, इस प्रकार के अनुवाद में अनुवादक को मूल पाठ से बहुत अधिक छूट लेने की सुविधा नहीं होती क्योंकि यह पाठधर्मी अनुवाद है, जो वाक्य संरचना पर आधारित रहता है, स्रोतभाषा और लक्ष्यभाषा के प्रकृतिगत अन्तर के आधार पर अनुवादक वाक्य-विन्यास में किंचित् स्वतंत्र हो सकती है। हाँ, सप्रयास अर्थसंकुचन पर अर्थ विस्तार की सुविधा उसे नहीं है।

अनुवाद के विभिन्न प्रकारों एवं स्वरूपों की विवेचना करते हुए हम इसका प्रभाव और तीखा होता देखते हैं। यह अनुवाद का एक अन्य रूप है कि यह मूल पाठ पर आधारित नहीं रहता बल्कि मूल तथ्य में निर्धारित तथ्यों में निहित रहता है तथा इसे प्रभावधर्मी अनुवाद संज्ञा से भी विशेषज्ञों ने विश्लेषित किया है। यहाँ पर इसे अर्थ पर आधारित अनुवाद को परिभाषित किया गया है। इस प्रभाव के अनुसार अनुवाद भाव का पल्लवन-पुष्पन करने के लिए स्वतंत्र होता है। लक्ष्य भाषा में जितनी सहज अभिव्यक्ति वह कर पाता है वही उसके प्रभावधर्मी अनुवाद का मूल्यांकन है। काव्यानुवाद की समस्याओं की चर्चा करते हुए हम देखेंगे कि द्वितीय कोटि का अनुवाद वहाँ भी पर्याप्त सहायक होता है। अनुवाद के क्षेत्र और स्वरूप की सम्यक् चर्चा के उपरान्त इसकी प्रकृति को पूर्णरूपेण हृदयंगम करने के लिए हमें एक संश्लिष्ट प्रक्रिया से गुजरना होगा। अनुवाद का रूप स्वयं में ही जटिल है। सर्वप्रथम तो हमें मूल पाठ का सम्प्रेषण अपने लिए करना होता है। तदुपरान्त उसे लक्ष्य भाषों के पाठकों तक सम्प्रेषित करना होता है। यह एक दुहरा सम्प्रेषण है। इसी प्रकार क्रिया-व्यापार में भी दुहरापन लक्षित होता है। पहले तो अनुवादक मात्र एक सामान्य पाठक की भाँति मूल पाठ को समझता है, अपने अनुसार विश्लेषित करता है, तत्पश्चात् वह एक समर्थ कृतिकार के समान लक्ष्य भाषा के विभिन्न वाक्य विन्यासों, कथन-शैलियों, मुहावरों इत्यादि से सज्जित कर अनुवाद का प्रस्तुतीकरण करता है। यह पाठक और लेखक की दोहरी भूमिका अनुवादक को ही निभानी पड़ती है।

इस तरह अनुवाद के इन स्वरूपों में भावानुवाद, छायानुवाद, शब्दानुवाद, व्याख्यानुवाद, सारानुवाद, रूपान्तरण पद्यानुवाद, गद्यानुवाद इत्यादि स्वरूपों का अपना-अपना महत्त्व दिखाई देता है। यह सारे स्वरूप अनुवाद को विभिन्न स्तरों पर विभिन्न प्रयोगों में गुजरते हुए दिखाई देते हैं। इन स्वरूपों का एक स्रोत तो मुख्य भाषा तथा मुख्य कथ्य रहता है परन्तु जो अनुवाद अथवा बात सीधे सरलता से किसी दूसरे व्यक्ति तक सम्प्रेषित हो जाए उसे ही एक सफल अनुवाद की श्रेणी में रखा तथा परखा जा सकता है।

इस दिशा में यह देखना पड़ेगा कि अनुवाद नाटकीयता के विभिन्न तथा

अनुवाद के इन वर्गीकरण भेदों को भारतीय व्याकरणीय ढाँचे के अनुसार डॉ. भोलानाथ तिवारी ने इन्हें इस तरह बाँटकर देखा है। उनके अनुसार अनुवाद के सिद्धान्त स्वरूप चार मुख्य आधार माने जा सकते हैं:

(अ) गद्यत्व-पद्यत्व: 1. गद्यानुवाद
2. पद्यानुवाद

(आ) साहित्यिक विधा: 1. काव्यानुवाद
2. नाट्यानुवाद

(इ) विषय: 1. ललित साहित्य का अनुवाद
2. धार्मिक एवं पौराणिक साहित्य का अनुवाद
3. विधि साहित्य का अनुवाद
4. समाजशास्त्रीय विषयों का अनुवाद
5. प्रशासनिक साहित्य का अनुवाद
6. वैज्ञानिक एवं तकनीकी साहित्य का अनुवाद

(ई) अनुवाद की प्रकृति: 1. शब्दानुवाद
2. भावानुवाद
3. छायानुवाद
4. व्याख्यानुवाद
5. सारानुवाद
6. वार्तानुवाद
7. रूपान्तरण
8. आदर्श अनुवाद

इस तरह हम देखते हैं कि अनुवाद के विभिन्न रूपों की इस दृष्टि में लेखक प्रत्यक्ष अनुवाद भेद में उपरोक्त मुख्य आधार तथा उनकी व्याख्या उपस्वरूप भी अनुवाद को किसी न किसी रूप में उसके कार्य में प्रभावित करते हैं। यहाँ पर हम डॉ. दास के मत को भी देख सकते हैं जिसमें उन्होंने माना है कि अनुवाद की प्रकृति और क्षेत्र पूर्णतया वैज्ञानिक है किन्तु हम पूर्ण अंशों में इससे सहमत नहीं हैं। यदि यह प्रक्रिया पूर्णत: वैज्ञानिक होती तो विभिन्न अनुवादों में इतना अन्तर लक्षित न होता। स्वान्त: सुखाय और अपनी रुचि से मेल खाते कृतिकार की कृति के अनुवाद में जिस आत्मा की झलक

उतरती है। उसका अन्यत्र अभाव भी परिलक्षित हो सकता है। फिर भी, इस प्रकार के अनुवाद में अनुवादक को मूल पाठ से बहुत अधिक छूट लेने की सुविधा नहीं होती क्योंकि यह पाठधर्मी अनुवाद है, जो वाक्य संरचना पर आधारित रहता है, स्रोतभाषा और लक्ष्यभाषा के प्रकृतिगत अन्तर के आधार पर अनुवादक वाक्य-विन्यास में किंचित् स्वतंत्र हो सकती है। हाँ, सप्रयास अर्थसंकुचन पर अर्थ विस्तार की सुविधा उसे नहीं है।

अनुवाद के विभिन्न प्रकारों एवं स्वरूपों की विवेचना करते हुए हम इसका प्रभाव और तीखा होता देखते हैं। यह अनुवाद का एक अन्य रूप है कि यह मूल पाठ पर आधारित नहीं रहता बल्कि मूल तथ्य में निर्धारित तथ्यों में निहित रहता है तथा इसे प्रभावधर्मी अनुवाद संज्ञा से भी विशेषज्ञों ने विश्लेषित किया है। यहाँ पर इसे अर्थ पर आधारित अनुवाद को परिभाषित किया गया है। इस प्रभाव के अनुसार अनुवाद भाव का पल्लवन-पुष्पन करने के लिए स्वतंत्र होता है। लक्ष्य भाषा में जितनी सहज अभिव्यक्ति वह कर पाता है वही उसके प्रभावधर्मी अनुवाद का मूल्यांकन है। काव्यानुवाद की समस्याओं की चर्चा करते हुए हम देखेंगे कि द्वितीय कोटि का अनुवाद वहाँ भी पर्याप्त सहायक होता है। अनुवाद के क्षेत्र और स्वरूप की सम्यक् चर्चा के उपरान्त इसकी प्रकृति को पूर्णरूपेण हृदयंगम करने के लिए हमें एक संश्लिष्ट प्रक्रिया से गुजरना होगा। अनुवाद का रूप स्वयं में ही जटिल है। सर्वप्रथम तो हमें मूल पाठ का सम्प्रेषण अपने लिए करना होता है। तदुपरान्त उसे लक्ष्य भाषों के पाठकों तक सम्प्रेषित करना होता है। यह एक दुहरा सम्प्रेषण है। इसी प्रकार क्रिया-व्यापार में भी दुहरापन लक्षित होता है। पहले तो अनुवादक मात्र एक सामान्य पाठक की भाँति मूल पाठ को समझता है, अपने अनुसार विश्लेषित करता है, तत्पश्चात् वह एक समर्थ कृतिकार के समान लक्ष्य भाषा के विभिन्न वाक्य विन्यासों, कथन-शैलियों, मुहावरों इत्यादि से सज्जित कर अनुवाद का प्रस्तुतीकरण करता है। यह पाठक और लेखक की दोहरी भूमिका अनुवादक को ही निभानी पड़ती है।

इस तरह अनुवाद के इन स्वरूपों में भावानुवाद, छायानुवाद, शब्दानुवाद, व्याख्यानुवाद, सारानुवाद, रूपान्तरण पद्यानुवाद, गद्यानुवाद इत्यादि स्वरूपों का अपना-अपना महत्त्व दिखाई देता है। यह सारे स्वरूप अनुवाद को विभिन्न स्तरों पर विभिन्न प्रयोगों में गुजरते हुए दिखाई देते हैं। इन स्वरूपों का एक स्रोत तो मुख्य भाषा तथा मुख्य कथ्य रहता है परन्तु जो अनुवाद अथवा बात सीधे सरलता से किसी दूसरे व्यक्ति तक सम्प्रेषित हो जाए उसे ही एक सफल अनुवाद की श्रेणी में रखा तथा परखा जा सकता है।

इस दिशा में यह देखना पड़ेगा कि अनुवाद नाटकीयता के विभिन्न तथा

इस परिवर्तन के पाल ने तीन मुख्य कारण बताए हैं: (1) प्रत्येक अनुभव या चित्त का संस्कार यदि वह बार-बार न हो अथवा ज्ञानावस्था में उसकी उद्धरणी न हो तो क्रमश: क्षीण पड़ जाता है। (2) बोलने, सुनने और विचार करने की प्रत्येक क्रिया से भाषण-सम्पत्ति के भण्डार में कुछ न कुछ वृद्धि होती जाती है, और (3) भाषण तत्त्वों के दृढ़ होने तथा उनमें नए तत्त्वों के आने से नाद यंत्रों की अवस्था में सदा परिवर्तन होता रहता है। इन कारणों से प्रत्येक बोलने वाले की भाषा दूसरे बोलने वालों की भाषा से कुछ न कुछ भिन्न होनी चाहिए। यदि इन प्रवृत्तियों में रुकावटें उपस्थित न हों तो किसी एक मुख्य भाषा की उतनी ही सजातीय बोलियाँ हो जाएँ, जितनी संख्या उस मुख्य भाषा के बोलने वालों की होगी। परन्तु, मनुष्य को सदा इस बात की आवश्यकता बनी रहती है कि वह अपना भाव दूसरों को समझाए और दूसरों का भाव आप समझे। इस आवश्यकता के कारण उसके भाषण की परिवर्तनशील प्रकृति रुकावटें उपस्थित होती रहती हैं और भाषाओं के उपविभागों की संख्या अपरिमित नहीं होने पाती।

इस तरह भाषा के निरन्तर परिवर्तन की प्रक्रिया अनुवाद को भी प्रभावित करती है तथा अनुवाद की अपेक्षाओं को और बढ़ा देती है। यह माना जाता है कि साहित्यिक सृजन के समान अनुवाद के कलात्मक सृजन की उपेक्षा नहीं की जा सकती। अनुवाद में बिम्बविधायीनी कला और कल्पना तत्त्वों का सम्मिश्रण होने के कारण उसे सामान्य अन्तरण की अपेक्षा सृजनात्मक अन्तरण कहना अधिक उचित होगा।

भाषा का एक अभ्यस्त या व्यवस्थित व्यवहार माना जा सकता है। जब हम अनुवाद की चर्चा करते हैं तथा हमारे समक्ष स्रोत भाषा और लक्ष्य भाषा के रूप में भाषा के दो पृथक् स्वरूप आ जाते हैं। अनुवाद को यहाँ हम एक पक्षीय प्रक्रिया के रूप में देखते हैं जो स्रोत भाषा के पाठ और साहित्यिक सामग्री को निरन्तर लक्ष्य भाषा की समानान्तर शब्दावली के पाठ और साहित्यिक सामग्री के रूप में सम्प्रेषित करती है। यही अनुवादगत समता है।

अनुवाद को शब्द और अर्थ के अनेक धरातलों पर समझने का प्रयत्न हुआ है। कहीं यह पूर्णतया स्वतंत्र है, तो कहीं काव्य-अनुवाद में साहित्यिक सीमाओं में बँधा हुआ है। कहीं पर शब्द-प्रति शब्द अनुवाद या मक्षिका स्थाने मक्षिका की स्थिति है, तो कहीं यह सूक्ष्म अर्थ-लक्ष्य से जुड़ा हुआ है। कहीं अनुवाद पाठ के आधार पर किया जाता है तो कहीं समग्र प्रभाव से प्रेरित होकर स्वतंत्र रचना के रूप में उभरता है। जब अनुवाद आंशिक न होकर पूर्ण रूप में किया जाए तो अर्थ का महत्त्व भी वर्धित होता है।

अर्थ को भाषाई तत्त्व मानते हुए जे.सी. कैटफोर्ड ने उसे किसी भी भाषागत विधा से उभरते हुए आन्तरिक ध्वनित स्तर के रूप में परिभाषित किया है। यह अर्थ सम्पूर्ण पाठ से भी सम्बन्धित हो सकता है अथवा उसकी संरचना व्याकरणीय व्यवस्था या शैली से भी। अनुवाद की प्रक्रिया में शब्द-सौन्दर्य के साथ-साथ अर्थ की सूक्ष्म और पैनी पकड़ बहुत महत्त्वपूर्ण है।

अनुवाद की अपेक्षा में अनुवादक की अपनी सूझबूझ उसका भाषाई ज्ञान अनुवाद के सृजन को एक नया दिशा बोध देता है तथा अनुवाद के अपेक्षाओं को और बढ़ा देता है। अनुवादक असली अर्थों में भाषा के मूल अर्थ का ऐसा संवाहक हो जाता है, जो कहीं न कहीं अपने सृजन की मौलिक दृष्टि को अनुवाद में समा देता है। इस तरह अनुवाद कहीं न कहीं सृजनात्मक स्तर पर नए अर्थों को भी परिलक्षित करता है।

अनुवाद की अपेक्षाएँ अध्ययन में अनुवाद में निहित उसके अर्थ की प्रतिस्थापना को भी देखा जा सकता है जिसके तहत अनुवाद मूल भाषा में तथा वर्तमान समय के परिप्रेक्ष्य में उन घटनाओं को अंगीकार करता हुआ दिखाई देता है जैसा कि राल्फ रसेल्स ने माना कि अनुवाद क्रम में अनुवादक का दातिय्व भाषा के मूल सम्प्रेषण तक तो मिलता है परन्तु अनुवाद कार्य उस विषय वस्तु पर भी प्रभाव देता है जो अनुवाद के घेरे में अर्थात् अनुवाद के लिए हमें सामने दिखाई देता है। इससे स्पष्ट हो जाता है कि कभी तो अनुवादक लक्ष्य भाषा के पाठक को ध्यान में रखकर अनुदित भाषा की गरिष्ठता की सीमा निर्धारित करता है और कभी वह अपने अनुवाद के अनुकूल सचेत पाठक-वर्ग की निमित्त चाहता है। इसीलिए अनुवाद को हम एक दुहरी और दुरुह प्रक्रिया मानते हैं। काव्यनुवाद से सम्बद्ध समस्याओं की चर्चा करते हुए हम इस प्रसंग को अधिक विस्तार से उठएँगे। अनुवाद करते समय अनुवादक के समक्ष प्रमुख समस्याएँ क्या आ सकती हैं तथा उससे क्या अपेक्षित है, इसकी संक्षेप में चर्चा यहाँ अभीष्ट है।

इस तरह अनुवाद की अपेक्षाओं में अनुवादक के अपने मर्म को भी देखा परखा जा सकता है क्योंकि मुख्यत: उसी के आधार पर ही अनुवाद की गुणवत्ता तथा उसका भाषाई स्वरूप निर्धारित होता है। इस सम्बन्ध में हमें इस कार्य हेतु अनुवादक के कुछ मुख्य गुणों को भी देखना होगा। डॉ. कमलेश्वर भट्ट अनुवादक के लिए जिन तीन बातों को मानते हैं उनका मुख्य सार इस तरह से दिया जा सकता है:

एक अच्छे अनुवादक के लिए तीन बातें आवश्यक मानी गई हैं। पहली है, स्रोत भाषा का ज्ञान। जिस भाषा का अनुवाद करना है, अनुवादक को उस भाषा का

समुचित ज्ञान होना चाहिए। यदि विषय-वस्तु तथ्यात्मक अथवा गणितादि से सम्बन्धित है तो उस भाषा के सामान्य ज्ञान से भी काम चल जाएगा। किन्तु यदि विषय-वस्तु काव्यात्मक है तो अनुवादक को स्रोत भाषा का बहुत अच्छा ज्ञान होना आवश्यक है। अतः मूल सामग्री के स्तर का भाषा-ज्ञान अपेक्षित है। जितना ज्ञान कम होगा वस्तु को भली प्रकार समझने में उतनी ही अधिक त्रुटियाँ होने की सम्भावनाएँ होंगी।

दूसरी बात है, लक्ष्य-भाषा का ज्ञान अर्थात् उस भाषा का ज्ञान जिसमें अनुवाद करना है। इस भाषा का ज्ञान भी उतना ही होना चाहिए जितना कि अनुद्य सामग्री का सही अनुवाद करने के लिए अपेक्षित है। लक्ष्य-भाषा का ज्ञान जितना कम होगा अनुवाद उतना ही त्रुटिपूर्ण होगा।

तीसरी बात है, विषय-ज्ञान। जिस विषय का अनुवाद किया जा रहा है उस विषय पर अनुवादक का पूर्ण अधिकार होना अत्यन्त आवश्यक है। अन्यथा अर्थ का अनर्थ होने की सम्भावना रहती है। यह ज्ञान अनूद्य सामग्री के स्तर का तो अवश्य ही होना चाहिए।

इस तरह अनुवाद के अनुवादक के स्तर पर इसको विभिन्न अपेक्षाकृत माध्यमों से निकलना पड़ता है तथा यह एक अच्छे अनुवाद की झलक प्रस्तुत करता है।

अनुवाद के इस अपेक्षाकृत परिप्रेक्ष्य में भाषाई आधार पर अनुवाद के द्वारा उनमें परस्पर भावों और विचारों का विनिमय हुआ करता है। यद्यपि भाषण में प्रत्येक मनुष्य की कोई न कोई विशेषता होती है, परन्तु उन विशेषताओं के कारण प्रत्येक व्यक्ति के भाषण को "बोली" कहलाने का गौरव नहीं प्राप्त होता। भिन्न-भिन्न सामाजिक, धार्मिक, राजनीतिक या व्यापारिक सम्प्रदायों के लोगों के परस्पर भाषण में मुख्य भाषण में मुख्य भाषा से जो विभिन्नता उत्पन्न हो जाती है उसी को परन्तु इन विभेदों का विवेचन करने पर यह स्पष्ट हो जाता है कि भिन्न-भिन्न बोलियों का स्रोत एक मूल भाषा में होता है। उसी से भिन्न-भिन्न बोलियों का स्रोत एक मूल भाषा में होता है। उसी से भिन्न-भिन्न बोलियाँ या दो भाषाएँ क्रमशः परिवर्तित होकर निकलती हैं। परन्तु यहीं पर यह अनुसंधान समाप्त नहीं हो जाता। जब हम कई भाषाओं की परस्पर तुलना करते हैं तब हम उनमें बहुत सी समानताएँ पाते हैं। कुछ भाषाओं के शब्द-भण्डार वाक्यान्वय, रूप आदि में इतना साम्य रहता है। इशके अतिरिक्त आलोच्य भाषाओं के व्याकरण की समानता भी परस्पर सम्बन्ध का परिचायक है। व्याकरण के नियमों का सादृश्य ढूँढ़ते समय सब

भाषाओं के व्याकरणों का ऐतिहासिक अध्ययन आवश्यक है, क्योंकि व्याकरण नियम भी शाश्वत नहीं है, उनमें समयानुसार परिवर्तन हुआ करता है।

इस तरह भाषाई स्तर पर अनुवाद का कार्य हमने उपरोक्त अध्ययन में देखा है। विभिन्न स्वरूपों में प्रकट होता है तथा हम देख सकते हैं कि इस तरह अनुवाद अपेक्षाकृत अच्छा दिखाई देता है तथा इसी सन्दर्भ में अनुवाद की अपेक्षाएँ और भी बढ़ जाती हैं। अनुवाद की अपेक्षाओं की चर्चा करते हुए हम यह भी मान सकते हैं कि अच्छा तथा आदर्श अनुवादक वही है जो अनुवाद को प्रकृति के आधार पर ही जान सके।

अनुवाद की प्रकृति तथा अनुवाद की अपेक्षा आपस में तालमेल रखती है। इस सन्दर्भ में हम अनुवाद की प्रकृति के आधार पर बहुत सारे विशेषज्ञों ने जिन्होंने इसको दो प्रमुख भागों में विभाजित करके देखा है कि उनके द्वारा की गई इस प्रकृति के अनुसार अनुवाद मुख्यतः मूलनिष्ठ और मूलमुक्त परिभाषित किया जा सकता है।

इस सन्दर्भ में यह टिप्पणी उल्लेखनीय है कि जब भी किसी कृति का अनुवाद किया जाता है उसे यथासम्भव मूल के अनुरूप ही रखा जाता है। यह अनुरूपता केवल शैली की दृष्टि से होता है, कथ्य की दृष्टि से नहीं अर्थात् गद्य का पद्य में अथवा पद्य का गद्य में अनुवाद हो सकता है। विषय की दृष्टि से अनुवाद में परिवर्तन नहीं किया जा सकता। यदि इस दृष्टि से अनुवाद में परिवर्तन किया जाए तो वह अनुवाद ही नहीं रहेगा। ऐसी स्थिति में वह एक स्वतंत्र रचना बन जाएगी। स्पष्ट है कि अनुवाद का मूलनिष्ठ होना या मूलमुक्त होना केवल शैलीगत है, विषयगत नहीं। हाँ, मुहावरों, लोकोक्तियों आदि में लक्ष्य भाषा की प्रकृति के अनुरूप परिवर्तन अथवा परिवर्धन किया जा सकता है। अनुवाद की अपेक्षा में हमें यह भी देखना होगा कि अनुवादक उन दोनों में भाषाओं के प्रति कितनी निपुणता रखता है। एक, जिसमें मूल रचना है तथा दूसरी, वो जिसमें वो अनुवाद कार्य कर रहा है।

अनुवाद के इस रचना क्रम में इसके अपेक्षित तत्त्वों में यह कहा जा सकता है कि इसमें अनुवाद की संरचना मूल जैसी ही दिखाई देती है अर्थात् अनूदित कृति में भी मूल की सुगन्धि लाना अनुवादक का कर्तव्य है। इसके विपरीत एक विचार यह मिलता है कि अनूदित कार्य सर्वथा मौलिक प्रतीत नहीं होना चाहिए क्योंकि मूल सृजनकर्ता के व्यक्तित्व का पूर्णतः लुप्त हो जाना या उसके कथ्य का अनावश्यक फैलाव करना, सफल अनुवाद की श्रेणी में नहीं आ सकता। अनुवादक एक दुभाषिया ही तो है, जो स्रोत भाषा

की बनावट को लक्ष्य भाषा में अभिव्यक्त कर रहा है। उसे निजी व्यक्तित्व की आरोपण की स्वतन्त्रता नहीं दी जा सकती।

इसी तथ्य से जुड़ा हुआ एक और महत्त्वपूर्ण प्रश्न उभरता है कि क्या अनुवादक एक मोहर मात्र है? क्या अनुवाद करते समय वह अपनी सर्जन-क्षमताओं का दमन कर ले, अपने व्यक्तित्व को नकार दे और केवल मूल लेखक की लेखन-रीति को ही प्रोत्साहित करे? यह भी तो न्यायपूर्ण ही है कि अनुवादक की अपनी शैली को भी अनुवाद में पूर्णतः प्रतिबिम्बित होने की छूट दी जाए। वैसे भी, व्यावहारिक दृष्टिकोण से कोई अनुवादक इससे बच नहीं सकता।

लक्ष्य भाषा के अनुरूप ही वह अनूदित पाठ में समस्या के साथ संपृक्त है कि क्या अनुवादक, मूल लेखक के प्रति ईमानदार रहते हुए, संरचनात्मक अनुवाद करने पर बल दे? क्या यदि मूल में चार पंक्तियाँ हैं, अल्पविराम, अर्द्धविराम योजना है तो उसे भी अनुवाद में इनके प्रति अतिरिक्त सावधानी का व्यवहार करना चाहिए। क्या वह सुविधानुसार पंक्तियों को तोड़-मरोड़ नहीं सकता, क्रम में परिवर्तन नहीं कर सकता? संक्षेप में अनुवादक को मूल पाठ के संरचनात्मक रूप का अनुकरण करना चाहिए अथवा केन्द्रीय भाव को ग्रहण करके लक्ष्य भाषा की गरिमा की अभिव्यक्ति करनी चाहिए।

अनुवाद की अपेक्षाएँ तथा इनके प्रसंग देखते हुए यह कहा जा सकता है कि यह सृजन का वह रूप है जिसमें स्रोत भाषा तथा लक्ष्य भाषा में शब्द भाषाई प्रयोग तथा अन्य भाषाई प्रतीकों को भी साथ में जोड़कर रखा जाए तभी, एक अनुदित रचना का प्रभाव अच्छा हो सकता है क्योंकि मूलभाव शब्दानुवाद भाव द्वारा ही प्रकट होता है। इसीलिए लक्ष्य भाषा में अनुवाद के सभी रूप समाहित हो जाते हैं परन्तु यह तो मानना ही पड़ेगा कि कई बार मूलसृजक तत्त्वों को रूपान्तरण के जरिए भी देखने का प्रयास किया जाता है परन्तु इसे आप रूपान्तरित अर्थात् रूपान्तरण वाला अनुवाद कहेंगे। यह अनुवाद की अलग शैली में ही रखा जा सकता है। इस तरह अनुवाद का अर्थ तथा अनुवादक का अपना सृजन पक्ष भी एक अच्छे अनुवाद में समाहित रहता है।

3

विभिन्न भाषाई क्षेत्रों में मीडिया अनुवाद की प्रक्रिया

मीडिया तथा अनुवाद की प्रक्रिया में हम देख सकते हैं कि यह परस्पर बदलते रहने वाले प्रसंग हैं तथा उसमें मीडिया एवम् अनुवाद की प्रक्रिया दोनों की ही गतिशीलता विभिन्न तत्त्वों पर समाहित हुई देखी जा सकती है। यह बात इसलिए भी उल्लेखनीय है कि यह अनुवाद के भाषाई तत्त्वों एवं भाषाई स्वरूप को आज जिस तरह नए प्रयोगों में प्रस्तुत कर रही है। उसी तरह आज मीडिया के विभिन्न माध्यमों द्वारा जिस तरह से अनुवाद की प्रक्रिया नए स्वरूप में दिखाई देती है वह शायद पहले कभी इस तरह से नहीं दिखाई देता था।

आज की तेज तर्रार तकनीकी तथा संचार क्रांति ने जिन बिन्दुओं पर आज के बदलते परिवेश में आदमी की सोच को केन्द्रित किया है, उनमें से एक यह भी है कि आज उसको जिस भाषा के साथ दो-चार होना पड़ रहा है वह उसकी उसके परिवेश की जितनी है।

इस सन्दर्भ में भाषा के सम्प्रेषग में मीडिया की भूमिका जब अध्ययन की जाती है तो पता चलता है कि इस समूचे परिप्रेक्ष्य में भाषा के अनुवाद का अनिवार्य तत्त्व इस तरह से अपने नए शिल्पबोध से समूचे परिवेश का प्रभावित कर रहा है कि उससे आज का आदमी अपने किसी बदले हुए स्वरूप को चलचित्र, टेलीविजन अथवा संसार के अन्य माध्यमों द्वारा परिदर्शित होता देखता है। आज मीडिया तथा भाषा के इन सम्बन्धों में

अनुवाद एक ऐसी नई भाषाई भूमिका का स्वरूप है जो शायद एक दशक तक पहले कभी इस तरह प्रदर्शित नहीं होता था।

अनुवाद तथा मीडिया की इस प्रक्रिया को विचार करने के लिए हम अपने इस विषय को भाषाई व्याकरणीय परिप्रेक्ष्य में भी देखने की चेष्टा करेंगे क्योंकि अनुवाद एक ऐसी प्रक्रिया है तथा वो तत्त्व जिनमें अनुवाद की प्रक्रिया भाषाई तथा व्याकरणीय तथ्यों से निहित होती है। वह इतनी आधुनिक मानी जाती है कि उसके कई मूल स्वरूप के भावों को विभिन्न विद्वानों ने अपने शोध का विषय बनाया है।

अनुवाद प्रक्रिया के सम्बन्ध में डॉ. नायडा अपनी पुस्तक *Toward A Science of Translating* में उनके मतानुसार अनुवाद की इस क्रिया के प्रत्यक्ष तथा अप्रत्यक्ष दो स्वरूप हमारे सामने दिखाई देते हैं उनके अनुसार इन स्वरूपों के अन्तर्गत मूल भाषा और लक्ष्य भाषा के बीच मध्यवर्ती संरचना को स्वीकार किया है। उनका मत है कि अनुवाद एक क्रमबद्ध प्रक्रिया है जिसमें मूल पाठ की प्रत्येक इकाई का अनुवाद होता है। परोक्ष रूप के अन्तर्गत अनुवादक संरचना के सतही स्तर को स्वीकार न क संरचना के गहन पक्ष को स्वीकार करता है। उसने प्रत्यक्ष रूप के अन्तर्गत तीन स्थितियाँ स्वीकार की हैं। मूल भाषा मध्यवर्ती संरचना और लक्ष्य भाषा परोक्ष रूप के अन्तर्गत पाँच स्थितियाँ निर्धारित की हैं। मूल भाषा पाठ, विश्लेषण संक्रमण, पुनर्गठन और लक्ष्य भाषा पाठ *नाइडा* ने अनुवाद करने की प्रक्रिया के तीन सोपान माने हैं:

(1) पाठ विश्लेषण: इसके अन्तर्गत अनुवादक मूलभाषा के पाठ का विश्लेषण करता है। मूलपाठ के व्याकरणिक रूप, शब्द, चयन अर्थगत् विशेषताएँ आदि को दृष्टि में रखकर मूल पाठ के आशय को ध्यान में रखता है।

(2) अंतरण: मूल पाठ को कथ्य का अर्थबोध या आशय ग्रहण करने के पश्चात् अनुवादक उसका लक्ष्य भाषा में रूपान्तरण करता है। यह प्रक्रिया उसके मस्तिष्क में होती है।

(3) पुनर्गठन: अनुवादक मूलभाषा के पाठ या आशय को लक्ष्य भाषा में भाषा की रचना को दृष्टि में रखते हुए पुनर्गठित करता है। वह लक्ष्य भाषा में स्रोत भाषा की मूल सामग्री को इस प्रकार पुनर्गठित करता है कि वह स्वाभाविक प्रतीक होती है।

अनुवाद की प्रक्रिया के उपरोक्त सन्दर्भित भाषाई विवेचन के पश्चात् हम अनुवाद की प्रक्रिया में यह भी देख सकते हैं कि अनुवाद का मूल मन्तव्य तथा लक्ष्य भाषा के बीच उसके सृजन के निहित अंग रहते हैं।

मीडिया तथा अनुवाद की इस प्रक्रिया यात्रा में हम अनुवाद की प्रक्रिया को इस मतानुसार भी देख सकते हैं जैसे भाषा का अनुवादक के साथ युगबोध परिस्थितियाँ तथा

मीडिया प्रासंगिकता इसके विशेष आधुनिक स्वरूप है जिनके आधार पर अनुवाद तथा मीडिया की प्रक्रिया को हम अलग-अलग धरातलों पर पहचान सकते हैं तथा इसके नए सन्दर्भों को परिभाषित कर सकते हैं।

आज जब अनुवाद प्रक्रिया में अनुवादक भाषाई स्तर पर मूल लेखक के साथ उसके युग और परिस्थितियाँ तथा उसकी व्यक्तित्व सीमाओं से पूर्ण संगति न बैठा ले, तब तक उसका अनुवाद कर्म में प्रवृत्त होना अन्याय ही कहा जाएगा। सामान्य रूप से अनुवाद का अर्थ है-स्रोत भाषा के प्रतीक के संकेतार्थ का लक्ष्य बाषा में समतुल्य अन्तरण का अर्थ है। स्रोत भाषा के प्रतीक के संकेतार्थ का लक्ष्य भाषा में समतुल्य अन्तरण। यहाँ यह प्रश्न उठना स्वाभाविक है कि क्या दो भाषाओं की प्रतीक व्यवस्था तथा उनके प्रकट होने वाले संकेतार्थ एक जैसे होते हैं? नहीं, यदि यही सम्भव होता तो आज भाषा और अनुवाद प्रक्रिया इतने उलझे हुए रूप में हमारे समक्ष न आती।

सर्वप्रथम हम यह देखते हैं कि हमें स्रोत भाषा में ही विभिन्न पर्यायों में अर्थगत पूर्ण समानता नहीं मिलती। ऊपरी संकल्पना तो समान होती है किन्तु अर्थ का विस्तार और संकोच दो पर्यायों में मिल जाता है जैसे तरू, वृक्ष, विटप, पादप आदि में क्रमशः कोमलता, शुष्कता, विशालता तथा लघुता का एक अतिरिक्त अर्थ छिपा हुआ है, जो एक से दूसरे में अन्तरित नहीं होता। इसी प्रकार भास्कर सूर्य तथा रश्मिरथी के अपने-अपने पृथक् निहितार्थ भी हैं तथा केवल सूरज का पर्याय मान लेने से पूर्ण संतुष्टि नहीं होती।

अनुवाद की इस प्रक्रिया यात्रा में प्रसिद्ध चिंतक चौमस्की का चिंतन भी विशेष उल्लेखनीय है। जब वो भाषा को एक सरल सिद्धान्त में जुड़ा हुआ देखते हैं तथा इसके निरन्तर परस्पर चलते रहने वाले सम्बन्धों की विवेचना करते हैं।

अनुवाद की प्रक्रिया में नोअम चौमस्की का वाक्य विन्यास तथा अनुवाद का सैद्धान्तिक पक्ष कुछ इस तरह से है। भाषाई सिद्धान्त का सम्बन्ध मुख्यतया एक आदर्श वक्ता-श्रोता से है, जो एक पूर्णतया समांगी भाषा-भाषी जनसमुदाय का सदस्य है, जो अपनी भाषा को सम्यक् जानता है और जो अपने भाषाज्ञान को वास्तविक निष्पादन में प्रयुक्त करने में स्मृति-परिसीमाओं विकर्षणों अवधान एवं अभिरुचि के अपसरणों और (यादृच्छिक अथवा विशिष्ट) त्रुटियों जैसे व्याकरण की दृष्टि से अप्रासंगिक निर्धारकों से अप्रभावित रहता है।

इसी सन्दर्भ में हम डॉ. भोलाराम तिवारी ने अनुवाद विज्ञान में जो मूल अनुवाद क्रिया के पाँच तत्त्व समाहित किए हैं, उनको उद्धृत करने से पहले पश्चिमी विशेषज्ञ (बाथगेट) का मत भी यहाँ दर्ज करना चाहेंगे। उनके अनुसार प्रक्रिया के रूपों को

अधिक विस्तार से प्रस्तुत किया है। मूल भाषा या स्रोत भाषा पाठ एवं लक्ष्य भाषा पाठ के माध्यम सात सोपान स्वीकार किए हैं- समन्वयन विश्लेषण, बोधन, पारिभाषिक अभिव्यक्ति, पुनर्गठन, पुनर्रीक्षण, पर्यालोचन।

इसमें समन्वयन, पुनर्रीक्षण, पर्यालोचन का स्वतंत्र अस्तित्व स्वीकार किया है। समन्वयन में मूल भाषा के भाव या आशय को समझना पुनःपरीक्षण में अनुवादित सामग्री का सम्यक् एवं सूक्ष्म निरीक्षण पर्यालोचन में अनुवादित सामग्री का मूल पाठ की प्रामाणिकता से पुष्टि आवश्यक मानी है।

आधुनिक युग में अनुवाद प्रक्रिया नए प्रतिमान स्थापित कर रही है तो इस हर क्षण दोहरी भूमिका से गुजरते हुए इसके विभिन्न तत्त्वों का परिभाषित स्वरूप देखते हुए हम यह देखते हैं कि अनुवाद जिसे एक दोहरी क्रिया का रूप माना जाता है। उसे इस सारणी के एक सिरे पर स्रोत भाषा का लेखक है तो दूसरी ओर लक्ष्य भाषा का पुनः सृजनकर्ता। इस सम्प्रेषण क्रिया में प्रतीकबद्ध पाठ (symbol) कोटिकृत होकर गृहीता या विश्लेषणकर्ता तक पहुँचता है। अपने सामाजिक और संस्कृति विषयक अनुभव (experience) के आधार पर अनुवादक उस प्रतीक द्वारा संकेतित वस्तु (referent) को समझता और विकोडीकरण करते हुए ग्रहण करता है। इसके पश्चात् वह पुनः लक्ष्य भाषा में प्रतीकों के माध्यम से उस पाठ को कोडीकृत करते हुए सह-पाठ (co-text) में बदल देता है।

इसी प्रसंग में हम प्रक्रिया के दूसरे तत्त्वों की विवेचना करने से पहले जैसा कि उपरोक्त में डॉ. भोलानाथ तिवारी द्वारा निर्धारित अनुवाद विज्ञान के पाँच प्रक्रिया भेदों को देखेंगे जिनका उल्लेख डॉ. तिवारी ने *अनुवाद विज्ञान* में किया है। उनके अनुसार यह पाँच चरण इस तरह से निर्धारित किए गए हैं:

(अ) मूल पाठ बोधन: अनुवादक जिस स्रोत भाषा की जिस सामग्री को लक्ष्य भाषा में अनुदित करना चाहता है उसे उस सामग्री का सांगोपांग बोधन आवश्यक होता है, यह बोधन भाषिक संरचना एवं विषय के आशय को दृष्टि में रखकर किया जाना चाहिए। अनुवादक को भाषिक संरचना को समझने के लिए व्याकरणिक ग्रंथों या कोश की सहायता लेनी चाहिए।

शब्दों में निहित अर्थ को जानने के लिए काल, देश, लिंग, वचन, प्रकरण आदि को ध्यान में रखना चाहिए। अनुवादक को स्रोत भाषा की मूल सामग्री का सम्यक् अध्ययन करने के पश्चात् ही अनुवाद करना चाहिए।

(आ) विश्लेषण: मूल पाठ के विश्लेषण के सम्बन्ध में नाइडा ने व्याकरण या शब्दार्थ को महत्त्वपूर्ण माना है। व्याकरणिक संरचना के अन्तर्गत केवल पदबंध, उपवाक्य

आदि को ही महत्त्व न देकर वरन् सम्पूर्ण व्याकरणिक पठन को महत्त्वपूर्ण मानना चाहिए। कभी-कभी एक ही शब्द अनेक अर्थों को ध्वनित करता है। अतः अनुवादक को वाच्यार्थ, लक्ष्णार्थ एवं व्यंग्यार्थ को दृष्टि में रखना चाहिए।

(इ) भाषान्तरण: स्रोत भाषा की सामग्री का लक्ष्य भाषा में अनुवाद की प्रक्रिया में भाषान्तरण अत्यन्त महत्त्वपूर्ण होता है क्योंकि मूलभाषा की सम्पूर्ण इकाइयों का लक्ष्य भाषा में अन्तर्गत होता है। इसमें व्याकरणिक रूप एवं अर्थ पक्ष की संगति आवश्यक होती है। अनुवादक को भाषान्तरण करते समय मुहावरों, लोकोक्तियों, कहावतों के लाक्षणिक प्रयोगों, किसी शब्द के अनेकार्थों में से शब्द के ही आशय को ध्यान में रखते भाषान्तरण करना चाहिए।

(ई) पुनरीक्षण: स्रोत भाषा की सामग्री का लक्ष्य भाषा में जो भाषान्तरण किया गया है उसका सूक्ष्म निरीक्षण आवश्यक है। व्याकरणिक व्यवस्था श्रुति मधुरता सहज स्वाभाविकता आदि की दृष्टि से आवश्यक संशोधन पुनरीक्षण किया जाना चाहिए।

(उ) समायोजन: भाषान्तरण सामग्री का समायोजन आवश्यक है। अनूदित सामग्री की भाषा सरल, सहज एवं प्रवाहात्मक होनी चाहिए। इसके अन्तर्गत अनुवादक को यह भी देख लेना चाहिए कि लक्ष्य भाषा में अनूदित सामग्री स्रोत भाषा की छाया न हो।

(ऊ) स्रोत भाषा की मूल सामग्री से तुलना: इस अंतिम सोपान में आकर अनुवादक को अनुदित सामग्री की उसकी मूल से तुलना कर लेनी चाहिए। यह कार्य उसे तटस्थ के रूप में करना चाहिए। विशेषकर यह तुलना उन विषयों के लिए अत्यावश्यक है जिसमें प्रामाणिकता अधिक अपेक्षित है जैसे- विधि साहित्य, प्रकृति विज्ञान, समाज विज्ञान आदि।

उपरोक्त सन्दर्भित टिप्पणी तथा विभिन्न चरण अनुवाद की प्रक्रिया में उन सहायक बिन्दुओं को उभारते हैं जिनके द्वारा अनुवाद की प्रक्रिया को देखा परखा जा सकता है।

इसी प्रसंग में सस्यूर का मत भी उल्लेखनीय है जिसमें वह कहते हैं कि इकाई को अनुवाद के क्रम के लिए दो भाषाओं को सम्पर्क में आना जरूरी है तथा वे इसे इकाई को शतरंज के मोहरे के समान बाह्य और आन्तरिक मूल्य से युक्त मानते थे। निश्चय ही भाषिक इकाई मात्र दर्पण नहीं जो लेखक के बाहरी रूपाकार को दर्शाए वह उस भोजन की भाँति है जो मसालों के उचित व्यवहार और चमचमाते बर्तनों के साथ-साथ गृहिणी की कुशलता और ममत्व को भी परोस देता है। ऐसे भाषिक उपादान का अन्तरण कितना कठिन है।

□□□

खण्ड–5

विरासत, पर्यटन

1

क्या-क्या दिखा रहे हैं इस देश में? पर्यटन के नाम पर हम

एक सर्वेक्षण में कहा गया है कि इस विश्व पर्यटन के अवसर पर पूरे विश्व में कई हजार लोग विश्व भ्रमण के लिए विश्व की कई नुक्कड़ों में घूम रहे होंगे। एक औसतन अन्दाजे के मुताबिक लगभग 500 करोड़ डालर का पर्यटन भ्रमण का खर्चा इसमें निहित रहेगा। इसमें और भी उल्लेखनीय तथ्य दिए गए हैं, जो विश्व पर्यटन और हमारे लिए चौंकाने वाले हैं। जिसके अनुसार अकेले सिंगापुर में सात लाख लोग रहेंगे, यही स्थिति हांगकांग तथा माल्टा से लेकर अन्य छोटे द्वीपों की है।

भारतीय परिप्रेक्ष्य में नजर डालें तो पता चलता है कि पर्यटन के नाम पर हमने जो सुविधाएँ विश्व पर्यटकों को दे रखी हैं, तथा जो कुछ हम अपने देश का विदेशी पर्यटकों को परोसते रहे हैं, वह कितना इन विदेशी मेहमानों को आकर्षित करता है। आज जब पर्यटन एक उद्योग का रूप धारण कर चुका है, तो हम भारतीय परिस्थितियों को विश्व पर्यटन के कितना अनुकूल कर पाते हैं। यह विषय पर्यटन प्रेमियों तथा सरकार के लिए भी शोचनीय विषय हो सकता है।

भारत जैसे बड़े भू-भाग वाले देश के लिए पर्यटन की असीम सम्भावनाएँ हैं,

परन्तु पर्यटन व्यवस्था का एक सच यह भी है कि हम विदेशी मेहमानों को अपनी गरीबी ज़हालत के अलावा राजसी ठाट-बाट दिखाने में संकोच नहीं करते। हमारे यहाँ जो पर्यटक आते हैं, वह दो तरह के हैं। एक तो जो अपने जेब खर्चे से आते हैं, जिसके लिए एशिया के ये देश बेहद सस्ते पड़ते हैं, दूसरे यहाँ पर वो मेहमान आते हैं जिन्हें इनके देश की किसी संस्था अथवा राज्य ने प्रयोजित किया हो। समूचे विश्व में जितने पर्यटक हर रोज विश्व भ्रमण के लिए निकलते हैं उनमें से 0.4 प्रतिशत ही भारत के हिस्से में आते हैं।

यह तथ्य और भी चौंकाने वाला है कि हमारे यहाँ से जितने भी सरकारी प्रयास इस स्तर पर हो रहे हैं वह हवा में तीर चलाने जैसे हैं जिनका नतीजा कुछ भी नहीं निकल पाता। हमारे यहाँ पर्यटन के नाम पर अफसरशाही के रंग सामने आते हैं जिसमें हमारे अफसरों और मंत्रियों को पर्यटन को बढ़ावा देने के लिए विदेशी यात्राएँ तथा मुफ्त का भ्रमण हो जाता है। क्या हम यही कुछ पर्यटन के नाम पर पाएँगे?

हमारे यहाँ पर्यटन के नाम पर जिन चीजों को आज दिखाया जा रहा है, वह भारतीयता की निशानी तो बिल्कुल नहीं कही जा सकती। अपनी पुरानी धरोहर संस्कृति को प्रदूषित होने से बचाने के लिए हमने शायद कुछ भी प्रयास नहीं किए। और यह तथ्य भी सत्य है कि हमने विदेशी मेहमानों को पर्यटन के नाम पर हमारी आदिवासी संस्कृति, किले, हवेलियों के साथ मनचाहा खिलवाड़ करने की छूट दे रखी है। हमारी कलाओं का यह प्रतिदोहन सरकारी तथा निजी दोनों तरह के दलालों के हाथ होता है। परन्तु हम देशी-स्वदेशी के चक्कर में पड़े हुए कुछ भी नहीं कर पा रहे हैं। ऐसे अनेक उदाहरण हैं जहाँ पर हमने अपनी संस्कृति को तथा लोक धरोहरों को विदेशियों के हाथों डुबोया। हाल ही के वर्षों में मध्य प्रदेश के बस्तर, बिहार का छोटा नागपुर तथा उड़ीसा के कुछ इलाकों से लेकर राजस्थान के आंचलिक प्रदेशों तक आदिवासी महिलाओं के साथ अनेक फिल्मों का फिल्मांकन हुआ तथा उन्हें पर्यटन के नाम पर विदेशों में लाखों डालरों में बेचा गया। इस तरह के और भी सैकड़ों उदाहरण हैं, जिनके द्वारा हमें नीचा दिखाया गया है।

हमारे ऐतिहासिक शहरों की पृष्ठभूमि में विदेशी सैलानियों ने उन शहरों का सांस्कृतिक चेहरा दिखाने की कभी भी कोई कोशिश नहीं की। अलबत्ता इन महानगरों की गलियों में पैदा हुई गन्दगी, दूषित पर्यावरण के बिना हमारी गरीबी, गन्दगी, मच्छर, मक्खियाँ तथा टूटी हुई सड़कों के अलावा भीख माँगते हुए छोटे बच्चों को दिखाया जाता

है और यही फिल्में विदेशों में हमारे पर्यटन विचार को प्रदर्शित करती हैं। जिसको दिखाकर हम पर्यटकों को प्रभावित कर सकते हैं। इसमें दो राय नहीं है कि हमारा तथा सरकार का दायित्व बनता है कि हम सब चीजों पर नजरसानी करें कि पर्यटन के नाम पर जो हमारी पहंचान पूरे विश्व में हुई है, उसे कलंकित न किया जा सके। परन्तु दुखद स्थिति यह है कि हमारे इस प्रदर्शित पर्यटन प्रसंग में यहाँ के ही कुछ दलाल लोग मिले हुए हैं।

पर्यटन के नाम पर हमने भारतीय इतिहास के साथ जो खिलवाड़ किया है उसका शायद ही कोई उदाहरण विश्व में मिलता हो। यह क्रम आज से नहीं शताब्दियों से हमारी भूमि पर चल रहा है। यही कारण है कि आज छोटे-छोटे देश भी पर्यटन व्यवसाय में हमें प्रतिस्पर्धा में खड़े होने नहीं देते।

प्राकृतिक सम्पदा और अलौकिक मनोहारी नजारे तथा ऊँचे पहाड़ों की चोटियाँ, नदियाँ, झरने और मौसम की विविधता इतने बहुत हमारे देश में मिलते हैं कि जिस पर विश्वास करना मुश्किल है और उल्लेखनीय तथ्य भी यहाँ पर बताना आवश्यक होगा कि विदेशी सैलानियों के लिए यह सब चीजें इतनी सरलता तथा आसानी से बहुत ही सस्ते दर पर उपलब्ध हैं कि जिसका विश्व में कोई भी मुकाबला नहीं किया जा सकता। परन्तु दूसरा तथ्य यह भी है कि हमारे महानगरों में पाँच सितारा महँगाई लगभग उतनी ही है, जितनी पश्चिमी देशों की, इसलिए सूझवान पर्यटक दृष्टि वाले व्यक्ति को कोई ज्यादा अन्तर नहीं लगता है। इसलिए वह भारतीय धरती पर पैर रखने से कतराता है।

उपरोक्त सब बातों का नतीजा यही होता है कि वह भारतीय स्थलों को देखने की चाहत रखते हुए भी देख नहीं पाता। यहाँ पर विशेष ध्यान देने योग्य बात है, कि पश्चिमी मीडिया भी भारतीय धरती को पर्यटन की दृष्टि से गन्दगी तथा बीमारीयुक्त प्रदूषित वातावरण वाला देश मानते हैं, क्योंकि उनके यहाँ हमारे देश के भू-भाग की जो छवि प्रस्तुत की जाती है, वह इतनी लज्जाजनक तथा एकतरफा होती है, कि उसे देखते व सुनते हुए शर्म आती है। ऐसी दृष्टि में भला कौन इस देश में आना चाहेगा। इसी तरह का समानान्तर दृष्टिकोण पर्यटन एजेन्सियाँ भी अपना रही हैं। इन विपरीत परिस्थितियों में हम क्या तथा कितनी उम्मीद बाँधें कि हम विश्व पर्यटन के नक्शे पर अपने-आपको उभार पाएँगे।

पर्यटन की दृष्टि से विश्व प्रसिद्ध पर्यटन स्थल कश्मीर, पंजाब तथा पूर्वोत्तर क्षेत्र बड़ी संख्या में पर्यटकों को आकर्षित करते थे। परन्तु पिछले कुछ वर्षों से वहाँ पर

चल रहे आतंक के साये ने हमारे पर्यटन को नजर-सी लगा दी है। आज इन क्षेत्रों में गिनती के पर्यटक ही जा पाते हैं और जो जाते भी हैं वो भी भयभीत स्थिति में बिना कुछ देखे सकून प्राप्त किए वापस लौट आते हैं। ऐसी स्थिति में हम अपने यहाँ किस पर्यटन उत्थान की बात करें?

आज जब पूरे विश्व में पर्यटन एक उद्योग का दर्जा हासिल कर चुका है तो हम इस भरे-पूरे उद्योग को हाथ से निकलता हुआ देख रहे हैं। क्या हम इसके लिए खुद ही जिम्मेदार तो नहीं, गहरे आत्मचिंतन की जरूरत है। नहीं तो वह दिन दूर नहीं जब विश्व पर्यटन से हमारा नाम मिटने में देर नहीं लगेगी, क्योंकि इस दिशा में भी इतनी गलाकाट प्रतिस्पर्धा सामने आ रही है तथा बढ़ते हुए विज्ञान संचार-प्रसार तकनीकी ज्ञान ने इसे और भी अनिवार्य कर दिया है कि हम अपने पर्यटन सम्भावनाओं से भरे इस देश की बहुलता को इसी परिप्रेक्ष्य में देखें तथा समझें।

2

हुस्न-ए-कश्मीर डल झील क्या खत्म हो जाएगी?

कश्मीरी लोक गीतों में जितना खूबसूरत और मनमोहक वर्णन डल झील की सुन्दरता का मिलता है उतना शायद ही कश्मीर की किसी अन्य जगह का हो। कश्मीर जिसके बारे में कहा जाता है कि अगर धरती पर कहीं स्वर्ग है तो वो कश्मीर की धरती है। पूरी वादी में दिलकश बर्फीली चोटियों वाले पहाड़, नदी, नाले, महकते हुए फूलों व फलों के बाग इन्हीं के कारण सबसे अनोखी है। इसकी डल झील श्रीनगर के दो मुख्य किनारों पर फैला हुआ है। इसका एक भाग तो दरिया झेलम के किनारों पर अपनी पहचान कराता है तो दूसरा छोर डल झील के इर्द-गिर्द व डल झील के बीचोंबीच बसा हुआ नजारा है। डल झील शायद दुनिया की खूबसूरत कुदरती झीलों में से एक है। यही शायद वो स्थान है जिसके पानी ने कश्मीर की तवारिख को अपने कई उतार-चढ़ाव में देखा है। यह डल झील ही है जिसके निर्मल जल में रेंगती हुई किश्तियाँ और शिकारे दिल की धड़कनों को तेज करते जाते हैं। अपने ख्वाबों के गुलाबों को महकाने के लिए और अपने सपनों को साकार करने के वायदे लिए दुनिया भर के लोग यहाँ इसके मोहब्बत भरे शबाब पानियों एवं नजारों से आँख मिचौनी करने आते हैं इसीलिए डल झील को ''हुस्ने-ए-कश्मीर'' भी कहा गया है।

कश्मीर के आदि ग्रन्थों और पुरानी ऐतिहासिक किताबों में भी इस झील का

जिक्र मिलता है। यह झील एक ऐसी खूबसूरत झील है जिसके चारों तरफ और बीच में घनी आबादी रहती है।

इस झील की निर्मित पहचान ढाई सौ ईसा पूर्व सम्वत् से कही जाती है। इस झील के एक तरफ आदि शंकराचार्य का ऊँची पहाड़ी पर बना हुआ मंदिर है तो दूसरी तरफ समुद्र तल से 3,800 फुट ऊँचा पहाड़ जबरवन भी है। इसके एक किनारे पर मुगल शासकों द्वारा निर्मित विश्व प्रसिद्ध बाग शालीमार निषाद इत्यादि है। इस झील के बारे में खोज करने पर ऐतिहासिक पृष्ठभूमि बदलती है कि यह कभी झेलम नदी का भाग रही होगी। इसकी गहराई 30 फीट और पानी का औसतन प्रवाह 29.19 मिलियन घन मीटर तक नापी गई है। इसके पानी का स्रोत 82 प्रतिशत तेलबाल नामक झरने से होता है जो मरसार नामक एक अन्य झील से निकल रहा है बाकी पानी दूसरी दिशाओं से बह रहे झरनों से प्राप्त होता है।

दुनिया भर के सैलानियों को अपनी ओर आकर्षित करने वाली यह झील पिछले कुछ वर्षों से कश्मीर के जंगजुओं और लोगों अथवा सरकार दोनों पक्षों की लापरवाही का शिकार होकर आज भयानक स्थिति में पहुँच चुकी है। अब इस दहशत भरे माहौल में इसके पानी की छाती पर न तो मोहब्बत के नगमें उठते और न ही शिकारों में प्रेमी जुगल नौकायन करते हैं और इसके अन्दर व किनारों पर बसने वाली घनी आबादी के लोग इसको कूड़े-कबाड़ का घर बनाना शुरू कर रहे हैं।

जब से इस झील का उदय हुआ है तब से कश्मीर के राजाओं द्वारा इसके सौन्दर्य कला को बचाए रखने का प्रयास खोजे जा रहे हैं। 1825 में इस झील की लम्बाई सरकारी रिकार्ड के मुताबिक पाँच मील व दो मील थी। उस समय भी लद्दाख के अंग्रेज आयुक्त फ्रेडरिक ड्यू इसके दलदल होने की बात सरकारी रिकार्ड में अंकित की है। इसके बाद 1865 में दूसरे आयुक्त श्री वाल्टर लारेन्स ने इसमें तैरने वाले गार्डनों से इसमें दलदल पैदा होने के खतरे के प्रति सरकारी दस्तावेजों में अंकित किया था कि ऐसे झूलते हुए गार्डनों से इसके पानी का प्रवाह खत्म हो रहा है। इसके बाद 1900 ईस्वी में सर ओरल स्टाइन ने इसके पानी के नीचे दलदली पौधों के पैदा होने के बारे में और इसकी सुन्दरता के खत्म होने के बारे में कहा था। आज भी दुनिया भर में विशेषकर कश्मीर के लिए यह बात शोचनीय है कि पर्यटकों को अपनी ओर आकर्षित करने वाली इस झील की उनके लिए कितनी जरूरत है। इस झील के दो निकास मार्ग हैं- डलगेट और नाला आमरखान। आज प्राप्त आँकड़ों के हिसाब से इसके पहले भौगोलिक सर्वेक्षण से पता

चलता है कि आज इस झील का एक-तिहाई भाग मर चुका है। दूसरा इसके साफ-सुथरे पानी के क्षेत्र जहाँ 25 वर्ग किलोमीटर था जो आज घटकर 19 वर्ग किलोमीटर बाकी रह गया है। इसमें साढ़े तीन वर्ग किलोमीटर जल उपवन है और आज इसके तीन बड़े स्रोत खुशाल सार, नल्लामार और थकोल नामक झरने आज खत्म हो चुके हैं। कई जगहों पर तो इतनी मिट्टी जमा हो गई है कि लोगों ने ऊँची जगह पर घर बना लिए हैं।

पिछले कुछ वर्षों से इस झील में पानी के नीचे और ऊपर झाड़ियों एवं घास की पर्तें पैदा होने लगी हैं और बहुत ही तेजी से पूरी झील को अपने में लपेट रही है। अगस्त 1991 के बाद एक नई तरह की घास पाई गई है जो दिन में तो लाल और रात को हरी हो जाती है। इसके चलते हुए झील का चाँदनी रात में नीचे तक साफ दिखने वाला पानी अपनी पहचान खोता जा रहा है। अब डॉक्टरों की राय है कि इस झील का पानी पाचन दोष व अन्य बीमारियों की जड़ हो सकती है। श्रीनगर में मुख्य जीव विज्ञान प्रयोगशाला के मुख्य प्रोफेसर रशीदुद्दीन का मानना है कि यह डल झील के धीरे-धीरे मरने का समय है। यदि इसकी वक्त पर देखभाल न की गई तो आने वाले दिनों में दुर्दशा एवं झील के लिए बुरे दिन होंगे। एक विषैली शैवाल का पता भी इस झील में पिछले वर्ष ही लगा था। एक पर्यावरण विशेषज्ञ डॉ. एम.ए. कवोसवा का मानना है कि इस शैवाल के कारण जलीय पौधों में प्रकाश संश्लेषण की क्रिया प्रभावित हुई है। यहाँ यह भी उल्लेखनीय है कि इस झील के किनारे पर 5 सितारा होटलों के मल का बहाव इसी में होता है। इसके बारे में विशेषज्ञों ने कहा है कि इस तरह का प्रदूषित वातावरण झील के लिए जो भारी मशीनरी प्रयोग में लाई जाती है उसके प्रयोग से हो रहा है। एक रिपोर्ट के अनुसार यह कहा गया है कि 9 सितम्बर 1991 की रिपोर्ट में घास की सफाई के लिए मशीनरी सिद्धान्त को रद्द, वर्तमान युग्लीना शैवाल के फैलने के कारण झील में मानव उत्सर्जी पदार्थों का डाला जाना और झील में अत्यन्त क्रियाशील कार्बनिक पदार्थों की आमद है। एच.बी.एल. के वैज्ञानिकों ने यह भी बताया कि ''लाल रंजित'' क्षेत्रों में पानी की अम्लीयता 6.5 पी.एच. है, जबकि प्रदूषण रहित क्षेत्रों में स्थिति सामान्य है। झील के पानी में लोहे की मात्रा भी अत्यधिक (760 माइक्रोग्राम प्रति लीटर) है जिससे अन्य जीवाणुओं के विकास में बड़ी आसानी होती है।

यह और बात है कि झील के प्रदूषण के कारणों पर बहस और तर्क-वितर्क जारी है, लेकिन इस हकीकत से कोई भी इन्कार नहीं कर सकता है कि चमकीले रंगों वाले ''हाउस वोटों'' स्वच्छ छिलछिल करते जल पर ''चल बाजार'' जिसमें विविध

सामग्रियाँ उपलब्ध होती हैं, फल-मेवों से लेकर सुन्दर एवं आकर्षक हस्त-शिल्प कला वस्तुओं तक, जिसे खरीदने के लिए पर्यटक प्रतिवर्ष 24 मिलियन रुपए खर्च करते हैं, सब प्रदूषण के जिम्मेदार हैं।

इस झील में सैकड़ों हाउसबोट और शिकारे चलते हैं जिनके कारण भी यह प्रदूषित हो रहा है। हाउसबोटों में पाँच हजार लोगों के रहने की व्यवस्था है। दस हजार से ज्यादा लोग डल झील के बीचोंबीच बने टापुओं पर रहते हैं और इसके बिना नौपुरा, रेनावाडी और दूसरे इलाकों का हजारों टन कचरा भी इसी झील में डल रहा है। तैरने वाले गार्डनों से इसकी मिट्टी को फैलने में और भी बढ़ावा मिला है और एक अनुमान के मुताबिक डल झील के पानी में इस प्रदूषण से प्रतिवर्ष 16 टन फास्फोरस और 300 टन नाइट्रोजन शामिल हो रहा है।

श्रीनगर के मास्टर प्लान 1981 में डल झील मास्टर प्लान 1972 और यूनेस्को मिशन की रिपोर्ट 1982 में डल झील में प्रदूषित होने की और इसके आकार को तेजी से सिकुड़ने की बात को स्वीकारा गया है।

अब स्थिति इस कदर बिगड़ चुकी है कि इसको यदि सुरक्षित घोषित कर दिया जाए और हालांकि अब पर्यटकों से सारी झील खाली है तो उसकी साफ-सफाई करवाई जा सकती है ताकि इस डल झील का अनुपम सौन्दर्य बना रहे। यदि समय रहते इस झील के सौन्दर्य पर कोई ध्यान न दिया गया तो आने वाली नस्लों के लिए इस हुस्न-ए-कश्मीर डल झील को किस्से-कहानियाँ और तस्वीरों की फिल्मों से ही पहचानेंगे और जिसके लिए उत्तरदायी हम ही होंगे।

—•—

3

इतिहास व खूबसूरती का स्थान–किश्तवाड़

किश्तवाड़ पिछले लम्बे समय से अखबारों की सुर्खियों में आ रहा है। डोगरा तथा कश्मीर वादी के बीच किश्तवाड़ खूबसूरती का एक पुल है जो पिछले काफी अर्से से कश्मीरी आतंकवादियों की सबसे आसान शरणस्थली बना रहा है। यहाँ पर साफ–सुथरे लम्बे नदी–नाले, ऊँचे बर्फीले पहाड़, हरी–भरी वादी इसकी खूबसूरती में चार चाँद लगाती है। आज किश्तवाड़ उदास तथा कर्फ्यू की मार में बुरी तरह तहस–नहस हो रहा है। परन्तु इसका इतिहास बहुत ही गौरवशाली तथा शानदार रहा है।

किश्तवाड़ जम्मू से लगभग 180 किलोमीटर की दूरी पर स्थित है और इस स्थान की ऊँचाई जमीनी तल से लगभग 5,400 फीट है। इसके उत्तर–पश्चिम में मलरवा तथा शात्रु नदी बहती है और फिर यह दोनों नदियाँ चनाब दरिया में गिरती हैं। किसी समय इस खूबसूरत नदियों की हरी–भरी जगह का नाम समरथ गढ़ होता था। ऐतिहासिक दृष्टि से यह इलाका सीमा के नजदीक होने के कारण अति महत्त्वपूर्ण माना जाता रहा है और यही कारण है कि आज भी यह एक संवेदनशील क्षेत्र माना गया है।

बहुत पहले जब यहाँ सिर्फ जंगल और बड़े–बड़े पेड़ ही होते थे, तब इस पूरे इलाके में जंगली जानवरों की बहुत भरमार थी। आज भी जंगली जानवरों की बहुत भरमार यहाँ दिखाई देती है। कश्मीर का दुर्लभ हिरन इसी इलाके में पाया जाता है। जिसे बाद में श्रीनगर जंगली जीव उद्यान में रखा गया।

डोगरा इतिहास के अनुसार पुरातन समरथ गढ़ के साथ एक झील 'गोबरधनसर' भी थी जो बाद में सूख कर एक मैदान का रूप धारण कर गई और आज यहीं पर

किश्तवाड़ शहर बसा हुआ है। यहीं पर आदि ऋषि, ऋषीपाल का मंदिर है। उस समय इस स्थान का नाम 'महाकालगढ़' लिया जाता था।

इतिहास में जिक्र है कि ऋषि कश्यप भी इस स्थान पर रहते रहे हैं। उस जमाने में इस शहर का नाम सूरजगढ़ होता था। उस समय यहाँ पर कई नदियों के बहने की बात भी आदि धर्मग्रन्थों में लिखी हुई है। इनके पश्चात् यहाँ पर रतर हनाई समुदाय के लोग रहने के लिए आए तथा उन्होंने चीड़ के वृक्षों का एक जंगल इस धरती पर उगा कर इसको और हरा-भरा कर दिया। उस समय इस स्थान का नाम चिड़गाडी पड़ गया। डोगरा इतिहास की ऐतिहासिक पुस्तकों में इस नाम वाले शहर का जिक्र बराबर मिलता है।

परगना किश्तवाड़ का इतिहास बताता है कि यहाँ पर आने-जाने वाले कबीले भी बसते रहे हैं जो पंजाब की ओर से आते थे तथा इस तरफ से मरी को वापस जाते थे।

ऐतिहासिक धार्मिक ग्रन्थों के अनुसार यही वो जगह है जहाँ पर आदिऋषियों ने दुर्लभ जड़ी-बूटियों को खोज निकाला। आज भी इसी इलाके से बड़ी दुर्लभ जड़ी-बूटियाँ दूसरी जगहों को भेजी जाती हैं। इस स्थान का नाम इन लोगों के यहाँ आने के साथ तोट नगर भी पड़ा और फिर बाद में कश्वार रखा गया और जो धीरे-धीरे समय के साथ बिगड़ता हुआ किश्तवाड़ प्रसिद्ध हो गया।

आज भी इस जगह पर पुराने किलों के छोटे पत्थर एवं नदी-नालों में पुरानी छोटी ईंटें दिखाई पड़ जाती हैं परन्तु यह सब बीते समय की एक भूली हुई याद के सिवा और कुछ नहीं और जिसके ऐतिहासिक परिप्रेक्ष्य को शायद ही कोई जानता हो।

आज यह सरसब्ज इलाका हरा-भरा तो है, परन्तु आज यह पुराने चीड़-देवदार के वृक्षों के लिए नहीं बल्कि आतंकवादियों की गतिविधियों के लिए और अपने फलों तथा राजमा के लिए प्रसिद्ध है।

किश्तवाड़ की भौगोलिक स्थिति कुछ ऐसी है कि यह पाकिस्तान कश्मीर की वादी तथा जम्मू के डोगरा प्रदेश की आखिरी सीमा पर स्थित है। जहाँ की संस्कृति तथा इतिहास इसको दूसरे स्थानों से अलग करता है। आज किश्तवाड़ का इतिहास शायद ही कोई जानता हो परन्तु पूरे देश में प्रसिद्ध किश्तवाड़ कश्मीर के उस आखिरी छोर पर, जहाँ से आवाज आती है—

देखो, पहाड़ बोलते हैं,
देखो,
नई दुनिया इन्हें शक की नज़र से देखती।
देखो,
यहाँ इतिहास है,
छिपा हुआ।

□□□

खण्ड–6

नई सदी में गाँधी और समकालीन

1

वर्तमान परिप्रेक्ष्य में गाँधी दर्शन
गाँधी दर्शन की नदी में तैरते जाना

वर्तमान दृष्टिकोण यह भी है कि हम किन आदर्शों की आधारशिला पर नए समाज की सृजंना कर रहे हैं। अपने को इस भीड़ का हिस्सा बनाते हुए भी उससे अलग दिखने की कोशिश हमको समाज के इस संघर्षमयी सरोकारों से जोड़ती है। यह उस आधार की सचाई है जिस पर चलकर हम इस विकृत चेहरे वाली सामाजिक लड़ाई से दो-चार होते हैं। यह वर्तमान परिप्रेक्ष की उस आमुख कथा का शुरू भी हो सकता है जिसमें आज आदमी की हैसियत ही बेमानी होने लगी है। इस स्थितियों में झुलसते हुए हम किस दर्शन की बात सोच सकते हैं? यह आदमी की कमजोर होती आत्म विवेचना का एक ऐसा वर्तमान अध्याय है जिसको कितने ही सन्दर्भों से देखा जा सकता है। इन शब्दों में देखें जिसमें समाज की वर्तमान परिस्थितियों का वर्णन किया गया है:

घर छोड़ कर घर तलाशने वालों के लिए भी
फिर सवेरे खबर मिलती है
तुम लोगों की खबर
युग की खुदकशी की खबर
थकी दोपहर फिर एक दिन।

और देखें तो लगता है कि हमारी आस्था आज किसी राजनीति की संदर्भशीलता का आईना तो हो सकती है परन्तु हमारे सामाजिक सरोकारों के सवालों के सामने वह मौन हो जाती है। यह मौन हमारे आज के किसी न किसी संकट की अभिव्यक्ति का शिलालेख है जहाँ पर किसी क्षमा प्रार्थना का दृष्टिकोण नहीं बताया जा सकता बल्कि सिद्धान्तनिष्ठा तथा दृढ़ता का तकाजा यह भी है हम किसी न किसी बहाने किसी उस भारतीय दर्शन से जुड़ें जिसके द्वारा हम अपनी सांस्कृतिक धरोहर से जुड़ सकें। शायद यह बुनियाद आज कितने बंद दरवाज़ों को फिर से खोल दे। जीवन में कितने रंग बिखेर दे, जीवन की इस सतरंगी कल्पना के पीछे क्या हो सकता है इन सभी प्रश्नों का उत्तर ढूँढते हुए हमें अपनी विरासत की ओर लौटना होगा और यह एक सच्चाई है कि इस विरासत की गहरी जड़ें उस चिन्तन अथवा दर्शन से जुड़ी हुई हैं जिसे हम आज के परिप्रेक्ष में अप्रासंगिक बता रहे हैं। यह हमारे अप्रासंगिक होने का संकट नहीं बल्कि अपनी विरासत से कटने का दर्द है।

यहाँ हम उस दर्शन की बात करते हैं जिसमें भारतीय मौलिकता को नए आयाम दिए। यही वो दर्शन है जो आम आदमी को इस देश की धरती की मिट्टी से जोड़ता है और सच कहें तो यह दर्शन गाँधीजी के चिन्तन का गाँधी दर्शन ही है जिसके द्वारा हम इस देश की मिट्टी से ओतप्रोत हो सकते हैं। दूसरे शब्दों में कहें तो कहना होगा कि अपने आपको पहचान सकते हैं। अपने भीतर के सच के सामने खड़े हो सकते हैं। यह उस शहादत का नामकरण हो सकता है जिसमें किसी को मसीहा बनने की अभिलाषा बाकी नहीं रहती। खुद महात्मा गाँधी का कहना था "मैं अपने ध्येय की पूर्ति करते हुए मर जाने से नहीं डरता। यदि मेरे भाग्य में यही है, तो ऐसा ही हो। शहादत के लिए आतुर नहीं हूँ। लेकिन अपनी आस्था की रक्षा को मैं सर्वोत्तम कर्तव्य मानता हूँ और यदि उसे निभाते हुए शहादत मिले, तब मैं समझूँगा कि मैं इसके लिए योग्य था।"

जिस आस्था का वर्णन महात्मा गाँधी जी ने बार-बार अपने चिन्तन में किया है उसका उदाहरण बहुत कम मिलता है। यह एक ऐसा उदाहरण है जिसके चलते इस समाज में प्रयोजनमूलक परिवर्तन संभव हो सकते हैं।

महात्मा गाँधी अपने चिन्तन में एक व्यक्ति की अभिव्यक्ति अनमोल विरासत को मानते हैं और यह विरासत उनके हर कार्य में दिखाई देती है। दूसरे शब्दों में कहें तो गाँधी एक ऐसे चिन्तन का नाम है जिसके द्वारा हम इस देश को नया मुहावरा दे सकते हैं। यह गाँधी चिन्तन का ही दिशाबोध था जिसमें हमने आर्थिक समानता के लिए अहिंसक

आधार बनाया। यही आधार भारत की मूलभूत सामाजिक चेतना का पर्याय है। खुद गाँधी जी इसे देश की आजादी के लिए तथा उसकी रक्षा के लिए एक ऐसा सामाजिक हथियार मानते थे जिसको उन्होंने अपने सार्वजनिक व्यवहार में देखा-परखा तथा दूसरों के लिए प्रेरणा का स्रोत बने।

महात्मा गाँधी जी ने कहा कि आर्थिक समानता अहिंसक स्वातंत्र्य की कुंजी है। आर्थिक समानता के लिए काम करने का अर्थ पूँजी और श्रम के बीच शाश्वत संघर्ष को समाप्त करना है। इसका अर्थ यह होता है कि एक तरफ राष्ट्र की सम्पत्ति का काफी बड़ा हिस्सा जिन गिने-चुने धनी लोगों के हाथ में सकेन्द्रित है उसे कम करना तथा दूसरी ओर अधभूखे-नंगे लाखों लोगों को ऊपर उठाना। महात्मा गाँधी का यह सपना उनके उस विचार की ऐसी कट्टर सच्चाई को प्रतिबिम्बित करता है जहाँ पर वह भारत के आम आदमी की उम्मीदों का हल सामाजिक परिवर्तन द्वारा निहित देखते हैं। यह उनके ऐसे सामाजिक आधार की एक उस आधारशिला की झांकी भी प्रस्तुत करता है जिसके परिप्रेक्ष्य में उनका चिन्तन आम आदमी के साथ खड़ा है।

बन्द दरवाजों से यह संघर्ष कैसे देखा जाए यह गाँधी दर्शन की सबसे बड़ी एवं शक्तिशाली ऐसी धारा है जिसके द्वारा हम इस संघर्ष के मसीहा बन जाते हैं। आम आदमी को मसीहा के रुतबे तक पहुँचाना यह गाँधी दर्शन के हिस्से ही आता है। हालांकि यह तथ्य भी झुठलाया नहीं जा सकता कि विश्व के कितने ही और अन्य चिन्तकों ने मानवीय संघर्ष के कितने ही रूप प्रस्तुत किए हैं परन्तु अहिंसा का चिन्तनबोध जिस तरह सामाजिक चिन्तन बोध से हमें गाँधी दर्शन में दिखाई देता है शायद किसी अन्य में नहीं।

विश्व के अन्य चिन्तकों में अरस्तु से लेकर इस शताब्दी के आरम्भिक समय में मार्टिन लूथर किंग ने जो संघर्ष अमरीकी साम्राज्य की धरती पर लड़ा उसके पीछे मूलतः गाँधी दर्शन का ही चिन्तन बोध दिखाई देता है जिसको खुद लूथरकिंग मानते हैं। इसी परिप्रेक्ष्य में देखें तो वर्तमान इस बात को और ताकत देता है जहाँ पर तीन शताब्दियों से चली आ रही रंगभेद की नीति को गाँधी चिन्तन की नीति पर चलकर पछाड़ा गया। यह उदाहरण इसलिए भी महत्त्वपूर्ण है कि आज इसको कार्यान्वित करने वाले डॉ. नेल्सन मंडेला गाँधी दर्शन से हर क्षण प्रेरणा लेते हैं। उनका मानना है हम शायद एक शताब्दी और पीछे चले जाते यदि हम महात्मा गाँधी का अहिंसा का सिद्धान्त नहीं अपनाते। यह वर्तमान की कट्टर सच्चाई है जो हम पूरे विश्व में सामाजिक आर्थिक तथा राजनीतिक परिदृश्य में देख रहे हैं।

भारतीय आजादी के संघर्ष में गाँधी का यही चिन्तनबोध इस लड़ाई को नए सामाजिक आयाम देता रहा है। यहाँ पर यह कहना सही होगा कि आजादी के संघर्ष में इस गाँधी दर्शन को अहिंसा की नीति मान कर अपनाया परन्तु यह भी सच है कि अहिंसा में पूर्ण श्रद्धा रखने वाले वे एकमात्र व्यक्ति थे क्योंकि गाँधीजी को विश्वास था कि अगर साधन योग्य हों तो परिणाम सुयोग्य ही हो सकता है। अनुभव श्रद्धा की जननी है अगर अहिंसा को मौका मिले तो स्वयंमेव श्रद्धानिष्ठा जागृत हो जाएगी।

अनमोल विरासत में गाँधी जी लिखते हैं सत्य और अहिंसा मात्र उपदेश का विषय नहीं है। मेरे लिए ये दोनों सिद्धान्त जीवन के आदि सिद्धान्त हैं। मेरा दृढ़ विश्वास है कि सत्य ही ईश्वर है। इस सत्य के शोध में ही मैंने रंगभेद का प्रतिकार किया है। सत्य की साधना गुलामी में असंभव थी इसलिए मैं सत्य के साक्षात्कार में अहिंसा को एकमात्र साधन मानता हूँ। मन, वचन, कर्म में कहीं पर भी हिंसा का प्रवेश होने से सत्य दर्शन संभव नहीं होता है। यह ईश्वर रूपी सत्य अपने देश के करोड़ों लोगों के हृदय में विराजित है। जहाँ तक यह गरीब गौरव से अपना सिर ऊँचा करके शोषणमुक्त समाज में जी नहीं सकता तब तब सत्य साधना व्यर्थ है। इस ध्येय की प्राप्ति अहिंसा से ही सम्भावित है क्योंकि खुद की मेहनत के बिना पाई हुई सम्पत्ति में हिंसा होती ही है। जहाँ हिंसा हो वहाँ ईश्वर का वास असम्भव है। अगर हृदय में अहिंसा न हो तो इन गरीबों की सेवा शक्य है इसलिए अहिंसा परमोधर्मः बन जाता है। यही अहिंसा की वास्तविक लेकिन आध्यात्मिक मीमांसा है।

गाँधी जी का यह अहिंसा का व्यवहार इतना महत्त्वपूर्ण तथा आम आदमी के इतना नजदीक है कि इसे आम आदमी का मुक्ति मंत्र कहा जाता है। यह सब इसलिए भी एकमात्र उपाय हो सकता है कि यह रास्ता अर्थात् अहिंसा ही प्रेमधारा के जरिए समाज के विभिन्न घटकों को जोड़ सकती है जो इस देश की वर्तमान परिप्रेक्ष्य में सबसे बड़ी जरूरत है। हम इस बात को भी नहीं भूल सकते कि गाँधी दर्शन के जरिए हम स्वाभाविक धर्म, कर्म तथा हिंसा से आने वाले दुखों से बच सकते हैं। क्योंकि हमारे सभी धर्म ग्रंथ तथा सांस्कृतिक धरोहर श्रोत समाज का सुखद परिवर्तन अहिंसा में मानते हैं तथा इसी की बुनियाद पर हमारे समाज की रचना प्रक्रिया के मुख्य सरोकार जुड़े हुए हैं।

आज मुख्य प्रश्न यह भी है कि गाँधीजी की अहिंसा के भौतिक पहलू क्या हैं जिन्हें आज अप्रासंगिक बताकर गाँधी दर्शन को नकारात्मक दृष्टिकोण से परोसने की कोशिश की जा रही है। सच्चाई यह भी है यह दृष्टिकोण पश्चिमी संस्कृति के उस दर्शन

बोध का प्रचार-प्रसार है जिसके द्वारा आज भारतीय संस्कृति को खत्म करने की साजिशें हो रही हैं। परन्तु यह बात भी उतनी ही सत्य है कि आज भी विश्व के कई राष्ट्रों में गाँधीजी के अहिंसा के दर्शन को नए दर्शन बोध के जरिए अपनाया जा रहा है क्योंकि आज विश्व की वर्तमान परिस्थितियों में गाँधी दर्शन ही एक ऐसा दर्शन है जो आदमी के बुनियादी अधिकार सामाजिक स्तर पर मानवीय दृष्टिकोण से प्रस्तुत करता है तथा अहिंसा का माध्यम बनाकर इस रसायनिक हथियारों की संस्कृति में अहिंसा का परचम लहराता है।

गाँधी दर्शन हमें अहिंसा और सत्य की नीति से जोड़ता है तथा आदमी की आजादी को शान्तिपूर्ण तथा न्यायोचित साधनों से लड़ने की छूट देता है। यह असल में आदमी के अपने परिवेश से जुड़ने की प्रक्रिया है जिसमें आदमी समाज तथा अपने से जुड़ने की कोशिश करता है। गाँधीजी का मत यह भी था कि आज लोग सत्य असत्य का प्रयोग अपनी सुविधानुसार करने में लगे हुए हैं परन्तु सामान्य दृष्टि में गाँधी जी ने इसमें भी आशा, उत्साह, विश्वास इत्यादि खोजा।

इस चिन्तन को यदि हम भारतीय चिन्तन का आधार मान लें तो पाते हैं कि यह एक चमत्कारिक चिन्तन है जिसके द्वारा हम इस विभिन्न रंगों वाले देश को जोड़ सकते हैं। अहिंसा का प्रजातांत्रिक आधार क्या हो उसके बारे में गाँधी दर्शन हमें सहकार, सहयोग तथा संवेदना से जोड़ता है। इसके द्वारा ही गाँधी जी अन्याय को मानना अधर्म को मानना मानते थे।

इसी तरह इस दर्शन बोध से ही हम पाते हैं कि यह एक तलख हकीकत है कि भ्रष्टाचार का सामाजिक, आर्थिक, आध्यात्मिक, पारिवारिक और व्यक्तिगत राजनीतिक सब तरह का विरोध करके उसके सामने सत्याग्रह करना एक नीतिगत सिद्धान्त का अभिप्राय था। गाँधीजी का मन था कि यदि हम इस पर काबू नहीं पा सके तो यह आज का भ्रष्टाचार हमें निगल जाएगा। आज इस उतरती हुई बीसवीं शताब्दी में हम गाँधीजी के उपरोक्त शब्दों को सत्य हुआ देख रहे हैं और इसका एक ही हल है जो कहीं न कहीं गाँधी दर्शन में ही समाहित है।

गाँधी दर्शन के मूल सिद्धान्तों में समाज के अन्तिम व्यक्ति की मान मर्यादा, समयशक्ति का रक्षण अति आवश्यक है अन्यथा आजादी अधूरी रह जाएगी। दूसरी तरफ गाँधी दर्शन यह बात भी उपरोक्त कथन के साथ जोड़ता है कि साधन शुद्धि के बिना लक्ष्यपूर्ति असम्भव है। हिंसा से प्रतिहिंसा बढ़ेगी और विकास का कार्य रुक जाएगा। यह

प्राप्त करने के लिए सहनशीलता, उद्यम, ईमानदारी और अनुशासन की आवश्यकता होती है जो सत्ता द्वारा लादे नहीं जा सकते। यह सब नागरिक की स्वप्रेरणा से सम्पादित हो सकता है और इसका मूल मंत्र अहिंसक क्रांति में ही निहित है।

गाँधी दर्शन शब्द आज के सन्दर्भ में इतना व्यापक फलक तथा सूक्ष्म अर्थों का मौलिक आधार प्रस्तुत करता है जो आज के समाज के संस्कार और संवेदना के सरोकारों को हमारे मानवीय मूल्यों के साथ जोड़ता है।

इस लम्बी गाँधी चिन्तन-मंथन तथा सृजन की कई चेहरों वाली क्रांति में ही भारत का भविष्य निहित है तथा इसी की धरोहर को लेकर ही हम यहाँ तक पहुँच पाए हैं। इस गाँधी दर्शन की मंथन यात्रा में आज के आधुनिक प्रसंग तो जुड़ ही रहे हैं साथ ही साथ पूरे विश्व परिदृश्य का आधुनिक मौलिक प्रसंग भी हमें दिखाई देता है। बकौल दक्षिण अफ्रीकी कवि अर्नेस्ट:

मैं उस राह से लौट रहा हूँ
जिस पर चल कर मेरे पूर्वज कभी वापस नहीं लौटे थे
मैं अपने सुख-दुख, भूख-प्यास और
अपनी माँग का मुरझाया हुआ चेहरा,
निहारता हुआ पीछे लौट रहा हूँ और राह देख रहा हूँ
उस वर्तमान को बचाने की
जिसे हमने पाया है दूर सूरज के दक्षिणी कोर से
मैं लौट रहा हूँ
अपने आने वाले कल को देखने के लिए॥

—•—

2

रोमां रोलां के गाँधीजी: महात्मा की पहचान

फ्रांसीसी मनीषी रोमां रोलां ने भारतीय अनुभूतियों को अपनी रचनाओं में समाहित करते हुए महात्मा गाँधी को एक ऐसे व्यक्ति के रूप में पूरे विश्व में प्रस्तुत किया है जिसका कोई और उदाहरण नहीं मिलता। रोमां रोलां ने अपने भारत प्रवास के दौरान महात्मा गाँधी को निकट से देखा और अपनी भारत डायरी का फ्रेंच में प्रकाशन किया। इसी भारत डायरी में अंकित किए गए सन्दर्भों में उन्होंने गाँधी को जिस रूप में देखा-परखा, बाद में उसी को आधार में रखकर उन्होंने महात्मा गाँधी जीवन और दर्शन पुस्तक की रचना की। यही कारण है कि गाँधी जी पर लिखी गई सैकड़ों पुस्तकों में से रोमां रोलां की पुस्तक में गाँधीजी एक ऐसे व्यक्ति के रूप में सामने आते हैं जिसको रोमां के शब्दों में कहें तो वो एक ऐसे महात्मा थे जिन्होंने विश्व सत्ता के साथ अपने को एकाकार कर दिया है।

गाँधीजी को रोमां रोलां ने एक सन्यासी फकीर की भाँति प्रस्तुत किया है जो महात्मा है परन्तु आधुनिक युग बोध का निर्माता महात्मा। रोमां ने लिखा—महात्मा की काली आँखें, छोटा कद, दुबला शरीर, लम्बोतरा चेहरा, सूप जैसे कान, माथे पर सफेद टोपी, पहनावे में साफ-धुले कपड़े, पैर नंगे, खाने में भात और फल, पानी के सिवा कुछ नहीं पीते; लेटते हैं जमीन पर, सोते हैं कम, काम करते हैं लगातार। उन्हें देखने पर जो चीजें सबसे पहले नजर आती हैं वह है महान धैर्य और उत्कृष्ट प्रेम। उनके अनुसार-

पीयर्सन ने 1913 में जब उन्हें देखा था दक्षिणी अफ्रीका में तो देखते ही उन्हें असीसी के सन्त फ्रांसिस की याद आ गई। रोमां का यह वृत्तांत महात्मा गाँधी को आदमी कम, महान सन्त फ्रांसिस की तुलना में प्रस्तुत करता है। उनके अनुसार वे ऐसे आदमी थे जिन्होंने तीस करोड़ जनों को जमा दिया, कंपा दिया। एक ऐसे आन्दोलन की शुरुआत की जो दो हजार वर्षों के इतिहास में कहीं नहीं मिलता।

1866 ओमान उपसागर किनारे वीरबदर भारत का उत्तर-पश्चिम का एक राज्य—वहाँ पैदा हुआ यह व्यक्ति रोमां के अनुसार महात्मा गाँधी ने दो स्तरों पर लड़ाई लड़ी। उनके अनुसार यह दो शक्तियों में महायुद्ध का विवेक था। एक ओर राष्ट्र दूसरी ओर मूढ़ जनता। एक आम आदमी को अफ्रीका के अमानवीय व्यवहार ने महात्मा में बदल दिया। रोमां ने लिखा है कि यह महात्मा की अदम्य दृढ़ता तथा उनका जादू था जिनकी वीरतापूर्ण दयालुता के सामने आखिर राजशक्ति को घुटने टेकने पड़े। हालांकि यह ऐतिहासिक दिलचस्पी से खाली नहीं है कि 1919 में गाँधी दूसरी पंक्ति में थे। भारतवासी लोकमान्य तिलक को अपना नेता मान रहे थे। उन्होंने अपनी असाधारण शक्ति सम्पन्न मनुष्यता की लोह श्रृंखला से अपनी समझदारी, साहस बुद्धि से एकमात्र लक्ष्य की प्राप्ति की प्रतीक्षा में रत लोगों को अपने आकर्षण में बाँध रखा था क्योंकि वे साफ-साफ कहते थे- राजनीति साधुओं के लिए नहीं है। इसके उलट गाँधीजी का मत था कि मैं सत्य के लिए अपनी आजादी भी कुरबान कर सकता हूँ। रोमां ने अपनी डायरियों में इस प्रसंग को इस प्रकार लिखा है कि इस तरह की बातें यह साबित करती हैं कि वे केवल भारत के ही नहीं थे बल्कि सारी दुनिया के महापुरुष थे। हम सभी की आत्माओं के आत्मीय हैं। उनके अनुसार मानव समाज अविभाज्य है। जातियों में परस्पर भेद तो है लेकिन जितनी ऊँची होगी उतना कर्तव्य भी ऊँचा हो जाएगा। इस विचारधारा में मूलतः ध्यानधारणा, समाज सुधार, मूलतः धर्म भावना प्रस्तुत है। गाँधी एक ऐसे इन्सान के रूप में आते हैं जिन्होंने लिखा- मैं धर्म को लेकर कोई शोरगुल नहीं मचाना चाहता। मुझसे यह भी नहीं हो सकता कि पवित्र नाम वाला होने के कारण मैं किसी पाप को क्षमा कर दूँ। मैं किसी को तब तक अपने साथ नहीं घसीटूँगा जब तक वह अपने ही तर्कों से मेरी बात न मान ले। मैं पुराने से पुराने शास्त्र की पवित्रता को अस्वीकार करने को तैयार हूँ। अगर वे मेरे तर्कों से साधारण योग्य प्रमाणित न हों।

गाँधी अपनी डायरियों में रोमां रोलां के महात्मा बन कर आते हैं। उसने एक डायरी में लिखा- यह शायद सबसे बढ़िया मानवीय संवेदना का नमूना हो सकता है।

जरा देखिए रोमां-रोलां की डायरी का वह मार्मिक पन्ना।

> ''मैं पुनर्जन्म नहीं चाहता। लेकिन अगर मुझे जन्म लेना ही पड़े तो मैं अस्पर्शों में ही जन्म लूँ जिससे उनके अपमान का हिस्सेदार बन सकूँ, उनकी मुक्ति के लिए काम कर सकूँ। गाँधी जैसी कर्मसाधना शायद ही कोई व्यक्ति आने वाले दिनों में कर सकेगा। गाँधी ने लिखा है अहिंसा नहीं स्वराज ही देश का लक्ष्य है। विदेशी शासकों की जंजीरों में बँधा गुलाम बना रहने के बदले ना हो तो भारत अपनी स्वाधीनता के लिए स्वयं ही हिंसा का सहारा ले। परन्तु मैं जानता हूँ कि भारत की मुक्ति हिंसा के माध्यम से नहीं होगी। स्वराज्य आएगा एक मात्र सत्याग्रह के माध्यम से। भारत यदि हिंसा में ही विश्वास करे तो मैं यहाँ नहीं रहना चाहूँगा। तब मैं निर्जन हिमालय में चला जाऊँगा अपनी रक्तरंजित आत्मा की रक्षा के लिए।''

रोमां रोलां ने गाँधीजी को कई रूपों में देखा। उनके अनुसार गाँधीजी इतने सादा और साफ दिल थे कि वे सन्देह नहीं हमेशा विश्वास ही करते थे। उनकी व्यक्तिगत चित शुद्धि पर रोमां कहते हैं कि गाँधीजी ने बार-बार यह अंदेशा प्रकट किया कि यह देश कहीं बाँधने की क्षमता के अचानक टूट जाने से कहीं बिखर न जाए। उन्होंने बार-बार कहा है कि मुझे व्यक्तिगत चित शुद्धि की बहुत आवश्यकता है। मैं एक ऐसा नैतिक यंत्र बनना चाहता हूँ जिससे मैं अपने आस-पास की नैतिक आबो-हवा के फेरबदल को भी ठीक-ठीक पकड़ सकूँ। मेरी प्रार्थना गम्भीरतम सत्य और विनय से उद्‌भुद हो सके।

रोमां के अनुसार महात्मा गाँधी एक ऐसे कार्यकर्ता थे जिन्होंने अहिंसा की नीति, जो भारत में 2000 वर्षों से निहित है, में केवल इतना ही किया कि उसमें वीरतापूर्ण रक्त संचार कर दिया। अतीत की विशाल छायाएँ और जाने कितनी महान शक्तियाँ भयंकर जड़ता से निमग्न पड़ी थीं। उन्होंने उनको आवाज दी, और उनकी आवाज सुनते ही वे जाग उठीं और लोग उन्हीं में अपने को ढूँढने लगे। गाँधी आगे कहते हैं- हमारे संग्राम का लक्ष्य है समस्त संसार के साथ मैत्री की स्थापना। अहिंसा मनुष्य के पास बनी रहने के लिए आई है। उसने विश्व शान्ति की घोषणा की है।

गाँधी आने वाली कई शताब्दियों तक जीवित रहेंगे। रोमां ने 20 सितम्बर, 1932 की अपनी एक भारत डायरी में लिखा है- प्रश्न गाँधी का नहीं है, भारत का भी नहीं है। लेकिन गाँधी ने जिस आदर्श को अपने में मूर्त किया है और जिसकी विजय अथवा पराजय पर आगामी एक शताब्दी अथवा उससे भी अधिक समय तक यूरोप का

भाग्य निर्भर करेगा। प्रश्न उस अहिंसा का है। रोमां रोलां के महात्मा एक उस सन्त की भाँति है जो सब कुछ देखता हुआ भी संकोच, धैर्य और विनम्रता से कार्य करता है। गाँधी वे सन्त हैं जिन्होंने अहिंसा के रास्ते से पूरे विश्व को एक नया रास्ता दिखाया और यह सच भी है कि गाँधी ने उस विराट आन्दोलन का नेतृत्व किया जिसने इतिहास को नया मोड़ दिया। रोमां रोलां के शब्दों में देखें- वे हैं एक दुबले-पतले, सन्त साधारण से लगते आदमी का कमाल जिसे आने वाली शताब्दियाँ कभी भी भुला नहीं सकती।

3

भगवान बुद्ध को बोधिसत्व

"यो हवे दहरो भिक्खु युंजति बुद्धसांसने

सो मं लोकं पभासेति अब्भामुत्तो व चन्दिमा॥

– भगवान बुद्ध के बोधिसत्व की व्याख्या करते हुए ध्यान में आता है, कि भगवान बुद्ध का बोधिसत्व आम साधारण आदमियों के लिए और उनकी भलाई के लिए अर्थात् उनके कष्टों का निवारण करने के लिए है। उपरोक्त वाणी में भी इस बोधिसत्व की झलक मिलती है, जिसमें कहा गया है, कि जब भी कोई बोध-भिक्षु अर्थात् भगवान बुद्ध को मानने वाला अनुयायी सेवा में रत हो जाता है तो वह बादलों से मुक्त चंद्रमा की तरह इस संसार को प्रकाशमान करता है।

भगवान बुद्ध के बोधिसत्व में हम देखते हैं कि बौद्ध त्रिपिटक और उसकी अष्ठ कथाएँ समुद्र की तरह विशाल हैं। कर्म और पुनर्जन्म के बारे में भगवान बुद्ध का बोधिसत्व इतना विशाल और गहन है कि जैसे प्रसंगवश एक वृद्ध, एक रोगी, एक मृत तथा एक साधु को देखकर उन्होंने इस संसार के दुखमय जीवन का सांसारिक पक्ष देखा। यद्यपि 29 वर्ष की आयु में गौतम बुद्ध (सिद्धार्थ) ने अपने अस्तित्व पर एक प्रश्न चिन्ह लगा लिया और एक ऐतिहासिक सत्य की ओर मोह माया को छोड़कर प्रस्थान किया।

जैसे आगे चलकर भगवान बुद्ध ने अपने इस मानवीय धर्म को "सांदृष्टिक

धर्म'' भी कहा। अर्थात् ''स्वाक्खातो भगवता धम्मो संदिट्ठिको, अकालिको, एहि पस्सिको, ओपनयिको, पच्चतं वेदितब्बो विंजूहिति''। उनके बोधिसत्व में इसकी व्याख्या दूसरे रूप में ऐसे की जा सकती है: ''भिक्षुओ! यह धर्म अच्छी तरह समझा कर कहा गया है, यह सांदृष्टिक है, यह अकालिक है, इसके बारे में कहा जा सकता है कि आओ और स्वयं देख लो, यह ऊपर उठाने वाला है और हर विज्ञ (पुरुष) इसका स्वयं साक्षात् कर सकता है।''

भगवान बुद्ध के बोधिसत्व में भारतीय विचारधारा इतिहास मिथ्याहास और संस्कृति का ऐसा समावेश मिलता है जो सम्प्रदाय मान्यताओं का आपसी परस्पर सहयोग करवाता है और उनके बोधिसत्व में हमें मिलता है। सभी धार्मिक परम्पराओं का अपना अर्थ वैशेष्य और पुनर्जन्म, कर्म, मोक्ष इत्यादि।

इतना तो हम भी कहना ही चाहेंगे कि यदि बौद्ध पुनर्जन्म तथा अबौद्ध पुनर्जन्म में कोई अन्तर नहीं, यदि बौद्ध कर्म तथा अबौद्ध कर्म में कोई अन्तर नहीं और यदि बौद्ध मोक्ष या निर्वाण तथा अबौद्ध मोक्ष में कोई अन्तर नहीं तो फिर बौद्ध धर्म की अपनी कुछ भी विशेषता है ही नहीं। इन विषयों में शब्द साम्य भले ही कितना ही हो, अर्थ साम्य हो ही नहीं सकता। बौद्ध परम्परा सम्पूर्णतया अनात्मवादी है और अबौद्ध समय प्राय: सभी आत्मवादी।

भगवान बुद्ध के बोधिसत्व में आदमी को जनतांत्रिक रूप से भी स्पष्ट किया गया है कि आदमी के भीतर के दुख और सुख को अभिव्यक्त करने वाले मिथक को तोड़ कर नए समाज की संरचना करने का आत्मबोध झलकता है। ऐसे में भगवान बुद्ध का बोधिसत्व आदमी के अन्दर आदमी की इच्छाओं की लड़ाई का आत्म विश्लेषण है। दुख और अनन्त की मिश्रित भावनाओं का सुमेल ही असल में भगवान बुद्ध का बोधिसत्व है। भारतीय इतिहास में अब तक ये दुखद स्थिति रही है कि उनके बोधिसत्व की अभी तक कोई भी परिमाणिक व ठीक व्याख्या उपलब्ध नहीं हो सकी है।

भगवान बुद्ध के बोधिसत्व में दूसरी समस्या चारों आर्य-सत्यों से ही उत्पन्न होती है। प्रथम सत्य है दुख आर्य सत्य? तो क्या मैं चारों सत्य भगवान बुद्ध की मूल शिक्षाओं में समाविष्ट होते हैं? जीवन स्वभावत: दुख है, यह सिद्धान्त जैसे बुद्ध धर्म की जड़ पर ही कुठाराघात करता प्रतीत होता है। यदि जीवन ही दुख है, मरण भी दुख है, पुनरूत्पत्ति भी दुख है, तब तो सभी कुछ समाप्त है। न धर्म ही किसी आदमी को इस संसार में सुखी बना सकता है और न दर्शन ही। यदि दुख से मुक्ति ही नहीं है तो फिर

धर्म भी क्या कर सकता है और बुद्ध भी किसी आदमी को दुख से मुक्ति दिलाने के लिए क्या कर सकता है क्योंकि जन्म ही स्वभावतः दुखमय है। यह चारों आर्य सत्य जिनमें प्रथम आर्य सत्य ही दुख सत्य है, अबौद्धों द्वारा बौद्ध धर्म ग्रहण किए जाने के मार्ग में बड़ी बाधा है। ये उनके गले आसानी से नहीं उतरते। ऐसा लगता है कि ये सत्य मनुष्य को निराशा के बाढ़े में ढकेल देते हैं। ये सत्य भगवान बुद्ध के धर्म को एक निराशावादी धर्म के रूप में उपस्थित करते हैं। प्रश्न पूछा जा सकता है कि क्या ये चारों आर्य सत्य भगवान बुद्ध की मूल शिक्षाएँ ही हैं अथवा ये बाद के भिक्षुओं द्वारा किया गया प्रक्षिप्तांश है?

एक तीसरी समस्या आत्मा, कर्म तथा पुनर्जन्म के सिद्धान्त को लेकर है। भगवान बुद्ध ने आत्मा के अस्तित्व से इन्कार किया। लेकिन साथ ही कहा जाता है कि उन्होंने "कर्म" तथा "पुनर्जन्म" के सिद्धान्त का भी समर्थन किया है। प्रश्न पैदा हो सकता है, "आत्मा" ही नहीं तो कर्म कैसा? आत्मा ही नहीं तो पुनर्जन्म कैसा? ये सचमुच टेढ़े प्रश्न हैं। भगवान बुद्ध ने "कर्म" तथा "पुनर्जन्म" शब्दों का प्रयोग किन विशिष्ट अर्थों में किया है? क्या भगवान बुद्ध ने इन शब्दों का किन्हीं ऐसे विशिष्ट अर्थों में प्रयोग किया, जो अर्थ उन अर्थों से सर्वथा भिन्न थे, जिन अर्थों में भगवान बुद्ध के समकालीन ब्राह्मण इन शब्दों का प्रयोग करते थे? यदि हाँ तो वह अर्थ भेद क्या था? अथवा उन्होंने उन्हीं अर्थों में इन शब्दों का प्रयोग किया जिन अर्थों में ब्राह्मणजन इनका प्रयोग करते थे? यदि हाँ तो क्या "आत्मा" के अस्तित्व के अस्वीकार करने तथा "कर्म" और "पुनर्जन्म" के सिद्धान्त को मान्य करने में भयानक असंगति नहीं है?

एक चौथी समस्या भिक्षु को लेकर है। भगवान बुद्ध ने किस उद्देश्य से भिक्षु संघ की स्थापना की? क्या उनका उद्देश्य एक (समाज निरपेक्ष) आदर्श मनुष्य का निर्माण मात्र था? अथवा उनका उद्देश्य आदर्श समाज सेवकों की रचना का जो जन सहायक के मित्र, मार्गदर्शक तथा दार्शनिक एक साथ हों। यह एक अत्यन्त महत्त्व का प्रश्न है। इस पर बौद्ध धर्म का भविष्य तक निर्भर करता है। यदि भिक्षु एक "सम्पूर्ण मनुष्य" मात्र बना रहेगा तो उसका धर्म प्रचार कार्य में कोई उपयोग नहीं क्योंकि वह एक "सम्पूर्ण मनुष्य" होने के बावजूद एक "स्वार्थी" आदमी ही बना रहेगा। दूसरी ओर, यदि वह समाज सेवक भी है तो उससे बौद्ध धर्म भी कुछ आशा रख सकता है। इस प्रश्न पर गम्भीरतापूर्वक विचार किया ही जाना चाहिए। सैद्धान्तिक संगति बैठाने के लिए ही नहीं, भावी बौद्ध धर्म के हिताहित की दृष्टि से भी।

भगवान बुद्ध के बोधिसत्व में यह कहा जाता है कि भगवान बुद्ध के आविर्भाव

से ठीक पहले का समय भारतीय इतिहास का सर्वाधिक अन्धकारमय युग था। चिन्तन की दृष्टि से यह पिछड़ा हुआ युग था। उस समय का विचार धर्म ग्रन्थों के प्रति अन्धविश्वास से जकड़ा हुआ था। नैतिकता की दृष्टि से भी अंधकारमय युग था।

इतिहासकार जे.आर. जैक्सन कहते हैं, ''भगवान बुद्ध की शिक्षाओं का अनुपम रूप भारतीय धार्मिक विचारधारा के अध्ययन से ही स्पष्ट होता है और ऋग्वेद की ऋचाओं में हम पाते हैं कि आदमी बर्हिमुख है-उसका सारा चिन्तन देवताओं की ओर अभिमुख है।

भगवान बुद्ध के बोधिसत्व में हम पाते हैं, कि मनुष्यों की सब चिन्ताओं का हल एक ही है। आदमी का अपना आत्मबोध चिन्तन। उसी के द्वारा ही आदमी अपना आत्मचिन्तन कर सकता है। आज बौद्ध पूर्णिमा के अवसर पर हमें ऐसे ही चिन्तन से गुजरने की जरूरत है।

—•—

4

डॉ. भीमराव अम्बेडकर: विद्रोह, संघर्ष और क्रान्ति का दस्तावेज

अस्पृश्य समाज और वर्णिक नियमावलियों के बीच झूलते हुए इस शताब्दी के अन्त तक भी, डॉ. भीमराव अम्बेडकर भारतीय समाज के लिए एक ऐसा दस्तावेज है, जिनका सही मूल्यांकन शायद ही हमारे समकालीन सामाजिक परिवेश में हो सके। भारत में जाति वर्ण की समस्या सामाजिक अभिशाप की तरह वैदिक काल से ही हमारे सामाजिक ढाँचे को कलंकित किए हुए है। परन्तु भारतीय उपमहाद्वीप में सोलहवीं शताब्दी में पश्चिमी शासकों के दखल के कारण जब यह भू-भाग लम्बे समय तक अंग्रेजी शासकों के अधीन हो गया तब उन्होंने अपने सामूहिक राजनीतिक एवं व्यापारिक हितों को देखते हुए इस आग को और तेज कर दिया और शायद पीढ़ियों से चली आ रही इस खाई को हम आने वाली कई पीढ़ियों तक नहीं पाट सकेंगे। भारत के मुख्यतया सामाजिक अनुत्तरित समस्याओं में से एक थी अस्पृश्यता जो आजादी के इतने सालों बाद भी भारत के कई हिस्सों में आज बदले हुए स्वरूप में विद्यमान है।

ऐतिहासिक प्रासंगिकता देखें तो यह अलग-अलग भू-भागों पर रचा गया सामाजिक अन्याय और मानवता का तिरस्कार है जिसमें धरती के एक भू-भाग पर तो गाँधी सरीखे बार-एट-लॉ, काले आदमी को ट्रेन से नीचे सामान समेत फेंक दिया जाता है और दूसरी ओर कस्बे के छोटे से स्कूल में पढ़ने आए एक अबोध बालक को स्कूली

कक्षा से अलग बाहर बैठकर पढ़ने के लिए मजबूर किया जाता है। यह अस्पृश्यता के दो ऐसे उदाहरण हैं जो पूरे इतिहास की एक बानगी हो सकती है।

इस शताब्दी के शुरू में भारतीय समाज को, जिन लोगों ने सामाजिक उत्थान की ओर लहर के रूप में प्रचण्ड किया, उनमें थे डॉ. भीमराव अम्बेडकर, स्वयं महात्मा गाँधी, महात्मा ज्योति-बा फूले और सावरकर। भारतीय परिवेश में यह अब तक की सर्वमान्य धारणा है कि धर्म भारतीय जीवन की आधारशिला है। यह यहाँ के कैसे धर्म ग्रन्थ हैं जिनमें कालान्तर से ही धार्मिक कर्मकाण्डों और जातीय व्यूहचक्रों में जकड़ा हुआ भारतीय समाज है जिसमें धर्म, जातिवर्ण के नाम पर अनेक दीवारें खड़ी की हुई हैं। भारतीय ग्रन्थों में मनुस्मृति में तो नारी और शूद्र को पशुओं से भी निम्न स्तर का बतलाया गया है अर्थात् स्त्री श्वान शूद्र और कृष्णपक्षी अमंगल हैं, प्रवज्या देते समय गुरु उनके दर्शन न करे। (शतपथ ब्राह्मण) समावर्तन के बाद स्त्री, शूद्र, प्रेत, कृष्णपक्षी श्वान का दर्शन न करें, न उनमें कोई वार्तालाप करे (पारसकर गुह्य सूत्र)। स्त्री और शूद्र कोई सत्कृत्य नहीं कर सकता-*भारतीय संस्कृति में शूद्रों का योगदान,* डॉ. मु.ब. शहा के अनुसार।

इस शताब्दी के शुरू में जब आजादी आन्दोलन चल रहा था तब राहुल सांकृत्यायन जैसे चिन्तकों ने भी कहा था, "उनके (हरिजनों) लिए मन्दिरों के द्वार खोलने के लिए प्रचार करने में हमें समय नहीं खोना चाहिए। यह केवल व्यर्थ ही नहीं बल्कि हरिजनों के लिए भी खतरनाक है। इन पुरोहितों की चालाकी और धर्मान्धता ही है जो उनकी वर्तमान अधोगति का कारण है। अगर आपके सामने अपने देश और अपने लिए कोई आदर्श है तो उनकी आर्थिक विषमताओं का अध्ययन कीजिए और उनको दूर करने की चेष्टा कीजिए। (राहुल सांकृत्यायन, *दिमागी गुलामी,* पृष्ठ 86-87)

शायद इसी चालाकी को डॉ. अम्बेडकर ने भाँप लिया था, और वह इस तरह के सामाजिक उत्पीड़न के खुद शिकार भी हुए। इसीलिए उन्होंने अपनी पुस्तक "*अछूत, कौन और कैसे*" में लिखा था-"हिन्दू सभ्यता की बुद्धिमता, श्रेष्ठता और विद्वता में लोगों का जो झूठा विश्वास है उसका मूल कारण हिन्दू विद्वानों का विचित्र मानव शास्त्र है। जहाँ तक अपवित्रता और अस्पृश्यता की बात है, हिन्दुओं में और आरम्भिक प्राचीन मानव समाज में कोई भेद नहीं। हिन्दू की अपवित्रता की कल्पना की मान्यता यह मनुस्मृति से स्पष्ट है। मनु ने शारीरिक अपवित्रता और मानसिक पवित्रता दोनों को स्वीकार किया है। यह एक स्थाई कलंक है। इसके कारण क्या हैं? इसका कारण यह है

कि हिन्दू समाज की मान्यताओं ने भारतीय समाज को पूरी तरह जकड़ रखा है।''

डॉ. अम्बेडकर जीवन भर एक सामाजिक संघर्ष के संघटक रहे हैं। अपने जन्म से लेकर अन्तिम समय तक उन्होंने सामाजिक भेदभाव को और जातीय वर्णिक पीड़ा को भोगा और शायद इसी कारण वो अपने अन्तिम समय में हिन्दू धर्म को छोड़ने के लिए मजबूर हो गए और उन्होंने बौद्ध धर्म को अपनाया। भारतीय अछूत समाज को एक सामाजिक न्याय की तलाश में प्रासंगिकता की दिशा देने की चेष्टा की। डॉ. अम्बेडकर भारतीय समाज में जातीय संघर्ष के प्रतीक तो बन गए परन्तु जिनके लिए उन्होंने अपनी सारी जिन्दगी संघर्ष किया, उनसे भी उनका मोह भंग हो गया जब वो स्वतंत्र भारत के चुनाव में हारे।

यह हमारे सामाजिक परिवेश के खोखले और बेकार जमीर का ही एक दस्तावेज है कि अपने अन्तिम दिनों में डॉ. अम्बेडकर जब महात्मा बौद्ध का जीवन प्रसंग लिख रहे थे तो वो कहीं न कहीं से सामाजिक संस्कृति से टूट कर आत्म केन्द्रित हो गए थे। ये उनके अन्तिम 10 वर्षों में लिखे हुए लेखों और भाषणों से पता चलता है। यह सही है कि डॉ. अम्बेडकर दलित और कुचले लोगों की मुक्ति के लिए हर सामाजिक बहुल प्रचण्डों की लड़ाई लड़ी। शायद यही कारण है कि उस समय की पश्चिमी राजनीति इतिहासकार उन्हें भारतीय जनमानस को झकझोर रख देने वाला इन्सान तो मानते हैं परन्तु वो अपने उन आम लोगों को बौद्धिक स्तर पर शायद उतना नहीं उठा पाए ताकि उनकी लड़ाई इस देश के इतिहास को बदल देती। शायद यही एक कारण उनका हिन्दू धर्म से उचाट हो जाना हो।

आजादी संग्राम के दौरान डॉ. अम्बेडकर और गाँधीजी के बीच मनमुटाव और नीतिगत मुद्दों पर अलग-अलग धारणाएँ होने के बहुत से प्रसंग हमारे सामने खुलते हैं। 'पूना पैक्ट' इन्हीं द्वन्द्वपूर्ण राजनैतिक स्थितियों का एक दस्तावेज है। गाँधीजी अम्बेडकर को कुछ इतिहासकारों ने इसे दोनों महापुरुषों में टकराव की संज्ञा देते हुए लिखा है कि ''26 दिसम्बर, 1932 को जब 'पूना पैक्ट' का विवाद अपने चरम बिन्दु पर था तो गाँधीजी ने यरावड़ा जेल में सत्याग्रह किया, दूसरे शब्दों में वह डॉ. अम्बेडकर पर यह दबाव डालना चाहते थे कि वे अस्पृश्यों के लिए अलग मतदाता क्षेत्रों की माँग नहीं करें और यह शायद अन्तिम सच्चाई है कि डॉ. अम्बेडकर ने अस्पृश्यों पर ऊँची जातियों का कोपभाजन बनने से बचाने के लिए गाँधीजी के साथ 'पूना पैक्ट' किया।'' गाँधीजी अम्बेडकर द्वन्द्व बहस में 'नया संघर्ष', पन्ना 34 में श्री त्रिपाठी लिखते हैं 'पूना पैक्ट' का

चाहे जितना मखौल उड़ाया जाए, यह बात अम्बेडकर भी जानते थे कि अस्पृश्यों के लिए मन्दिर के द्वार खोलेंगे हालांकि अम्बेडकर इस समाज को एक ढोंग भी मानते थे। 1931 में कांग्रेस की अस्पृश्यता उन्मूलन अभियान के बन्द हो जाने से अम्बेडकर काफी नाराज हुए। उस समय डॉ. अम्बेडकर ने आँकड़े देकर यह सिद्ध किया कि किस तरह अस्पृश्यों के लिए अनुदान का दुरुपयोग किया गया?

❑❑❑

खण्ड–7

चिन्तन

1

समय के इस घमासान में हार जाना

जिन दिनों समय का चेहरा बदलता है उन दिनों आदमी अपने अंदर से डरने लगता है, फिर आस्थाएँ टूटती हैं और बहुत कुछ ऐसा होता है जो समय के इस घमासान में हमसे दूर जा गिरता है। प्रश्न उस पर मलाल का नहीं, प्रश्न यह है कि इस तूफान के बाद जो बचता है वो कितना हमारा है?

इन दिनों मौन होते हम और हमारा समय साक्षी है कि हमने भुला दिया उनको, जो इस खुली हवा के झोंके के पीछे थे। मसलन, आज इस बात की किसे फुरसत है कि वो भगतसिंह नाम के किसी तेईस वर्षीय युवक को याद रखें, या फिर शहीद राजगुरु, सुखदेव को इस दिन याद करें। बीता 23 मार्च उनकी शहादत का दिवस था। पर सब मौन। कहीं कोई हलचल नहीं। कौन जाने, कितने लोग इस पर शहीद हो गए, कौन याद रखे। यह हमारे एक उस विचार, स्वभाव का प्रतिनिधित्व करता है जो हममें पनप रहा है। हम यह भी भूल गए कि इस दिन का कुछ लगाव संसद में दहाड़ने वाले उस आदमी से भी है, जिसे डॉ. राममनोहर लोहिया के नाम से जाना जाता है।

यूं तो यह एक साधारण बात हो सकती है पर आने वाली पीढ़ियों के लिए जिस तरह की धरोहर हम पैदा करते आ रहे हैं, क्या उससे कुछ उम्मीद रखी जा सकती

है कि आने वाले दिनों में हम किसी पुरखे को समझ सकते हैं। रघुवीर सहाय का लिखा याद आने लगता है:

यह क्या है, जो इस जूते में गड़ता है,
यह कील कहाँ से रोज़ निकल आती है।
इस दुख को रोज़ समझना क्यों पड़ता है।

समय साक्षी है, हमारी इन दिनों की टूटन का। और सच में, ईमानदारी इसी में है कि समय की किताब से हमने बहुत कुछ ऐसा छोड़ दिया है, जो हमारा था। हमने तो छोड़ दिया अपने पुरखों का वो इतिहास जहाँ से आज़ादी की अलख जगाई जाती थी। हमने छोड़ दिये वे सब पहचान चिन्ह जो बनाते थे एक नया भारत! और सच यह भी है कि हमने तो छोड़ दिया बहुत पीछे 'भारत' नाम का एक देश और लिपट गए 'इंडिया' पर।

समय के इस घमासान में हमें लगता है कि हम इस शताब्दी के उन कुछ लोगों में रहे हो सकते हैं, जिनके लिए इसी शताब्दी की कोख से सुनहरी आज़ादी का ताज तो सजा परन्तु उस आज़ादी पर समय के हस्ताक्षर हम नहीं पढ़ पाए। पचास वर्ष इस प्रयत्न में बीत गए कि अभी यह कल की बात है। सब ठीक हो जाएगा, तंग गलियों से गुजरता इस देश का आम आदमी, आप और हमसे डरता क्यों है? हममें इतना साहस क्यों नहीं आता कि उससे आँख मिला सकें। यह सच है कि हमारे समय का घमासान, सबसे ज्यादा उस आदमी के अंदर है जो भाग रहा है, हांफ रहा है, यूं भी माना जा सकता है कि उसका दम निकल रहा है। यह एक उस स्थिति का चेहरा है, जो हमें हर स्थान पर दिखाई पड़ेगा।

समय के इस घमासान में शायद हमने अपने आपको ही पीछे किया है। संस्कृति संरक्षण के नाम पर हमने भारत को कहाँ-कहाँ, किस-किस तरह बेच दिया, इसके कई नमूने हैं। एक बेहतर नमूना है-यात्री और ताज। हमने अपना बेहतरीन वैभव, इतिहास, दर्शन और सोन चिरैया की गान तक बेच दी और खुश हुए कि विलायती चाल में ढल गए। इस आदमी को इंडिया में सब रास आएगा।

इन दिनों इस अंतरमन की पीड़ा को बयान किससे करें कि हम मर रहे हैं, जीने के बहाने ढूंढ रहे हैं? राजनीति की इन पगडंडियों पर चलकर हम कहाँ पहुँचे हैं, यहाँ से हमारा ही चेहरा गायब है।

मुझे लगता है कि हम उस संक्रमणकाल की पीड़ा से जूझ रहे हैं जो इस नई सदी के शुरू में हमें उस पतनकाल के मुहाने पर ले जा चुकी है, जहाँ से पीछे लौटना बहुत असंभव है। वैचारिक और सामाजिक सतहों पर टूट चुके हम उस बिखराव के घेरे में घिर चुके हैं, जहाँ से शून्य की परिभाषा शुरू होती है। खत्म होती है। सृजन कर्म आज आतंकित करता है। इन दिनों इस रस्साकसी में चलते हुए हिन्दू मंदिर वाला कट्टर हिन्दू हो गया है और मुसलमान मस्जिद वाला कट्टर मुसलमान हो गया है, आदमी तो बस इस मस्जिद और मंदिर के बीच लटक कर रह गया है।

हमारे इन दिनों की इस गाथा में सत्य का एक पन्ना यह भी दर्शाता है कि हमने सत्य को छोड़ दिया है। किसने उचारा था,

'अव्वल अल्हा नूर उपाया, कुदरत के सब बंदे।
एक नूर ते सब जग उपजिया, कौन भले, कौन मंदे।'

कबीर और रविदास का आम आदमी कहाँ खो गया? नानक और बुद्ध के अपने से घर-गृहस्थी वाले आम आदमी को हम कहाँ छोड़ आए? इस देश की एक अरब जनता को इस प्रश्न का उत्तर जिस दिन मिल जाएगा, उस दिन लगेगा कि इस आज़ादी का कोई चेहरा इस घमासान से उस आदमी के हिस्से में भी आया है, जो इस देश का साधारण बाशिंदा है और जिसने इसके कई इतिहास और बदलाव के क्षण देखे हैं।

हम भूल गए हैं कि इस देश की धरोहर पर विश्व की शोध और तहज़ीब के कई पहलू जुड़े हुए हैं और हमने इसे गंवा दिया है।

अपने दड़बों में से ज़रा सा झांककर देखें तो पता चलेगा कि तुम कितने पानी में हो! बेगानी बांसुरी पर सुर निकालना और वाहवाही लेना, सचमुच कितना आसान है, यह तो आपने देख ही लिया है।

जमुना किनारे जान्नी की बांसुरी और क्या दिखाती है। आज थिरकता है, मन और तन उस भटकन के पीछे जो अपनी भी नहीं और इस धरती की भी नहीं। बहुत पीछे छोड़ दिया आपने उस एहसास का किनारा जहाँ से वतन के लोगों को देखा जा सकता था, यहाँ से अहले-वतन की याद आती थी और उसकी महक बाकी थी।

समय के इस घमासान में हारने का अर्थ अपने अंदर से टूटना है और यह कट्टर सच्चाई है कि अंदर से साबुत न होना पराजय की ओर बढ़ने वाला पहला कदम है। इस कदम के आत्मघाती होने से पहले सोच लेना चाहिए कि हम किस दिशा में जा रहे हैं।

शताब्दियों पहले खंडहर हुई इमारत की इबारत अब भी ताजा है, उन खंडहरों से गुजरो तो पूछना, कहाँ है, वह सपनीला सम्मोहन और इतिहास? कहाँ है तिलिस्मी दरवाजा जिसकी चौखट पर उम्मीदों के सूरज उगते थे? परन्तु समय के घमासान में वक्त किसके पास है कि इस ओर मुड़कर भी देख सकें। वक्त है कि हाथ में आता ही नहीं है। समय शेष स्मृति न बन जाए उससे पहले इस घमासान से बाहर आओ और देखो, इस दुनिया में, इस धरती पर अभी भी कितना कुछ सुंदर बाकी है तुम्हारे लिए!

2

धूप को आने दो

''आने दो नई धूप को इस उदास घर की मंडेरों पर,
बरसने दो धूप की चिलचिलाती
इन्द्र धनुषी धारा–
–यही,
तो जिन्दगी के जिन्दा होने का
नया सवेरा है,
शायद यही है,
जिन्दगी।''

धूप और जिन्दगी के रिश्तों की परिभाषा करते हुए चिन्तक सुमन ''द ब्रुश कहती है, धूप है, तो जिन्दगी है, यह सुनिश्चित है कि जिस दिन जिन्दगी के पन्नों से धूप ओझल हो गई, मानो, जिन्दगी खत्म होने का वक्त हो गया, काश! हम सब इस वक्त को आने ही न दें।''

परन्तु प्रकृति का नियम है कि बदलाव जरूरी है और बदलाव की इस प्रक्रिया में ही जिन्दगी का उत्थान निहित है। जिन्दगी को स्वागत योग्य और मानव भलाई के

लिए मानने वालों का मत है कि जिन्दगी एक महकती हुई कविता के समान है। उस कविता को पढ़ते चलो और इसमें निहित इसके फलसफे की खुश्बू को फैलाते चलो।

इसी प्रसंग को कभी अफ्रीकी कवि जौए ने छेड़ा था, जब उन्होंने कहा था, जिन्दगी किसी उदास किताब का नाम नहीं है, वो बहती हुई एक धारा का पड़ाव है, चलो इसकी रंग-बिरंगी धाराओं को पकड़ कर इसका कोई रंग-बिरंगा किनारा ढूँढ लें। बात सिर्फ किनारा ढूँढने की ही नहीं है, इससे आगे जहाँ और भी है। कुछ याद आ रहा है चलो, दोस्तो जहाँ तक यह हवा ले चले, यह शब्द जरा गौर से देखें तो जिन्दगी का गहरा फलसफा कहते हुए दिखाई देते हैं और इस फलसफे की परिभाषा को इस दक्षिण अफ्रीकी कविता में देखा जा सकता है, जिसमें जिन्दगी के संदेश को कुछ इस तरह प्रस्तुत करने की कोशिश की गई है:

जिधर से आया,
हवा का ताजा झोंका
उधर देखो जरा-
जिन्दगी मुस्करा रही होगी।

3

इस समाज में नंगा होने के अर्थ/कीमत

आज के बदलते हुए समाज में शायद आदमी की कीमत कुछ भी नहीं रह गई है। जिन मानवीय कीमतों को हमारे पुरखों ने जिस समाज की नींव में लगाया था, उन मूल्यों को हम कहीं दूर छोड़कर एक ऐसे जंगल में प्रवेश कर रहे हैं जहाँ पर हमारी परम्परावादी मान्यताएँ टूट रही हैं, रिश्ते-नाते बिगड़ते जा रहे हैं। ऐसे समय में आदमी अपने आपसे कितना अलग होकर अपनी आकृति को ही पहचान पाता है यहीं आज के आदमी की कथा का सार है।

शायद अपने से सच बोलना अपने नंगेपन के सामने अपनो को टटोलना ही सबसे सच्ची घटना की शुरुआत हो सकती है। आइए, इस बदलते समाज में रहने वाले दूसरे में अपने आपको तलाश करें जिसमें शायद मातम व मृगतृष्णा के सिवाय कुछ भी नहीं?

जब आदमी और परम्पराओं की कीमत शून्य हो जाए तो फिर आदमी के अपने-आपके सामने अथवा पूरे विश्व के सामने नंगा होने का क्या अर्थ रह जाता है और शायद इन्हीं अर्थों में से हमारे यहाँ समाज संरचना करने वाले लोगों की खबरें बनती हैं।

अमेरिका से एक खबर आती है कि नंगे लोगों का एक क्लब स्थापित किया

गया है। सब पढ़ते हैं, पर चौंकते नहीं, क्योंकि यह सब वहाँ के माहौल की देन है। हमारे यहाँ नंगों का क्लब बन जाए तो शायद कोई विवाद हो, वो भी पाँच सितारा परिवेश वाले गिने-चुने शहरों में। अलबत्ता यहाँ किसको याद रहेगा—नंगे लोगों का मिलन स्थल।

पर नंगा होना शायद अपने सबसे कठोर तत्त्व को देखना है। ऐसा सत्य जो आपके अन्दर की गन्दगी को एकदम बाहर फैंक दे "कि यह देखो, सच यही है? जरा नंगा हो करके तो देखे हुजूर।" पर हम और हमारा समाज इस घटना पर भी कोई प्रतिक्रिया नहीं करेंगे, बस चुपचाप देख लेंगे और भूल जाएँगे। हमने सोचना ही छोड़ दिया है। यही हमारे संकट की पहचान का एक चिन्ह है। यह कितना बड़ा संकट है कि आदमी-आदमी के सामने नंगा होकर सरेआम घूमे और पूरा समाज और देश उसको देखकर हंसने तक की स्थिति में न हो। संस्कृति और मानवीय मूल्यों की इससे बड़ी त्रासदी क्या हो सकती है।

अभी पिछले दिनों ही एक बार फिर एक आदमी नंगा हो गया, अमेरिका में। जरा सोचिए, नंगा होने वाला कोई आप और मेरे जैसा साधारण व्यक्ति होता तो यह घटना खबर न बनती पर हुजूर, अमेरिका के समुद्री तट के किनारे पार्क पर सरे-आम नंगा होकर घूमने वाला आदमी, अमेरिका का पिछले वर्ष का पुलित्जर नोबल साहित्यिक पुरस्कार विजेता, अमेरिकी नाटककार एडवर्ड एल्बी था। वही एल्बी जिसे साहित्य जगत *हूज अफ्रेड ऑफ वर्जिनिया वुल्फ* और *अ, डेलीकेट बेलेंस* जैसे नाटकों के सृजक के रूप में जानता है।

एल्बी की उम्र इस समय 67 वर्ष की है और वो पारिवारिक जीवन जीते हैं, पर उन्हें एकदम नंगे होकर घूमने की धुन क्यों लग गई? पुलिस ने उन पर मुकदमा दर्ज किया और अदालत में केस दर्ज करवा कर वार्निंग के साथ छोड़ दिया है।

एल्बी महान नाटककार हैं इसमें कोई शक नहीं, पर क्या वो भी समाज की त्रासदी भोग रहे एक साधारण आदमी नहीं हो सकते और वो भी उस तथाकथित समाज की, जो पूरी दुनिया को नए समाज का जादुई भौतिकवाद समझा रहा है।

कहा जाता है कि एल्बी को उस समय गुस्सा आया, उन्होंने चिल्लाकर कहा, "मेरे नंगे घूमने से यदि आपके भ्रष्ट समाज की मान्यताओं को ठेस पहुँचती है तो इस समाज को बदल दो। मुझे मेरी आजादी तो वापस करो, जिसमें वह पैदा हुआ था।" पर आज एल्बी जैसे मनीषी की बात भी मानने को तैयार नहीं है, कोई।

–नंगा होता जुर्म हो सकता है पर अपने सामने नंगा होने से कतराना क्यों?

इधर हमारे समाजशास्त्र में तो एक ऐसे समाज की परिकल्पना है जो पूरे विश्व की संस्कृति को नया रास्ता दिखाने का भ्रम पैदा करे और पूरे देश को इसी लबादे में रहते भयानक कुष्ठ रोग में डुबो दे।

हमारे यहाँ जुहू बीच पर, शर्तों पर तो नंगा दौड़ा जा सकता है। एक नंगे भिखारी को देख हम दान तो देंगे पर उसे कपड़े से ढक दे, यह हमारी संस्कृति में शायद नहीं है।

नंगे होने का अर्थ क्या हो सकता है। यह हमारे लिए शोचनीय विषय तब हो सकता है जब हम खुद अपने खुद के सामने नंगा होंगे, बिना किसी भय, तनाव और आतंक के। हमारे यहाँ नंगे होने का रिवाज तो है, हुजूर। पर कैसे, इसे धीरे बोलकर समझाया जा सकता है पर कब तक। अभी शायद समय उसी क्षण के इन्तजार में है जब आजादी की अन्तिम मंजिल मन की सीमा रेखा से पार हम नंगेपन के लफंगेपन से उबर कर अपनी दलदली हंसी को छिपाएँ, किसी नंगे पर दान की हंसी न हंसे। शायद हम इतनी नीच प्रवृत्ति के हो गए हैं कि हमें सब कुछ सहज लगने लगा है।

लगता है, हम किसी उस समाज के नागरिक हैं जहाँ पर चेहरे तो नंगे हैं शरीर लिबास में बीमारी छुपाए हुए हैं और यह बीमारी जब समाज की तथाकथित गंदगी से भर जाएगी, तभी हम कहेंगे आओ, जरा सी ताजा हवा के लिए थोड़ा सा नंगा हो लें और हुजूर तब नंगे होने का अर्थ . . . ?

शायद हम, अपने अन्दर झांकने से पहले ही खुदकशी कर लेंगे।

4

किसी इत्र के बहाने!

इत्र का इतिहास किसी खुशबू का समुद्र से गुजरना हो सकता है और इसी खुशबू के चलते न जाने कितने इतिहास पुरुषों ने अपनी जीवन कथा को इतिहास में दर्ज किया। एक जमाना वह भी था जब इत्र सिर्फ राजा-महाराजाओं के लिए ही बनाया जाता था परन्तु वह दिन अब लद गए और इत्र शाही महलों की खुशबूभरी शय्याओं से निकलकर आम लोगों तक पहुँचा।

कहा जाता है कि इत्र की खोज पहले परसिया (ईरान) में हुई। ईसा पूर्व समय में और धीरे-धीरे इसकी खुशबू पूरे विश्व में फैल गई और इत्र एक मादक खुशबू का नाम बन गया।

अभी इन दिनों एक खुशबूभरी खबर आई जिसमें इत्र अपना महबूब-सा बनकर सामने आया।

एक स्विस कम्पनी ने ऐसे इत्र की इजात की है जिसको महिलाएँ अपने ऊपर लगाते और छिड़कते ही अपने ऊपर हमलावर/बलात्कारी से बच जाए, इस तरह पहले कि बलात्कारी कुछ करे। उस इत्र की तीखी खुशबू से डरकर भाग जाए। सारे विश्व में विशेषकर महिलाएँ अपने आपको ज्यादा आकर्षित बनाने के लिए सदियों से इत्र का प्रयोग करती रही है परन्तु अब छेड़छाड़ व बलात्कारियों से बचने के लिए इस स्विस कम्पनी ने जिस तीखी बदबू वाली इत्र की खोज की है उसकी ग्राहकी पूरे विश्व में

धमाका तेज ढंग से हो रही है। इस इत्र बनाने वाली कम्पनी का दावा है कि इस छोटी शीशी में समाहित इत्र को अपने ऊपर हमला होते ही यदि कोई महिला शीसी को तोड़ कर इत्र को अपनी त्वचा पर लगा ले तो बलात्कारी तुरन्त भाग जाएगा और बाद में कम्पनी ने दूसरे इत्र के जरिए इस बदबू को खत्म करने का नुस्खा भी निकाला है। वैसे खबरों के अनुसार ऐसे इत्र की खोज सबसे पहले 1970 में अमेरिका में की गई थी। हमारे देश में जहाँ, बलात्कार दर आनुपातिक रूप से पूरे विश्व में लगभग बराबर है ऐसे माहौल में ऐसा चमत्कारी इत्र सचमुच हमारी कई बहिनों/माताओं की इज्जत का रखवाला हो सकता है। पूरे विश्व में झांक कर देखें तो पता चलेगा कि राजनीतिक तौर पर ऐसे इत्र के बहाने सब कुछ उल्टा-पुल्टा हो गया। किसी ऐसे इत्र के बहाने काश हम कभी अपनी मानसिक गुलामी व भ्रष्टाचार, गरीबी को दूर भगा सके।

हमारी जड़ों में वर्षों की गुलामी बसी हुई है और हम अंग्रेजियत की पत्तलों पर अपना भोजन डालकर कितनी देर और खाते रहेंगे? क्यों नहीं ऐसे इत्र वाले को बुलवाया जाता जो इस चमत्कारी इत्र के लगाते ही हमारी सभी मुश्किलों को छूमन्तर कर दे, हमारे सभी सीमा भाषा और नदी जल विवाद खत्म हो जाए और हमारी नदियों में काश पानी की जगह ऐसा इत्र ही बहने लगे और हम सब भारतवासी इस इत्र भरी नदी में एक डूबकी लगाकर अपने को धन्य कर लें।

हम अन्दर से इतने डर चुके हैं कि इस सड़े-गले समाज से निकलना तो क्या सोचने अथवा कहने की बात सोचना भी दूभर लगती है। हम इतने खाली और क्यों डर गए? इस बदलते समाज की परिभाषा शायद यही है कि जितना बड़ा आदमी उतना बड़ा नंगा। परन्तु भारत के आम देहाती आदमी का दुख किसको है, उसे तो आझादी के इतने वर्षों बाद भी सिर्फ दो रोटी और एक झोंपड़ीनुमा छत के जुगाड़ की चिन्ता है। उसे इस बलात्कार/परोपकारी इत्र से क्या लेना देना।

पूनम की रात को सुनहरे चाँद को रोटी समझने वाली नन्हीं गुड़िया को हम किस बहाने बताएँगे कि वह जिस नदी के किनारे खड़ी है वह चाँद का दर्पण उसमें देख रहा है कि वह नदी कभी जरूरत पड़ने पर उसके लिए इत्र का दरिया नहीं बन पाएगी।

हम किसी इत्र के बहाने अपनी भूखी बेटियों और तन से नंगी माताओं को बचा पाएँगे?

यहाँ पर बचपन बूढ़ी रातें और थके हुए दिन लेकर आता है वहाँ पर इस खुशबू का होना क्या एक और हादसा नहीं है क्या? रोटी और देह, जिन्दा रहने और आदमी के लड़ने की कथा-यात्रा है, इस इत्र की खुशबू में . . .।

—•—

5

इस धरती पर

इस धरती पर घट रहे हर क्षण के साक्षी हैं, हम। देखते जाने और जीने का भ्रम संजोए हुए हम किस यात्रा में मशगूल हैं? आपके जीने का अंदाजा-ब्यां क्या है? धर्म, कर्म से बेमुख होना कैसा होता है? कभी सोचा ही नहीं है शायद आपने! परन्तु यह माना जाता है कि धर्म विस्मय लोक का द्वार है, जब यह सब समाप्त हो जाना है तो इससे इतनी मोहब्बत क्यों? इसे त्याग से ही विस्मयलोक का रास्ता है। परन्तु इतिहास साक्षी है कि कुछ महापुरुष ऐसे भी हुए हैं जिन्होंने यह मंत्र भी दिया है कि आदमी सब कुछ करता हुआ भी इस विस्मयलोक को प्राप्त हो सकता है। सिख धर्म में गुरु नानक देव जी शायद ऐसे पहले सन्त शिरोमणि हुए हैं जिन्होंने गृहस्थी मनाते हुए धर्म के रास्ते को देखा और दिखाया। उनके उस समय के संत कबीर, रैदास इत्यादि उसी धारा के प्रवर्तक रहे हैं।

गुरुवाणी में गुरुनानक देव जी कहते हैं:

घालि खायं किछु हाथ देहि,
नानक राह पछाणेंहि सेयि॥

इसी को कबीर जी, कुछ इस तरह बयान करते हैं:

नामा माया मोहि कहे तिरलोचन मीत,
कहे छीपडु छायले राम न लाव हूं चीत (212)
नामा कहें तिरलोचना मुख से राम संभाल,
हाथ पाओ कर काम तब चीत निरंजन नाल॥

उनके अनुसार हाथ से कार्य करना भी उसी की इबादत है। असल में यह मार्ग भी उसी के साथ अपने को जोड़ने की है। जरा पहचान करके तो देखो। सूफी बाबा फरीद इस मत को इस तरह कहते हैं:

फरीदा पाड़ पटोला छज बालण हडबलन।
पैरीं थकां सिर जुला जे यूं पिरी मिलिन॥

धर्म की परिभाषा स्थापित करते हुए यह देखा गया है, कि अष्टावक्रः शुद्धतम वक्तव्य ही विस्मयलोक का रास्ता खोलता है। जनक पुराण में कितना सुन्दर कहा गया है?

कथं ज्ञानमवाप्नोति कथं मुक्तिर्भ विष्यति।
वैराग्यं च कथं प्रासमेत दू बूहि मम प्रभो॥ (2)

ओशो इस विस्मयलोक की व्याख्या में कहते हैं:

"मनुष्य जाति के पास बहुत शास्त्र हैं पर अष्टावक्र के गीता जैसा शास्त्र नहीं। वेद फीके हैं। उपनिषद् बहुत धमहमी आवाज में बोलते हैं। गीता में भी ऐसा गौरव नहीं, जैसा अष्टावक्र की संहिता में है। कुछ बात ही अनूठी है।"

सबसे बड़ी बात तो यह है कि न समाज, न राजनीति, न जीवन की किसी और व्यवस्था का कोई प्रभाव अष्टावक्र के वचनों पर है। इतना शुद्ध भावाचीत वक्तव्य समय, काल से अतीत कोई दूसरा नहीं है। शायद इसलिए अष्टावक्र की गीता अष्टावक्र की संहिता का बहुत प्रभाव नहीं पड़ा। जैसा विषय है विष्वत्, क्योंकि उन्हें खा-खाकर हम सिर्फ मरते हैं उनसे कभी जीवन तो मिलता नहीं।

आइए देखें, इस जीवन की खोज है क्या?

इस धर्म के रास्ते से मोक्ष का द्वार कैसे प्राप्त होता है। यह उस मौन की स्थिति है जो अनन्त काल से इस सबके बीच चलती जा रही है। इसे निरन्तर चलते रहना है, नहीं तो यह टूटने में आदमी और कायनात के इस पवित्र रिश्ते को तोड़ देगी। बुद्धत्व नें

इस सबसे अलग अपनी अन्दर की आवाज सुनने का गुण बताया गया है। वो रास्ता है अपने में आत्मसात करने का।

बुद्ध ने कहा, अपना रास्ता मध्यमार्गी रखो फिर देखो, कुछ मुश्किलें तो हल हो जाएँगी। इधर कुछ संतों और प्रवर्तकों ने इस रास्ते को समझौतावादी कहकर इसका विरोध भी किया है। यह सब सबूत हैं उस क्रांति का जो आपके अन्दर पैदा हो रही है। असल में यह किसी शून्य को ही तो भर रही है। आपके अन्दर परन्तु आप अपने अन्दर के दूसरे रास्तों में चलते इतने व्यस्त हो चुके हैं कि तुम्हें इस अन्दर का पता ही नहीं चल रहा है।

एक जगह प्रसंग आता है- बाहर जिसे हम तलाशने चलते हैं वह भीतर है और जब तक हम बाहर से बिल्कुल न हार जाएँ। समग्ररूपेण न हार जाएँ, तब तक हम भीतर नहीं लौट सकते। इसको इस तरह भी समझा जा सकता है:

किस-दर्जा दिल थिकन थे,

बोध अभिभूत करता हुआ दिखाई देता है। कुछ नयापन की तलाश में। आज इस तेज तर्रार और फीकी होती जिन्दगी के कितने ही ऐसे अध्याय है, जहाँ पर रुककर हम इसे नए सपनों की नई धाराओं से ओत-प्रोत होता देख सकते हैं। करना सिर्फ इतना ही है कि जिन्दगी के इस मोड़ पर उसे पहचान कर उसे अपने चेहरे की लालिता का भाग बना लें। फिर देखें मंजिल कहीं पास ही थी, हम तो यूँ ही भटकते रहे।

विश्व प्रसिद्ध चिंतक जॉ पाल सात्र कहते हैं, ''जिन्दगी से भागने की चिन्ता न करो, यह अन्तिम बिन्दु नहीं है, शायद यहाँ से आगे भी जहाँ है, स्वर्ग और नर्क की कल्पना मत करो, जो भी है, वो तुम्हारे सामने है और आपका अपना है। इसे जीने और समझने की कोशिश करो, फिर देखना आपके अन्दर एक नए मनुष्य की चेतना अंगडाई ले लेगी और इसे नई सामाजिक चेतना से जोड़ते हुए आप इसे नई परिभाषा देकर अपनी इन फिजाओं में एक नए मनुष्य को पालोगे, शायद यही है जिन्दगी के बदलाव का नया रास्ता जिससे नए मानव का इस धरती पर, जर्जर समाज में उदय होगा।''

इस चिन्तन के अन्दर देखें तो गहरी संवेदना का स्रोत बाकी है, जो जिन्दगी की नई राहों और नई मंजिलों को नई दिशाएँ देती प्रतीत होती है। जिन्दगी के इस खुले आंगन में धूप का कोई खिलखिलाता हुआ फूल तो खिलने दो। जिन्दगी इस कदर रोशनी की धारा में परिवर्तित हो जाएगी कि आपकी पहचान से बाहर लगेगी। . . . इस पहचान

के बिन्दु की तलाश बाहर न करो, यह तो आपके अन्दर ही है, वहीं पर आप ढूँढकर तो देखो।

जिन्दगी के दरवाजे हमेशा खुले रखो, नई ताजी हवा और खिली हुई धूप की सफेद किरणें आपकी राहों को इन्द्रधनुषी कर देंगी और फिर जो बदला रूप आप अपने अन्दर महसूस करोगे, उसके सामने आपकी नई परिभाषा होगी, आइए, इसे पहचाने और मानवीय विकास में भागीदार बनें। बकौल शायर बशीर बदरः

उजाले अपनी यादों के हमारे साथ रहने दो
न जाने किसी गली में जिन्दगी की शाम हो जाए।

6

राष्ट्रीय एकता और हिन्दी साहित्य

आधुनिक भारतीय भाषाओं में हिन्दी का स्थान सर्वोपरि है। हिन्दी साहित्य में राष्ट्रीय एकता की परिपाटी बहुत पुरातन है। हिन्दी साहित्य की रचना जिस भी भूखण्ड अथत्रा प्रान्त में हुई हो उसमें राष्ट्रीय चेतना का प्रवाह निरन्तर देखने को मिलता है। आज का हिन्दी साहित्य बहुत विशाल, समृद्ध और व्यापक रूप धारण कर चुका है और हिन्दी हमारी राष्ट्रीय भाषा का स्थान ले चुकी है। हिन्दी साहित्य के इतिहास की जो सामग्री आज हमें उपलब्ध होती है, उसमें हिन्दी साहित्य चिन्तन और कई तरह के भाषाबोध हमें दिखाई पड़ते हैं– नगर राष्ट्रीय एकता का भान बोध, प्रायः हमारे सारे ही लेखकों की रचनाओं में पठनीय है।

राष्ट्रीय एकता की बात हिन्दी साहित्य में आदिकाल से ही विद्यमान है। यहाँ पंडित राहुल सांकृत्यायन ने तो आरम्भ काल के हिन्दी साहित्य में प्राप्त रचनाओं को भी राष्ट्रीय एकता की श्रेणी में रखा और परखा है।

सिद्धों की वाणी या फिर सामन्तों की स्तुतिकरण रचनाएँ, जिनमें राजपूत राजाओं तथा सामन्तों का यशोगान है, को वो राष्ट्रीय भावना में लिखा गया प्रथम हिन्दी साहित्य ही मानते हैं, हालांकि कई विद्वान इससे सहमत नहीं हैं।

यह सही है, कि प्रत्येक देश का साहित्य उस देश के जातीय-जीवन, संस्कृति और सामाजिक हालात का प्रतिनिधि होता है। जिस प्रकार जातीय-जीवन एक सा नहीं रहता है, उसी तरह साहित्य में भी भिन्न-भिन्न परिवर्तन होते हैं, और नई दिशाओं के भाव-बोध का दिशा-संचार होता है।

हमारे यहाँ प्राप्त हिन्दी के समूचे लिखे गए साहित्य में हमारे देश का गौरवमयी इतिहास आजादी की लड़ाई की रोमांचिक गाथा और भारतीयों के राजनीतिक संघर्ष का खुला विवरण मिलता है। तत्कालीन राजनीतिक, धार्मिक और सामाजिक परिस्थितियाँ, इस साहित्य की जमीन रही है और इर दौर की रचनाओं में इस जमीन की महक बराबर आती है।

महाकवि भूषण और भारतेन्दु की प्रथम रचना में ऐसी झलक मिलती है।

भूषण को हिन्दी साहित्य के प्रथम राष्ट्रीय कवि माना जाता है, जो आधुनिक काल में लिखे गए हिन्दी साहित्य में प्राप्त है। भूषण ने ही पहली विधर्मी और विदेशी सत्ता के खिलाफ आवाज उठाई और देशवासियों को सामूहिक रूप से अपने देश, धर्म एवं संस्कृति की रक्षा के लिए प्रोत्साहित किया। राष्ट्रीय एकता का सम्बन्ध सामूहिक जीवन, सामूहिक राष्ट्रीय उन्नति और सामूहिक आत्मगौरव से है। वास्तव में राष्ट्र के वासियों का मिलकर रहना और सामूहिक रूप से देश की उन्नति करने की प्रबल इच्छा राष्ट्रीय भावना कहलाती है। हिन्दी साहित्य में यह राष्ट्रीय भावना, भिन्न-भिन्न रूपों में व्यक्त होती है।

कवि भूषण की इस आशय की एक कविता का नमूना हाजिर है:

"राखी हिन्दुवानी, हिन्दुवान को लिक राख्यो,
अस्मृति पुरान राखे वेदविधि सुनी में।
राखी रजपूती, रजधानी, राखी राजन की,
घर में धरम राख्यो, राख्यो गुन-गुनी में,
भूषण सुकवि जीति हद्ध सरहद्धन की,
देस-देस कीरति बारवाजी तब सुनी में॥
साहि के सपूत सिवराज समसेर तेरी,
दिल्ली-दल हानि के, दिवाल राखी दुनी के।"

भूषण ने देश के जिस हालात का उस वक्त बयान किया और राष्ट्रीय एकता का

आह्वान किया, वे आज भी उतना ही महत्त्वपूर्ण है। देखें, उसी का एक और रंग-

"आपस की फूट ही तै सारे हिन्दुगन टूटे।"

हिन्दी के पूर्ण साहित्य में राष्ट्रीय एकता का पुट विद्यमान है और इसके बिम्ब चित्र अलग-अलग हैं। राष्ट्रीय एकता की बात को कबीर और सूर साहित्य से लेकर बिहारी, भारतेन्दु, गुप्त, प्रसाद, निराला और महादेवी वर्मा तक सबने कहा है। यहाँ सिर्फ कवियों की बात ही नहीं अथवा हम देखते हैं कि हिन्दी साहित्य में लिखने वाले अनेक नाम, जिनमें साहित्य की दूसरी विधाएँ भी शामिल हैं, राष्ट्रीय भावना से भरे पड़े हैं और उनका यहाँ बराबर का योगदान है।

हिन्दी के प्रथम उपन्यासकार श्रद्धाराम फिल्लौर और श्रीचन्द्रधर शर्मा गुलेरी की रचनाएँ मुख्य रूप से पहली गद्य रचनाएँ हैं। मुंशी प्रेमचन्द युग के साहित्य और हिन्दी के नए वर्तमान साहित्यकारों अर्थात् 1947 के बाद के साहित्य में राष्ट्रीय एकता पर और बल दिया गया है।

हिन्दी साहित्य में राष्ट्रीय एकता की बात द्विवेदी युग में और उसके बाद निरन्तर साहित्य की हर एक विधा में प्रस्तुत होती है।

डॉ. नन्ददुलारे वाजपेयी तो आधुनिक हिन्दी कविता और कहानी को राष्ट्रीय पूर्णतया राष्ट्रीय चेतना का साहित्य मानते हैं।

यही बात शिवदान सिंह ने कही है। उनके अनुसार हिन्दी साहित्य में राष्ट्रीय चेतना के मनोरम चित्र बिखरे पड़े हैं और हिन्दी के मूल साहित्य में राष्ट्रीय भावना की रचनाओं की बहुतायत मिलती है। इधर कवि डॉ. प्रभाकर माचवे की कविता राष्ट्रीय एकता व्यंग्य की बोली में प्रकट होती है। देखें:

"यदा संहरते चायं कृमोर्डगानीव मंबश"
गीता में स्थितप्रज्ञ कः लक्षण,
तुम हो जीब विचक्षण,
वहीं उम्र है, कच्छपराज तुम्हारी।
करीं पीउ,
सिवार-सनी यह पृथुलदेह-गर्भशिथिल,
जो हो-मुझे दीखते तो तुम कछुए,
मानों भारतीय संस्कृति के प्रतीक।"

गजानन मुक्तिबोध और माथुर की कविताएँ भी इसी प्रकार व्यंग्य में अपनी बात कहती हैं। यहाँ यह उल्लेखनीय है कि प्रथम सप्तक के कवियों ने राष्ट्रीय एकता की बात अलग-अलग रंग और ढंग से कही है।

राष्ट्रीय चेतना और आशावादी प्रयोग कवि दुष्यंत कुमार की रचनाओं में रकब मिलता है, जैसे-

क्या हुया जो युग हमारे आगमन पर मौन,
सूर्य की पहली किरण पहचानता है कौन,
अर्थ कल लेंगे हमारे आज के संकेत।''

हमारे आजादी संग्राम ने भी हिन्दी के साहित्य को राष्ट्रीय चेतना और एकता के नए आयाम दिए हैं।

प्रथम रचनाओं ने भी राष्ट्रीय एकता और बहादुरी से देश पर मर मिटने की बात कही गई है जैसे-आलहखंड की पंक्तियों को देखें:

''जो मरि जे हो रन-खेतन में,
तुमरो नाम अमर हुई जाए।''

साहित्य की हर विधा में राष्ट्रीय-भावना को सीमित रूप में स्थान अवश्य मिला है। भारतेन्दु की कविता का एक नमूना और हाजिर है:

''अंग्रेज राज सुख साज सजे सब भारी,
पै धन विदेश चलि जात इहै, अति ख्वारी,
सबके उपर दिक्कत की आकत आई,
दा, हां, भारत दुर्दशा देखी न जाए।''

इसी आधार में गुप्त की एक कविता का अंश देखते हैं:

''आओ, तक प्रतिज्ञा करें, तक साथ सब जीये मरे-
अपनी चीजें आप बनाओ, उनसे अपना अंग सजाओ।''

यह तो कविता की बात रही, इधर गद्य साहित्य में गुलेरी और मुंशी प्रेमचन्द के पद की लेखक छीढी ने अपने उपन्यासों और कहानियों में राष्ट्रीय चेतना की बात की है और आजादी के बाद का हिन्दी साहित्य तक चेतावनी है, राष्ट्रीय-भावना की ओर

संकेत है और यह व्यंग्यत्यात्रिक शैली धारण कर गया है। वे चाहे डॉ. धर्मवीर भारती की रचनाएँ हों, चाहे अज्ञेय की, कृष्ण सोबती से लेकर वर्मा तक। मोहन राकेश, अश्क, कमलेश्वर की कई रचनाओं में इसको व्यंग्य के रूप में प्रकट किया गया है।

यही भावना सुभद्रा कुमारी चौहान, प्रसाद, पंत और निराला की परिपाटी की है जो आज भी जिन्दा है। आइए, देखें कुछ अंश–

सुभद्रा कुमारी चौहान–

''बुंदेले हर बोलो के मुंह से हमने सुनी कहानी थी
खूब लड़ी मर्दानी वह तो झाँसी वाली रानी थी।''

इसी ओर निराला इंगित होते हैं–

''जागो, एक बार फिर,
प्यारे जगाते हुए, हारे सब तारे तुम्हें,
अरुण पंख तरुण–किरण,
खड़ी खोल रही है द्वार–
जागो फिर एक बार।''

इस दौरे में यह रोजानी साहित्य के बाद की रचनाएँ हैं। भारत की महिमा एवं भारतीय संस्कृति के गौरव के चित्रण में रचे गए साहित्य में राष्ट्रीय चेतना और मुखरित हुई है।

हिन्दी की पत्रकारिता का भी इस राष्ट्रीय आन्दोलन में विशेष योग रहा है। राष्ट्रीय एकता को मजबूत करने का यह सबसे पहला और तीखा हथियार था और है।

भारत के हिन्दी इतिहास में प्रकाशित पत्रकारिता के नए आयाम इस खित्ते में सबसे पहले लाहौर से प्रकाशित 1886 में *''ज्ञानदायिनी''* में उदय हुए। जिसके पहले अंक से आखिरी अंक तक राष्ट्रीय चेतना का प्रवाह मिलता है। *आर्य गजट, प्रकाश* और *मिलाप* ने इस ओर सराहनीय काम किया है।

इस प्रकार हम देखते हैं कि पूरे भारत की तस्वीर हिन्दी साहित्य के माध्यम से राष्ट्रीय एकता की एक मनोरम बानगी है। यहाँ यह भी सच है कि स्वतन्त्रता प्राप्ति के बाद के हिन्दी साहित्य में राष्ट्रीयता का स्वर कुछ मंद हो गया है। समूचे साहित्य में राष्ट्रीय भावना लुप्त नहीं हुई है।

राष्ट्र निर्माण में आज के साहित्य का बहुत बड़ा योगदान है और रहेगा भी। यह भी राष्ट्रीय एकता का सबसे बड़ा सेतु है।

इसी सन्दर्भ में अपनी बात खत्म करने से पहले आइए देखें- कवि पंत का यह रूप:

''गगनचुम्बी विजयी तिरंगा ध्वज
इन्द्रचापवत् है।
कोटि कोटि, हम श्रमजीवी सुत
सभ्रमयुतनत हैं।
सब एक मत तक ध्येयरत,
सर्वश्रेष्ठ व्रत हैं
जन भारत है।
जागृत भारत है।''

7

घने आतंक और भय में जी रहे हैं, खबरों के खोजी

एक खबर भी हवा का रुख बदल सकती है। जार्ज आर्विल ने जब यह कहा था, तब कोई बड़ी हलचल मीडिया जगत में नहीं थी, परन्तु आज इस सदी के अन्तिम चरणों में खबरों का बनना और पत्रकारों की अपनी खबरों की भी निराली दुनिया है।

किसी खबर की खोज में कार्यरत पत्रकार जब खुद खबर बन जाए तो उसे क्या कहा जाएगा। खबरों के पीछे रहने वाले पत्रकार भी आजकल किसी स्टार अथवा हीरो से कम नहीं आंके जा सकते। वे चाहे तो पूरी दुनिया का मत बदल दें। पिछले बीते वर्ष में, इन खबरों को बनाने वाले लोगों की खुद की खबरें प्रभावी रहीं।

अन्तर्राष्ट्रीय पत्रकार संघ ने बृशाल्सज में जारी रिपोर्ट में कहा है कि इस साल 93 पत्रकार खबरों की खोज में अथवा पूरे विश्व में प्रेस पर दमन के चक्र में मारे गए। हालांकि यह गिनती उन पत्रकारों की है जो राष्ट्रीय/अन्तर्राष्ट्रीय मान्यता प्राप्त एजेन्सियों व समाचारपत्रों के लिए कार्यरत थे। अफ्रीकी, लेटिन अमेरिकी व दक्षिणी एशियाई देशों में सुदूर इलाकों में काम करने वाले कितने ऐसे पत्रकार थे जिनके मरने की खबरें किसी भी अखबार में नहीं छपी। इसे विडम्बना ही समझना चाहिए कि जिस किसी अखबार के लिए कार्यरत थे उसके भी किसी कालम में उनको जगह न मिल सकी।

इस तरह की संवेदनाहीन घटनाएँ बतलाती हैं, कि आखिर पहुँच कहाँ गए हैं। हमारी प्राथमिकताएँ अक्सर क्या हैं। पिछले वर्षों खाड़ी युद्ध तथा उसके दौरान पत्रकारों से कई हादसे हुए हैं। फिर भी सबसे ज्यादा पत्रकार युगोस्लाविया में मारे गए। यह भी कहा गया है कि युगोस्लाविया में पत्रकारों को जान-बूझकर मारा गया। कुछ ऐसा ही प्रभाव पाकिस्तान सरकार और प्रेस का रहा। अभी पिछले दिनों ही पाकिस्तान में एक पत्रकार को जासूसी के दोष में पकड़कर तंग किया गया तथा इससे पहले पाकिस्तान में ही श्री जे.एम. शादिक जब क्रिसमस दिवस पर प्रतीक के रूप में सूली पर लटक कर प्रेस के अधिकारों की अवहेलना हेतु प्रदर्शन कर रहे थे, तो पुलिस ने उन्हें बेरहमी से पीट कर कारावास में डाल दिया। यहाँ यह भी उल्लेखनीय है कि मुस्लिम बहुल देशों समेत पाकिस्तान में यह घटना कोई नई तो नहीं है परन्तु फिर भी श्री जे.एम. शादिक का ईसाई होना पूरे विश्व में उनको चर्चित कर रहा है। इसी बहाने पूरे विश्व का ध्यान उन की ओर गया है। कुछ खबरें बनाने वाले खुद खबर के अंगसंग रहे, जिनमें भारत, लन्दन व हांगकांग और फिलीपिन्स की प्रेस अग्रणी रही। वहाँ पर भारतीय प्रेस में एक भारतीय महिला के पाकिस्तानी प्रधानमंत्री के रोमांस के गुप्त किस्से को छापा तो वहाँ इस महाद्वीप में बंगलादेश की प्रेस भी पीछे नहीं रही। गद्दी से उतरने के बाद आज तक बड़े से छोटे अखबार में इरशाद व उसकी प्रेमिकाओं के किस्से छापे जा रहे हैं।

लन्दन में कितने ही राजनीतिज्ञों के प्रेम-प्रसंग पत्रकारों ने हवा में उछाले। हाल ही में लेडी डायना की मृत्यु ने प्रेस मीडिया के सामाजिक सरोकारों की चर्चा को नया रूप दिया है। एक अखबार ने तो एक स्थानीय अखबार के सम्पादक का किस्सा भी छाप दिया। फिलीपिन्स से पूर्व प्रधान मार्कोस की विधवा इलेमादा की वापसी उसके प्रेम प्रसंगों को भी अमेरिका से वापस ले आई और वह दुनिया के अखबार उसकी चर्चा से बचे नहीं। इन सभी प्रसंगों में मजेदार बात यह रही है कि इन खबरों को टटोलने वाले पत्रकार भी ज्यादातर मनमौजी किस्म के हैं। लातीनी अमेरिका में 22 पत्रकारों की मृत्यु हुई, कोलम्बिया में 8 और पेरू में 7 पत्रकार मारे गए।

अभी-अभी हाल ही में प्रकाशित कैली की पुस्तक *''द रॉयल्ज''* में इसी तरह की खबरों को टटोला गया है और आज यह विश्व चर्चा में है। कुछ पत्रकार जब पिछले वर्ष माउन्ट अन्जेन नामक स्थान पर ज्वालामुखी की रिपोर्ट की कवरेज करने के लिए गए तो वो 15 जापानी लौट के नहीं आ सके। भारत में भी कई प्रदेशों की सरकारों ने पत्रकारों की व प्रेस की आजादी का हनन किया। एमनेस्टी इंटरनेशनल की रिपोर्ट इसकी गवाह है।

पिछले वर्षों से खोजी पत्रकारिता के नाम पर दुनिया भर में जो एक तेज परम्परा व पत्रकारिता के नाम पर एक नया रूप सामने आया है उसमें पत्रकारों की मनोवृत्ति को भी बदला है। अब खबरें बनाने वाले खबरों के पीछे रहने वाले पत्रकार खामोश होकर विषय-वस्तु व अपनी भेजी रिपोर्ट को मूकदर्शक की तरह नहीं देखते। आज जब पूरा विश्व बदलाव की प्रक्रिया से गुजर रहा है, तो वो अपनी खबर पर पहरा देते हुए दिखाई दे रहे हैं। भारत में घटी घटनाएँ इसका साक्षात्कार में प्रमाण है।

पिछले कुछ वर्षों से एक नया फैशन सम्पादकों, पत्रकारों के नाम पर चला है कि प्रसिद्ध खिलाड़ी और फिल्मी नायिकों में से पत्रकार/सम्पादक बनना शुरू हो गए हैं। जब ऐसे दूसरे शब्दों में नामनेहाद खबर बनाने वालों को किस श्रेणी में रखा जाए, जरा उनके सम्पादकीय व रिपोर्टों का आंकलन तो करे, बात सामने आ जाएगी कि असली पत्रकार का करना क्या होता है? यही, शायद यह कारण है कि जब पत्रकार तथा गैर पत्रकार का भेद करना मुश्किल हो रहा है। इन दिनों विश्व में अब पत्रकारिता कोई आसान काम नहीं रहा। जी जान लड़ाकर खबरों के आगे पीछे आँखे खोलकर देखने वो पत्रकार कई चौंकाने वाली घटनाएँ समाज से बाहर लेकर आ रहे हैं। संचार माध्यमों व अखबारी समाचार जगत में अब कुछ भी ऐसा नहीं रहता जिसे कबाड़ की तरह बाहर फेंका जा सके। इस सदी के अन्त तक पत्रकार ही शायद वो नायक हो जाएँ जिसकी तलाश में वो खुद कभी-कभी निकले थे। ऐसे में आप और हम इन खबरों के महान नायकों को किस नाम से पुकारेंगे यह तो समय ही बताएगा, परन्तु एक सच यह भी है कि इन खबरों के महानायकों की पंक्ति में अब ज्यादा पेशेवर लोगों के आने से इसकी लोकप्रियता बढ़ी है। बदलते हुए प्रसारण सूचना तंत्र ने इस तरह पत्रकारों तथा मीडिया से जुड़े लोगों को एक रोशनी दी है।

आने वाले दिन मीडिया के लोगों के लिए सचमुच चुनौती भरपूर रहेंगे क्योंकि आज इस सूचना क्रांति युग में हर क्षण कुछ न कुछ नया घट रहा है और मुकाबला ज्यादा कड़ा हो गया। घटनाओं की बाढ़ में अपने को जिन्दा रखने का प्रश्न पैदा हो गया है। फिर भी खबरों के पीछे और आगे रहने वाले यह लोग जिन्दा रहेंगे, क्योंकि खबर जिन्दा है।

—•—

8

पंजाब और पानी के मसले

पंजाब जो कभी पाँच नदियों की धरती थी, आज ढाई नदियों का एक छोटा सा प्रदेश मात्र रह गया है। परन्तु अभी भी पंजाब के खेतों और धरती की महक बाकी है, भले ही इसकी नदियों में अब पानी कभी-कभार ही दिखाई देता है। ऋग्वेद में इसे "सप्त सिन्धु" का नाम दिया गया था। महाभारत के समय में इसे "पंच नद" प्रदेश का नाम दिया गया था। इब्नबतोता के समय भी पंजाब में पाँच नदियों की धरती की बात मिलती है। महाराजा रणजीत सिंह और अंग्रेजों के वक्त का पुराना पंजाब शायद आज लुप्त हो गया है।

1966 से जब पंजाबी भाषा के आधार पर इसे हरियाणा और पंजाब में बांटा गया, तब से आज तक पंजाब लगातार सिकुड़ता जा रहा है। भारत के भाषाई सर्वेक्षण ग्रन्थ के पन्ना नं. 609 पर सर जीये ग्रियशन लिखता है कि "शिमला से आगे और पेशावर तक एवं दिल्ली के इर्द-गिर्द तक पंजाबी बोलने वाले इन्डो-आरियन लोग थे और इस सारे इलाके में सात नदियाँ बहती थीं। रायपेरियन कानूनों के चलते अभी भी पंजाब के अधूरे पानी के मसले लटक रहे हैं। केन्द्र सरकार ने पंजाब पुनर्गठन एक्ट की धारा 78 और 80 के अनुसार पानियों के मसले को अपने हाथ में ले रखा है परन्तु जनवरी 29, 1955 में जम्मू कश्मीर में एक कांफ्रेंस सम्पन्न हुई थी, जिसमें पानी के बारे में पंजाब

पेकेट्स हुआ और पंजाब के पानी का 80 लाख एकड़ फुट पानी राजस्थान को देना निर्धारित किया गया था। परन्तु जब पंजाब का पानी खुद उसके लिए कम हो रहा है तो पंजाब के बदलते हुए हालातों और बढ़ती खेती के लिए पानी की खपत भी बढ़ गई है जिससे इस राज्य की समस्या में भी बढ़ोतरी हुई है।

पंजाब में कुल खेती योग्य जमीन 106 लाख एकड़ है और सन् 1955 के पैमाने के अनुसार इसको 530 लाख एकड़ पानी मिलना चाहिए। परन्तु इस वक्त पंजाब को मिल रहा पानी है- कुल 156 लाख एकड़ फुट। पंजाब की इस समय की सभी नदियाँ कुल मिलाकर पंजाब, हरियाणा और राजस्थान तीनों को मिलाकर 348 लाख एकड़ फुट पानी दे रही है। यदि यह सारा पानी पंजाब को मिल जाए तो भी 182 लाख एकड़ फुट पानी और चाहिए। 1981 में पंजाब सरकार ने एक सर्वेक्षण पंजाब में पानी की खपत के बारे में करवाया था जिसमें पंजाब में 6 लाख एकड़ फुट पानी है। परन्तु 90 लाख एकड़ फुट पानी ज्यादा निकाला जा रहा है। ऐसे हालात में पंजाब की धरती में पानी की सतह 15 से 20 फुट नीचे चली गई है। अभी हाल के ही सर्वेक्षण में कहा गया है कि पंजाब के बहुत सारे इलाकों में पानी की सतह 20 सेमी. प्रतिवर्ष के हिसाब से नीचे होती जा रही है।

पंजाब में पानी की स्थिति दिन-प्रतिदिन गम्भीर होती जा रही है क्योंकि इसकी नदियों के पानी का एक बड़ा भण्डार बड़ी-बड़ी नहरों के द्वारा राजस्थान व हरियाणा को दिया गया है जिससे कई तरह की और समस्याएँ पैदा हो गई हैं। इन नहरों के आसपास की सैकड़ों एकड़ भूमि सेम से नकारा हो गई है और इन सबी हालात का पूरा फायदा पाकिस्तान उठा रहा है क्योंकि पंजाब में बहने वाली सारी नदियाँ पाकिस्तान में जाती हैं। इधर पंजाब में पानी का कोई समझौता नहीं होता और उधर पाकिस्तान पूरा पानी हड़प कर रहा है।

इस मुद्दे पर जरा सा और पृष्ठभूमि में देखें तो पता चलेगा कि जिसको भारतीय रेपेरियन कानून में इस तरह लिखा गया है- भारत पाकिस्तान इंडस पानी समझौते के अधीन संयुक्त पंजाब की छह नदियों का बंटवारा 19 सितम्बर 1960 में हुआ था। पानी बंटवारे से सम्बन्धित समझौते में भारत के तत्कालीन प्रधानमंत्री जवाहरलाल नेहरू तथा पाकिस्तान के तत्कालीन राष्ट्रपति अयूब खान ने छह नदियों का बंटवारा किया। समझौते के अनुसार चेनाब, झेलम तथा इंडस नदियों के जल पर पाकिस्तान का अधिकार माना गया जबकि सतलज, यमुना तथा रावी नदियों के जल पर भारत का। यह समझौता 1954

में विश्व बैंक के अध्यक्ष इंजीनियर ब्लैक द्वारा भारत-पाक पानी विवाद को सुलझाने के लिए भेजे विशेषज्ञों की टीम के सुझावों के आधार पर किया गया।

इंडस पानी समझौते के तहत नदियों के बंटवारे के अधीन पाकिस्तान में सिंचाई व्यवस्था करने के लिए भारत ने पाकिस्तान को सन् 1960 में 83.3 करोड़ रुपए की आर्थिक मदद भी मुहैया करवाई ताकि पाकिस्तान में केनाल (नहर) बनाई जा सके।

पंजाब में पानी के बड़े भण्डार भाखड़ा बाँध, पोंग बाँध द्वारा इकट्ठा किया गया है। हालांकि व्यास नदी के पानी के पोंग बाँध के जरिए सतलुज नदी के जलाशय में भेजा गया है परन्तु रावी नदी पर थीन बाँध अभी भी पूरा न होने की वजह से उसका सारा पानी बेकार जा रहा है। पानी की राजनीति आज तीनों प्रदेशों में रोड़े अटका रही है। राजस्थान और हरियाणा के कई क्षेत्र पानी के अभाव में रेगिस्तान में बदल रहे हैं और वहीं पर पंजाब के कई क्षेत्र सूखे की लपेट में आते जा रहे हैं। एक ओर हरियाणा सरकार इराडी आयोग की अनुशंसाओं के मुताबिक रावी नदी के जल बंटवारे पर अड़ी हुई है जबकि यह मामला पंजाब-हरियाणा पुनर्गठन कानून 1966 में निहित नहीं है। यदि इराडी आयोग की अनुशंषाओं को मान लिया जाए तो हरियाणा को पंजाब का 35 लाख एकड़ फुट पानी ओर मिल जाएगा जबकि पंजाब का मानना है कि वह राजस्थान को दिया जाने वाला 80 एकड़ फुट जल को कम करे। हालांकि पंजाब में सिंचित भूमि का प्रतिशत 90 है, हरियाणा में 67 प्रतिशत और राजस्थान में 27 प्रतिशत है।

पंजाब के जल बंटवारे का समुचित हल कब निकल पाएगा, इसका कोई पता नहीं। यह भी हो सकता है कि नदी जल बंटवारे को उच्चतम न्यायालय को सौंप दिया जाए और उसके निर्णय को मानने के लिए सभी प्रदेश समान रूप से बाध्य हों। पंजाब में पानी उसके खेती की रीढ़ की हड्डी है। आने वाले दिनों में यदि पंजाब से उसका पानी छीन लिया जाता है तो बाकी पानी के लिए तरसती हुई धरती का बंजर नमूना सामने आएगा। इसलिए पंजाब में नदी जल बंटवारे को उसकी आवश्यकता को देखते हुए जितना जल्दी हो सके उतना जल्दी ही सुलझा देना चाहिए। अभी भी पंजाब के किसान महँगे भाव की बिजली और डीजल लेकर पानी की पूर्ति के लिए दिन-रात मेहनत कर रहे हैं। यदि नदी जल बंटवारे में कुछ विशेष पानी पंजाब को दिया जाता है तो यह राष्ट्रीय हित में ही होगा।

❑❑❑